イエロー・サブマリン

東京バンドワゴン

Shoji Yukiya
小路幸也

集英社

目次

登場人物相関図

藤島直也《ふじしまなおや》
若くハンサムなIT企業〈FJ〉の社長。無類の古書好き。

長尾美登里《ながおみどり》
すずみの親友。藤島とパートナーに。

常連客①

小料理居酒屋〈はる〉

真奈美《まなみ》
美人のおかみさん。

真幸《まさゆき》（4）

コウ
板前。無口だが、腕は一流。

行きつけの店

高校の後輩

増谷裕太《ますたにゆうた》
裏に住む好青年。

真央《まお》
図書館司書。

玲井奈《れいな》
裕太の妹。

小夜《さよ》（8）

会沢夏樹《あいざわなつき》
建築設計事務所で働いている。

茅野《かやの》
古書好きの元敏腕刑事。

常連客②

家族同然

大山《おおやま》かずみ
昔、戦災孤児となり堀田家に暮らしていた。引退した女医。

堀田《ほった》家〈東京《とうきょう》バンドワゴン〉

（サチ）
良妻賢母で堀田家を支えてきたが、10年前、76歳で他界。

（秋実《あきみ》）
太陽のような中心的存在だったが、13年前に他界。

マードック
日本大好きイギリス人画家。

藍子《あいこ》（43）
画家。おっとりした美人。

花陽《かよ》（20）
医者を目指す大学2年生。

玉三郎《たまさぶろう》・ノラ・ポコ・ベンジャミン
堀田家の猫たち。

アキ・サチ
堀田家の犬たち。

木島《きじま》
記者でライター。我南人のファン。

和《かず》
花陽の同級生。

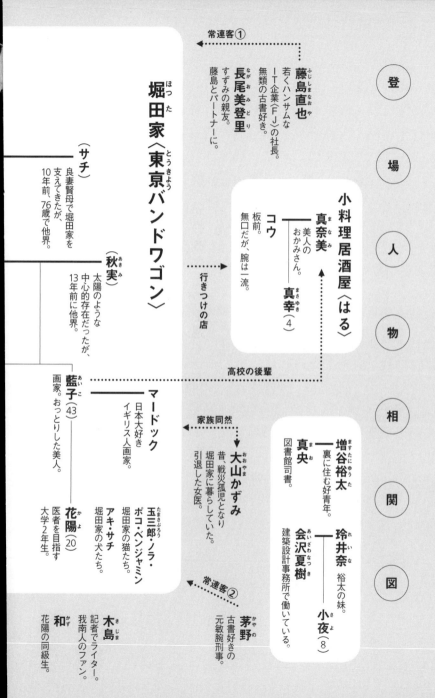

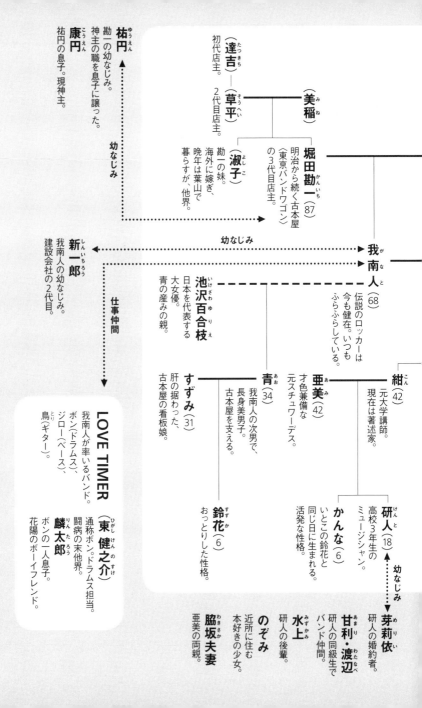

（美稲《みね》）

（達吉《たつきち》）
初代店主。

（草平《そうへい》）
2代目店主。

堀田勘一《かんいち》（87）
明治から続く古本屋〈東京バンドワゴン〉の3代目店主。

（淑子《よしこ》）
勘一の妹。海外に嫁ぎ、晩年は葉山で暮らすが、他界。

祐円《ゆうえん》
勘一の幼なじみ。神主の職を息子に譲った。

康円《こうえん》
祐円の息子。現神主。

幼なじみ

幼なじみ

我《が》南《な》人《と》（68）
伝説のロッカーは今も健在。いつもふらふらしている。

池沢百合枝《いけざわゆりえ》
日本を代表する大女優。青の産みの親。

新一郎《しんいちろう》
我南人の幼なじみ。建設会社の2代目。

仕事仲間

紺《こん》（42）
元大学講師。現在は著述家。

亜美《あみ》（42）
才色兼備な元スチュワーデス。

青《あお》（34）
我南人の次男で、長身美男子。古本屋を支える。

すずみ（31）
肝の据わった、古本屋の看板娘。

研人《けんと》（18）
高校3年生のミュージシャン。

かんな（6）
いとこの鈴花と同じ日に生まれる。活発な性格。

鈴花《すずか》（6）
おっとりした性格。

LOVE TIMER
我南人が率いるバンド。ボン（ドラムス）、ジロー（ベース）、鳥《とり》（ギター）。

（東《ひがし》 健之介《けんのすけ》）
通称ボン。ドラムス担当。闘病の末他界。

麟太郎《りんたろう》
ボンの一人息子。花陽のボーイフレンド。

幼なじみ

芽莉依《めりい》
研人の婚約者。

甘利《あまり》・渡辺《わたなべ》
研人の同級生でバンド仲間。

水上《みずかみ》
研人の後輩。

のぞみ
近所に住む本好きの少女。

脇坂《わきさか》夫妻
亜美の両親。

イラストレーション　アンドーヒロミ
ブックデザイン　鈴木成一デザイン室

イエロー・サブマリン

東京バンドワゴン

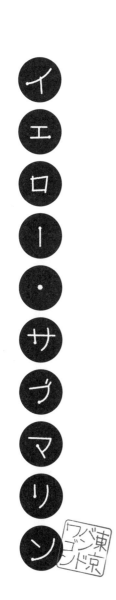

沈丁花は枯れても香し《かんば》、などと言いますね。

わたしはじんちょうげ、と呼びますが、ちんちょうげ、と読まれる方もいらっしゃいますか。これはどちらでもいいみたいですよ。

沈丁花は、枯れてもなおその良い香りを放つことから、質の良いもの素晴らしいものはたとえその盛りを過ぎて衰えたとしても、本質を失わずに良きものであり続けるものだ、ということでしょう。

我が家の小さな庭でも、春もまだ浅い頃に花を咲かせて季節の訪れを伝えてくれますが、そのまるで香木のような香りの良さは随分と古くから人々の間で好まれていたようですね。

少し趣が違いますが、安物買いの銭失い、などという言葉もあります。裏を返せば、高い物はしっかりとした品質であり長持ちするからこそ高いのであって、すぐに壊れる安物を買うよりは結局は得になるということです。今は安くてもしっかりしたものや、ただ高いだけでろくでもないものもあるでしょうけれど、本当に良いものはいつまでもきちんと使い続けられるものなのですよね。

わたしが長年住んでいるこの辺りにはやたらとお寺が建ち並んでいまして、戦後はもちろん戦前のままの姿のものも多くあります。人々が暮らす家々もその頃からずっとそのままの風情を残すものも多くあるのですよ。

家や町並みというのは、古いものをそのままに放っておいては朽ちてしまいますし、そこに新しいものをただ放り込んでも斑《まだら》になってしまうものですよね。

古いものと新しいものが混ざり合ったとしても、それが良いもので暮らす人たちが慈しみ丁寧にきちんと使い続ければ、そこに風情や情緒といったものが生まれてくるのですよね。

人の歩くところが磨り減《す》り柔らかくへこんだ石段には雨が降ると水が溜《た》まりますが、晴れれば陽の光を跳ね返しきらきらと宝石のように輝きます。木戸のいつも手を掛けるところはそこだけ木地が浮かび上がり、温かく丸くなり人を招き入れるようです。欠けた鉢植えにもしっとりと苔《こけ》が緑を膨らませて匍《はらば》い、植えられた花や木々と一緒に風情を醸し出します。丁寧に掃かれた庭先の飛び石は雨露に黒光りし、褪《あ》せてゆがんだ板塀さえも柔らかく陽差《ひざ》しを跳ね返し影の模様を庭に落とします。

そういう古き良きものが当たり前のようにいつまでも残る下町で、朽ち果てそうな風情ですが造りはしっかりとした築八十年近くにもなる日本家屋で古本屋を営んでいるのが、我が堀田《ほった》家です。

明治十八年ですから、百三十年ほど前になりますか。この場所にもともと咲いていた桜の木の風情に惚《ほ》れ込んだのがわたしの義理の祖父である堀田達吉《たつきち》でして、土地を買い家屋や蔵を建てて創業したと聞いています。

〈東京《とうきよう》バンドワゴン〉というのがお店の屋号なんですよ。

看板や正式な屋号は古い字体の「亰」を使った〈東亰〉ですが、差し支えのないときには〈東京〉で済ますこともあります。

奇妙な名前だと思いますよね。わたしも初めて聞いたときにはとても古本屋の屋号には思えませんでしたが、実はかの坪内逍遥《つぼうちしょうよう》先生に名付けていただいたそうです。その当時でも珍妙な屋号と思われていたそうですが、百三十年経《た》っても同じように思われるのですから、これもいつまでも魅力を失わずにいる素晴らしいものなのでしょう。

瓦屋根の庇《ひさし》に黒塗り金文字の〈東京バンドワゴン〉の看板は、昔のことですから右から左の横書きです。左から書くのが当たり前になった今は〈ンゴワドンバ京東〉と呪文のように読まれてしまい、若い方などが何のことやらと不思議がっているのもたまに見かけますよ。

明治から大正、昭和に平成、そして令和と細々とでも続けてこられました。十数年前に隣に造ったカフェもすっかり町の景色に馴染《なじ》みました。名前は〈かふぇ　あさん〉というのですが、同じ家なのに二つ呼び名があるのも煩わしかろうと、どちらも〈東京バンドワゴン〉で通しています。

ああ、またやってしまいました。

ご挨拶もしないうちに長々とお話ししてしまうのがすっかり癖のようになってしまいました。何せふわりふわりと誰の目にも留まらず過ごす毎日ですので、お行儀も悪くなる一方です。本当にいけませんね。

お初にお目に掛かる方は初めまして。長年お話にお付き合いいただいている常連さんには、いつもありがとうございます。

どちら様も、大変失礼いたしました。

わたしは堀田サチと申します。

この堀田家に初めて足を踏み入れたのは、わたしが十八歳のときです。一九四五年、昭和二十年の終戦の年でした。

戦争は等しく全ての人の人生を変えてしまいましたが、わたしもその年に大きく人生を変える出来事に巻き込まれ、堀田家や周りの皆さんに助けられました。そしてたくさんの人に祝福されてここにお嫁入りをしたことは、以前にお話しさせていただきましたよね。

堀田サチとなってからもう七十年ほどの歳月が流れていますが、家族に囲まれ賑《にぎ》やかで楽しい毎日を過ごしてきました。


賑やかなのはいいのですが、そこを通り越してどうも騒がしい出来事に巻き込まれたり巻き込んだりすることが多いような気がする我が堀田家です。その顚末《てんまつ》をこうして皆様にお聞かせするようになってからも随分経ちましたよね。

昔から相も変わらず人の出入りが多い我が家ですが、改めて、家族を順にご紹介させていただきますね。

古びた日本家屋なのですが、ご覧の通り正面には入口が三つあります。初めての方は戸惑ってしまうでしょうけれど、本来の正面玄関である真ん中の扉は、ほとんど使われることはありません。まずは向かって左側のガラス戸を開けて中へどうぞ。

金文字で〈東京バンドワゴン〉と書かれているそこが、創業当時から変わらず古本屋の入口になっています。この金文字は十年に一度ぐらいでしょうかね、風雨に晒《さら》され薄れてきたかと気づけば店主が自ら書き直しているのですよ。

からん、と心地よい音を立てるのは戸に取り付けた土鈴《どれい》。これも何かの拍子に割れてしまうことがあるのですが、いつも同じものを用意しておいてその都度取り換えています。

中には創業時からずっとそのままの形で並ぶ本棚がずらり。実はこれは特注で移動式にもなっています。その本棚の間をそのまま奥へ進んでいただくと、三畳分の畳が敷かれた帳場にどっかと座り文机《ふづくえ》に頬杖《ほおづえ》して本を読んでいるのが、わたしの夫であり〈東京バンドワゴン〉三代目店主の堀田勘一《かんいち》です。

時には煙草《たばこ》を吹かしながらの仏頂面で、ごま塩頭に大柄。一見して強面《こわもて》と思えますがそこは客商売。本に関してならどんな些細《ささい》なことにでも嬉々《きき》として答えますし、女性と子供には特に優しく接しますからどうぞ気軽に声を掛けてください。

次の誕生日が来れば八十八歳の米寿《べいじゅ》になる後期高齢者ですが、とてもそうは見えません。孫に言われて始めたウォーキングも五キロ六キロ歩いて平気な顔で戻ってきますし、近頃は全身のストレッチも小一時間やるようになりました。まだ見かけは七十代でも充分通用しますし、健康診断でもお医者様に中身は六十代とのお墨付きを貰《もら》っています。

四人いる曾孫《ひまご》が結婚するか、一人前になるのを見届けるまでは絶対に死なねぇと常日頃から口にしていますから、その言葉通りこのまま百歳を越えても矍鑠《かくしゃく》としているのではないでしょうか。

あぁ、帳場の壁に書かれた墨文字ですね？　気になりますよね。

〈文化文明に関する些事《さじ》諸問題なら、如何《いか》なる事でも万事解決〉

これは、我が堀田家の家訓なのです。

創業者である堀田達吉の息子、わたしの義父でありいます堀田草平《そうへい》は、大正から昭和に移り行く世に善き民衆の羅針盤に成らんと、志も高く新聞社を興そうとしましたが、時代と様々な事情がそれを許さず志半ばになりました。けれども家業であった古本屋も、善き人々が求める智《ち》の羅針盤に成り得るものと心機一転、お店を継ぎました。「世の森羅万象は書物の中にある」というのがお義父《とう》様の持論だったことから、これを家訓にと書き留めたそうです。

どんな疑問にも膨大な蔵書を繙《ひもと》き答えてあげよう、というぐらいの気持ちだったらしいのですが、噂《うわさ》を聞きつけた方々から些事どころか不可思議な事件の解決を頼まれ、一時はまるで探偵のように東京中を走り回っていたそうです。その辺りのことはお義父様が自ら詳細に書き残していますから、皆様にお聞かせする機会があるかもしれませんね。

我が家の家訓は実は他にもありまして、壁に貼られた古いポスターや、カレンダーを捲《めく》りますとそこここに現れます。

曰《いわ》く。

〈本は収まるところに収まる〉

〈煙草の火は一時でも目を離すべからず〉

〈食事は家族揃《そろ》って賑やかに行うべし〉

〈人を立てて戸は開けて万事朗らかに行うべし〉等々。

トイレの壁には**〈急がず騒がず手洗励行〉**、台所の壁には**〈掌《てのひら》に愛を〉**。そして二階の壁には

〈女の笑顔は菩薩《ぼさつ》である〉という具合です。

今はその言葉さえも使われることのない家訓でしょうが、我が家の皆は老いも若きもできるだけそれを守って、毎日を暮らしていこうとしています。

細腕なのにたくさんの本を持ち上げ、帳場の脇にある書棚の前に置いて整理をしているのは、孫の青《あお》のお嫁さんであるすずみさんです。

大学では日本文学を学び、卒論は二葉亭四迷《ふたばていしめい》についての研究だったとか。そして中学の頃から古本屋さんになるのが夢だったという本当に珍しい女の子でした。とても可愛《かわい》らしいのですが、その度胸と気っ風《きっぷ》の良さは天下一品。さらに古書に関する知識や情報量はコンピュータのデータベース並みと言われ、店主の勘一も舌を巻くほどです。

我が家に嫁いできてもう七年は経ちましたか。一児の母となった今でも変わらない愛くるしい笑顔で周りを元気に明るくしてくれる我が家の看板娘の一人ですね。

どうぞ帳場の横を通り抜けて、靴を脱いで上がってください。そこからが我が家の居間になります。

邪魔くさいですね。いきなり金髪長髪の男が寝転がっていたら驚きますし邪魔ですよね。どうぞその長い足を跨《また》いで入っちゃってください。

ご存じでしたか。そうです、わたしと勘一の一人息子の我南人《がなと》です。

ロックミュージシャンという人種は皆、年齢不詳ですよね。もう七十に近い高齢者なのにこの風貌です。まだ高校生の頃からギター抱えてステージに立っていまして、〈伝説のロッカー〉とか〈ゴッド・オブ・ロック〉などとも呼ばれているようですね。お店にも我南人目当てでやってくるお客さんがいまだにたくさんいらっしゃいます。近頃は本当に若い方もネットで我南人たちの音楽を知って、憧れて来られる学生さんもいるんですよ。

若い頃はツアーだレコーディングだとどこにいるんだかわからない暮らし方でしたが、今はバンド活動も休止中で、この通りよく家にいます。孫の相手をしてくれるので助かっていますけどね。

座卓について仕事をしている二人はまったく似ていませんが、兄弟です。ノートパソコンのキーボードを叩《たた》いているのは兄の方で、我南人の長男、わたしの孫の紺《こん》です。

以前は大学講師の傍ら古本屋の裏方をしていたのですが、今はライターや小説家として本を続けて出し好評を得て連載も抱えているようです。普通は自分の部屋で落ち着いて執筆活動するところでしょうが、かえって落ち着かないといつもここで仕事をしているんですよ。

ロックンローラーの父親我南人を筆頭に、何かと派手に立ち回りたがる我が家の男たちの中にあって、勘も知恵も働き常に冷静沈着、石橋を叩いて渡る慎重さで物事をきちんと収めてくれます。ただし地味な顔立ちに大人しい性格もあり、普段はいるのかいないのかよくわからないとは言われますね。

その向かい側で古本の汚れを布とアルコールで拭きとって掃除しているのが、弟である青ですが、実は紺とは母親が違います。

大学卒業後は旅行添乗員という職を得ましたが、今は執筆に忙しい紺に代わって、こうして古本屋やカフェを妻のすずみさんと一緒に支えてくれています。ご覧の通り、紺とは百八十度違いそこらのモデルさんも裸足《はだし》で逃げ出すほどの見目麗しい容貌は母親譲り。俳優としての映画出演経験もあることから、カフェでコーヒーを運べば女性たちの熱い視線を受け続け、青のファンだという方も多く常連さんになってくれているのですよ。

そうそう、どうぞカフェの方もご覧になってください。コーヒーはもちろん紅茶やジュース、スムージーといったものもありますから、どうぞお好きなものを頼んでください。

カフェの壁に絵がたくさん並んでいますが、今はイギリスで暮らしている孫で我南人の長女の藍子《あいこ》と、その夫のマードックさんが制作したものばかりです。日本画はマードックさんの作品で、その他は主に藍子のものですね。

見た目も性格もおっとりしていた藍子ですが、その身の内には芸術家肌と言いますか、熱情のようなものを秘めていたのでしょう。大学在学中に教授だったすずみさんのお父様と道ならぬ恋に落ち、一人娘の花陽《かよ》を授かり、父親が誰であるかは家族にも告げずにシングルマザーとして生きてきました。ですから、すずみさんと花陽は義理の叔母と姪《めい》でありながら、腹違いの姉妹という少しばかり複雑な関係なのですよ。

その藍子と結婚したのが、イギリス人で日本画家のマードック・グレアム・スミス・モンゴメリーさんです。

学生の頃に日本の美術芸術と古いものに心魅かれ、日本にやってきてご近所さんとして暮らすうちに藍子への恋が叶い、いろいろとありましたが結ばれてずっと我が家で暮らしてきました。今は、年老いたご両親のためにと、藍子と一緒にイギリスのご実家で過ごしています。でも二日と空けずにスマホやパソコンで顔を合わせて話していますのであまり留守にしているという感覚はないみたいですよ。

カフェのカウンターの中、可愛らしい花柄のエプロン姿で華やかな笑顔の女性は、紺のお嫁さんの亜美《あみ》さんです。

結婚前は国際線のスチュワーデスとして働いていた才色兼備のお嬢さんなのですが、その美しさはまさしく国際級で鋭い切れ味を感じるほどだと皆が言います。天から二物も三物も与えられたこんなにも素敵な女性が、何故《なぜ》地味で大人しい紺に惚れて一緒になってくれたのか、今もって堀田家最大の謎と言われていますね。

実はこの〈かふぇ　あさん〉は亜美さんの陣頭指揮の下に造られたものなのです。我南人の奥さんであり我が家の太陽とまで言われた秋実《あきみ》さんが病で亡くなり、暗く沈んでいた我が家に活を入れたのが亜美さんでした。スチュワーデス時代に培った人脈と知識と経験をフルに使い、家計も含めて立て直してくれたのです。ブランド品や美術品の知識も豊富で、そもそもが古物商である我が家の商売にも随分貢献してくれています。

裏の玄関が開く音と同時にただいまという元気な声がしましたね。学校から帰ってきたギターケースを背負ったくるくる巻き毛の男の子は、紺と亜美さんの長男で高校三年生の研人《けんと》です。

我南人の音楽の才は息子の紺や青ではなく孫の研人に回ったらしく、同級生たちとバンドを組んでミュージシャンをしています。研人のパートはギターとボーカルですね。その才能は既に世間様に認められて、プロの歌手への楽曲提供もしていますし、メジャーデビューも控えています。音楽に関しては妥協を許さない厳しくも素晴らしい才能を発揮するようですが、元気で優しい男の子なのは小さい頃からずっと変わらないです。

一緒に帰ってきたセーラー服の女の子は、芽莉依《めりい》ちゃんです。

研人とは小学校の頃からの幼馴染みで、今は既に結婚の約束をしている婚約者という間柄。お父さんの転勤を機に我が家で一緒に暮らし始めました。長い黒髪に大きな瞳、笑うと笑窪《えくぼ》が可愛らしいお嬢さんなのですが、実は進学校で常にトップの成績を保ち東大を目指して受験勉強中です。将来は得意な語学も生かした国際的な仕事をしたいそうです。

あら、珍しく早く帰ってきてどこかで一緒になったのですね。眼鏡を掛けて髪の毛を後ろで縛っている女の子は、藍子の娘の花陽です。幼い頃は活発で元気な女の子でしたが、医者になるという目標を定め猛勉強の末に見事医大に合格し、今は医大生として勉学に励んでいます。

この花陽と研人は二つ違いのいとこ同士なのですが、生まれたときからずっと同じ家で一緒に育ってきて名字も同じなので、周囲からは姉弟《きょうだい》だとずっと思われています。本人たちもそれを気にしていませんし、ほとんどそういう気持ちでいるみたいですね。

そして、お話ししたように花陽とすずみさんは異母姉妹であり、義理の姪と叔母でもあるという関係です。それがわかってからしばらくはお互いに様々な思いはあったのですが、元々二人には何の責任もないことです。今は家族として何のわだかまりもなく、妹と姉、そして義理の姪と叔母という立場を自分たちで楽しく行き来しながら、仲良く暮らしています。

花陽が医者を志したのは、ついこの間まで一緒に住んでいたわたしと勘一にとっては妹同然のかずみちゃんの影響があったのだと思います。戦災孤児となって堀田家に引き取られた大山《おおやま》かずみちゃん。お医者さんだったお父様の遺志を継いで医者となり、ずっと無医村を渡り歩き地域診療に貢献してきました。引退して我が家に帰ってきてからは家事一切を引き受けてくれていたのですが、眼が見えなくなる病を抱え、自分の意志でいわゆる老人ホームへの転居を決めて出て行きました。

ちょうど今、近くの友達のところへ行っていた曾孫たちが帰ってきましたね。庭で遊んでいた二匹の犬が出迎えて、可愛らしい声が響きました。

居間の縁側の向こう、離れと蔵がある我が家の庭に現れた和装のご婦人は、その姿だけでもうご紹介する必要もないでしょう。青の産みの母親であり、日本を代表する女優の池沢百合枝《いけざわゆりえ》さんです。女優業からの引退を宣言しまして、今はご近所の小料理居酒屋〈はる〉さんのお手伝いをしています。

そしてわたしの曾孫で、紺と亜美さんの長女かんなちゃんと、青とすずみさんの一人娘である鈴花《すずか》ちゃん。

偶然にも同じ日のほぼ同時刻に生まれ、次の誕生日で七歳になるこちらもいとこ同士ですね。池沢さんは鈴花ちゃんの実のおばあちゃんということになりますけれど、二人ともに分け隔てなく祖母として接してくれています。こうして二人と一緒に出掛けて遊んでくれることもしょっちゅうです。

もう小学生になったかんなちゃんと鈴花ちゃん。自分たちは姉妹でも双子でもなく、〈いとこ〉同士というのをしっかり理解しましたし、赤ちゃんの頃にはとても似ていた容姿も性格も、はっきりと個性が出てきました。元気ではきはきしていて、大きな瞳で笑顔が似合うかんなちゃん。おっとりしていてはにかみ屋さんで、涼しい目元が少し大人っぽい雰囲気なのが鈴花ちゃんです。

それから、血縁者ではなくお店の常連さんなのですが、藤島直也《ふじしまなおや》さんというＩＴ企業の社長さんもいろいろあって家族同然の付き合いになり、我が家の食卓を一緒に囲むことも多いのですよ。

いつものことですが、こうして家族を全員紹介するだけでも大変な時間を取ってしまいますね。母親が違っていたり、すずみさんと花陽のような複雑な関係もあります。それでも、皆が同じ屋根の下で暮らす家族なのです。

あ、同じ屋根とは少し違いましたね。今はこの家には勘一に我南人、紺と亜美さん、青とすずみさん、かんなちゃんと鈴花ちゃんがいて、藤島さんが建てた隣のアパート〈藤島ハウス〉に住んでいるのが、研人と花陽と芽莉依ちゃんに池沢さんです。

とはいえ、朝ご飯も晩ご飯も、池沢さん以外は皆が一緒にここの居間で食べる毎日ですから、ほぼ一緒に暮らしているのと同じですね。

そうそう、忘れていました。

我が家の一員である猫と犬たちは、猫の玉三郎《たまさぶろう》にノラにポコにベンジャミン、そして犬のアキとサチです。玉三郎とノラというのは、我が家の猫に代々付けられていく名前でして、この間も代替わりしました。二匹はまだ三歳ほどの若い猫なので、いちばん元気に家の中を走り回っていますよ。

最後に、わたし堀田サチは、七十六歳で皆さんの世を去りました。

昭和二十年終戦の年、思えば不思議なご縁でこの堀田家の敷居《しきい》を跨ぎ勘一と結ばれて六十年近く、ずっと楽しく和やかな日々を過ごさせてもらいました。

幸せで満ち足りた人生でした、と、何の心残りもなく、家族と縁者の皆さんに看取《みと》られながらゆっくりと眼を閉じたのです。

でも、何がどうしたのでしょうね。気づけばこの姿になり、自分のお葬式にも参列してしまいました。そうして、そのままこの姿でずっとこの家に留《とど》まっていられるのです。家だけではなく行こうと思えば皆と一緒に外国を駆け回ることもできました。

孫や曾孫の成長を人一倍楽しみにしていましたので、どこかにいらっしゃるどなたかが粋な計らいをしてくれたのだと思うようにしています。そして、いつかは先にあちらに旅立ってしまった人たちのいるところに向かえるのだとは思いますが、それまでは家族の行く末を、皆を見守るつもりです。

そうそう、幼い頃から人一倍勘が働いていた紺は、わたしがいることに気づいていて、見えないまでもときどきは仏壇の前などで話ができるのです。その血を引いたのでしょう。曾孫の研人はわたしの姿をときどき見ることができますし、妹のかんなちゃんはいつでもどこでも姿が見えてわたしと普通にお話もできるのですよ。でもそれは三人の、いえ、わたしと鈴花ちゃんも含めて五人だけの秘密です。

また、ご挨拶が長くなってしまいました。

こうして、まだしばらくは堀田家の、そして〈東京バンドワゴン〉の行く先を見つめていきたいと思います。

よろしければ、どうぞご一緒に。

㊰夏 絵も言われぬ縁結び

一

暑さ寒さも彼岸まで、と言いますけれど、寒いときは早く暖かい時期になってほしいですし、暑いときには早く涼しくなってほしいと思いますよね。

彼岸まで、と考えると夏の暑さが収まるのは秋分の頃で大体九月の二十日過ぎということですけれど、まだそんなにも暑さは続くのかと思ってしまいます。

もちろん夏は暑いからこそ夏なのでしょうし、暑い夏が来なくては商売上がったりになってしまう方々もたくさんいらっしゃいますけれども、近年の東京の暑さは本当にまいってしまいますよね。

わたしのこの身体《からだ》はもう暑さも寒さも感じないはずなのですが、おかしなもので生きているときの気分がずっと残っているんでしょう。家の中で皆が暑い暑いとバテているとわたしも同じように暑くてまいってしまう気持ちになるんですよ。あくまでも気持ちだけで身体は、いえ身体もないんですけど、とにかく元気ではいるんです。でも死んでいるのに元気ということもないですよね。

お盆が過ぎて少しは暑さも和らいでくれるかと思いましたが、ここ何日か雨が降った後にお天道《てんと》さまはカンカン照りになり、蒸し暑さは一段と増してます。

今年の朝顔市で我が家の女性陣全員に買った朝顔は、十鉢とも縁側の端に並べられてかんなちゃん鈴花ちゃん、芽莉依ちゃんたちの毎日の水やりでぐんぐんと蔓《つる》を伸ばし、きれいな花を咲かせています。

夏になれば打ち水をしたり、縁側には簾《すだれ》や葦戸《よしど》などを立てて風を取り入れ、夏の暑さを少しでも和らげようとしていますが、こうして朝顔の花が毎朝咲いているのを見るのも、涼しさを呼んでくれますよね。蔦《つた》が外壁一面に這《は》った家というのもたまに見かけますが、あれも暑さを避けるのに良いみたいですね。

そういえば芽莉依ちゃんはInstagram《インスタグラム》という写真のＳＮＳをやっているんですよ。それで毎日朝顔の写真を撮ってアップしているみたいですね。ずっと観ていると夏休みの絵日記みたいに朝顔の成長記録になっていて、中々に楽しめます。

いろいろと問題も起きているらしいＳＮＳというものですけれど、趣味と考えれば素敵なものですよね。

朝になっていちばんに動き出すのは、大体は我が家の二匹の犬のアキとサチです。季節に関係なく階段の踊り場で寝たり、二階の廊下や縁側に置かれた自分たちの座布団の上で寝たりしている二匹なのですが、まずは用を足したいのですよね。四匹の猫たちにはそれぞれに猫用のトイレが置いてあって好きなときに用を足しますが、我が家の犬たちは外に出なければならないのです。

今まではかずみちゃんがやってきて縁側の戸を開けてあげるとすぐに飛び出していって庭で用を足していたのですが、かずみちゃんは老人ホームに行ってしまいました。

代わっていちばん先に起きるのは亜美さんかすずみさんになったのですが、本当に犬は利口なものでそれをもうちゃんと理解しているのですよ。我慢できないときには、二人が寝ている部屋まで行って扉を前脚で叩いたりもするんですよ。

こうして猫と犬の両方と一緒に暮らしていると、同じ人間と生活する動物でも本当に違うものだなぁと理解できます。とはいえ、夏の暑さにぐったりとするのはどちらも同じなんですけど。そういうときには毛皮も脱げればいいのにね、なんて思いますよ。

子供たちの学校の夏休みももう少しで終わりです。

夏休みの間、子供たちが家にいるとどこかへ遊びに連れて行ったり、ご飯の準備をしたりと何かと普段よりもずっと忙しいのは世のお父さんお母さんたちですが、自宅で商売をやって常にたくさん人がいる我が家は普段と何も変わりません。

かんなちゃん鈴花ちゃんも、遊ぶ予定のないときには自分からカフェや古本屋のお手伝いをしようとしてくれます。

ただ、お客様が次々来るカフェはともかくも、古本屋の場合はほとんど何もすることがありませんからね。勘一と一緒に帳場に座ってもじっとしていることもできず、かといって古本の片づけや補修や掃除は任せられませんから、結局はどこかへ行ってしまいます。こういうときに、二人でいるというのは一緒に遊べるからいいですよね。

今のところ、かんなちゃん鈴花ちゃんは二人とも本が好きで、絵本などをよく読む子になっていますけど、さて古本屋を継ごうなどと考えるようにはなりますでしょうかね。

そんな八月も終わろうとしている土曜日の朝。

相も変わらず堀田家は朝から賑やかです。

昨年の秋から二階の自分たちの部屋で二人で寝るようになったかんなちゃんと鈴花ちゃん。

いつものように自分たちだけで起き出して、だだだっと階段を駆け下り縁側を走り抜け隣の〈藤島ハウス〉で眠る研人を起こしに向かいます。ちょっと前まではその後ろを若い玉三郎とノラがついていったものですが、近頃はもうしなくなりましたね。

お年寄りのポコとベンジャミンも同様に、四匹の猫はそれぞれに好きなところで寝ていますが、それでもかんなちゃん鈴花ちゃんが起き出す頃に、朝が来たかと背伸びをしてゆっくりと動き出します。よく猫は夜行性とかで夜中にどたばたと動き回ると聞きますが、ずっと猫を飼ってきた我が家では、わりとどの猫も夜中は人間と一緒に寝ている場合が多いですね。

それにしても感心しますが、かんなちゃん鈴花ちゃんが自分たちで起きてこられるのは凄《すご》いことですよね。

わたしはこれまで自分の息子の我南人から始まり、孫の藍子に紺に青、さらには曾孫の花陽に研人と子供たちの寝起きをずっと見てきましたが、毎日起こされなくても自分で起きてくるのはかんなちゃんと鈴花ちゃんだけです。寝起きの良いのはとてもいいことだと思いますけれど、さてこれから成長期を迎えて中学生や高校生になっても続けてくれますかね。

これまではかんなちゃん鈴花ちゃんよりも誰よりも早くに起き出して、台所にやってきて朝ご飯の支度を始めていたかずみちゃんが施設に入ってから、一週間ほどが経ちましたか。藍子もイギリスで暮らしている今は、いちばん早くに台所にやってくるのは亜美さんかすずみさんになりました。少し遅れて〈藤島ハウス〉から花陽と芽莉依ちゃんもやってきて、皆で賑やかに話をしながら朝ご飯の支度を始めます。

芽莉依ちゃんは東大受験を控えた受験生なので無理しなくてもいいとは言っているのですが、かえって生活のリズムができて良いからと進んでやってくれています。でも花陽にもですけれど、包丁は使わせませんよ。指を切ったりしたら勉強に支障が出ますからね。

毎日のことですし、朝ご飯の支度も前日の夜の内に話し合って用意できるものはやっていますから、そんなに大変なことでもないのですよね。

我が家の男性はほぼ全員、特に紺と青などは料理も得意ですから、かずみちゃんがいなくなってからは自分たちもやろうとしていましたが、これ以上台所に人数が増えても邪魔なだけになってしまいますからね。今まで通り女性陣だけでやっています。

居間に鎮座まします座卓は欅《けやき》の一枚板のもので、大正時代に手に入れたものだと聞いています。大工さんの特注品で七輪を二つ組み込める工夫がしてあり、昔は大勢で鍋を囲んでいたのですよね。その頃から一切塗り替えたりせずに、飴色《あめいろ》のいい風情が漂っています。

離れに自分の部屋を移した勘一が起きてきて、新聞を自分で取ってきて上座にどっかと座ります。それから我南人が向かいに座り、紺に青、そしてかんなちゃん鈴花ちゃんに起こされた研人も現れます。あら昨夜は藤島さんもこちらの自分の部屋に泊まったのですね。「おはようございます」と、部屋着のままでやってきましたから、土曜日の今日は仕事もお休みしてのんびりするのでしょうか。

　席を決めるのはかんなちゃん鈴花ちゃんのお仕事なのですが、ずっと同じパターンが続くかと思えば予告なしに突然変わったりします。時には好きなように座ってと突き放されたりもしますから、毎朝今日はどこに座るのかと、勘一と我南人以外の男性陣は立ったまま待っていますよ。

「めりいちゃん」

「はいはい」

　芽莉依ちゃんが一緒に住むようになってからは、箸を置くのは芽莉依ちゃんの係になることが多いのですよね。

「今日はおとことおんながならぶように、めりいちゃんがきめてはしをおいてください」

「え、私が」

　芽莉依ちゃん、一瞬眉間に皺《しわ》が寄りました。これは初めてのパターンですね。

　今まではかんなちゃんか鈴花ちゃんが決めたところに箸を置いたりしていたのですが、自分で男女の順を決めるとなるとちょっと迷いますよね。

「じゃあ、今日はそれぞれの親子で男女交互に座りましょう。藤島さんは鈴花ちゃんの隣です」

　皆がうむ、と頷《うなず》きましたね。さすが芽莉依ちゃん素早く的確な判断です。紺と亜美さんに研人とかんなちゃん、青とすずみさんと鈴花ちゃんが男女の順に並べばそれでいいですからね。母である藍子がいない花陽はさっさと我南人の隣にしました。

「じゃあ、めりいちゃんはけんとにぃのよこね。およめさんになるんだから」

鈴花ちゃんが言って皆が微笑《ほほえ》み、芽莉依ちゃんもちょっと頬を赤らめながら素直に頷きます。

今朝は白いご飯におみおつけ。具はお豆腐にネギとシンプルですね。それぞれに好みの固さにした目玉焼きはハムも一緒に焼いてハムエッグに。薄くスライスしたトマトには刻み玉葱《たまねぎ》とドレッシング。昨夜の残り物の肉じゃがに、長茄子《ながなす》をオリーブオイルと味噌《みそ》で炒《いた》めたもの。胡麻《ごま》豆腐と味付け海苔《のり》に、すっかり我が家の定番になった大根のビール漬けと胡瓜《きゅうり》の浅漬けも並びます。

皆が揃ったところで「いただきます」です。

「今日も朝から蒸すなぁ」

「大じいちゃんさ、何か最近髪の毛黒くなってない？　戻った？」

「あれっ、ハム二まいはいってるよ？　いいの？」

「お義兄《にい》さんの小説、新刊って今月でしたっけ？」

「めりいちゃん、今日のかみのけくるくるだね」

「私、今日お昼ご飯いらないから」

「今日のハムは薄いから皆二枚ずつよ」

「そうか？　何にもしてねぇけど近頃酢昆布食ってるせいか？」

「あ、梳《と》かしてないからかな。ぼさぼさでしょ」

「いや、来月の二十日頃」

「ごうか！　けんとにぃのいんぜい入ったからか！」

「麟太郎《りんたろう》さんとデート？」

「酢昆布で髪の毛の色戻ってきたら苦労しないねぇえ。僕も食べようかなぁ酢昆布」

「かんな何で知ってるんだ」

「『ブルーブラックカンパニー』ってちょっと今までにないタイトルですよね！」

「禿《は》げは隔世遺伝って言うからな。とりあえず研人は心配しねぇでいいぞ」

「ねぇ紺ちゃんの本ってうちで新刊を売れないの？　古本屋だからダメなのかな」

「けんとにぃとめりいちゃんデートしないね」

「マヨネーズもっとかけて」

「そうです」

「新刊も古本も扱う書店もあるから。駄目ってことはないけどな」

「かんなも！」

「おい、七味取ってくれねぇか七味」

「そりゃあかんな。おにいちゃんと芽莉依は毎日デートみたいなもんだからね」

「うちは古本屋だからな。畑は別にしとかないとさ」

「こんパパの本あったよ。おみせに」

「はい、旦那さん七味です」

「あ、それ訊《き》きたかったんですよ。自分の本が古本屋に並ぶってどうなんですか？」

「麟太郎にたまにはうちに飯食いに来いってよ」

「二さつもあった」

「旦那さん！　茄子にかけるかと思ったらハムエッグにですか!?」

「あ？　これは別に変じゃねぇだろう。卵に七味だぞ？」

わたしもてっきり長茄子の味噌炒めに七味で、今日は普通なのねと思っていたんですがハムエッグに七味ですか。まぁでも普段と比べたら確かにまともかもしれません。どんなものにでも七味をかける方はいそうですよね。

「それねー」

藤島さんに訊かれた紺が苦笑しました。自分の本が古本として売られることですね。しかも我が家に持ち込んできた人がいたのですよね。もちろん、作者が我が家にいるなんてことを知らないお客様でしたけれど。

「自分でもどう思うかなぁと考えていたんだけど、基本は嬉《うれ》しかったね」

実はわたしもちょっと訊きたかったのですが、嬉しいのですね。

「嬉しいのかよ？」

勘一です。

「だって少なくとも買って読んでくれたってことだし、古本屋に回ってくるってことは他の誰かに読まれる機会が増えるってことだよ」

「図書館に本が並ぶのと同じ感覚かな。それでファンになって新刊を買ってくれればいいって」

青が言って紺が頷きます。

「そういうことだね。もちろん作家によっていろんな考え方をするだろうけど、僕は歓迎だよ。そもそもが古本屋の息子だしね」

ただまぁ、とちょっと苦笑しましたね。

「古本屋に売られることに関しては、いつまでも手元に置いておきたいと思わせるものを書かなきゃな、とも思うけどね」

うんうん、と勘一も頷きます。

古本屋の主《あるじ》ですからもう何千冊もの本を読んできています。小説についても一家言持つ勘一ですが、自分の孫の小説はどう思っているのでしょうね。一度訊いてみたいものですけど、今のところ紺とそんな話をしている場面に出会《でくわ》してはいないですね。もしもわたしが生きていたなら、紺の小説についてあれこれと感想を言って、話をしたいと思うんですが、男同士はまた違うものでしょうか。

今のところ、途切れることなく執筆依頼が入っている紺ですが、誰もが知る作家さんにはなっていません。いつか紺の本がたくさん我が家に入ってくるような事態になったら、どんな気持ちになるでしょうね。

「あ、ねぇ藤島さん。美登里《みどり》さんっていつからお部屋に入るの？」

亜美さんが藤島さんに訊き、皆もあぁそれそれ、という感じで頷きましたね。

長尾《ながお》美登里さんは、すずみさんの大学時代の同級生で親友の女の子です。以前には悪い男に引っ掛かり借金を抱え込まされ風俗店で働いたりといろいろとありました。すずみさんの助けで苦境から抜け出し広島で働いていましたが、昨年東京に戻ってきて新しいお仕事を始めたのです。

そしてなんと、つい最近になって藤島さんから、かずみちゃんが引っ越した〈藤島ハウス〉の部屋に彼女が入居するという発表があったのですよね。

曰く、藤島さんのパートナーとして、です。これにはもう本当に何の前触れもなかったもので、皆がびっくりしましたよね。

「あ、それはですね。今彼女が住んでいるシェアハウスの契約の関係もあって秋になると思います」

藤島さん、少し照れたような表情をして言います。

「秋か。あれだ、すずみちゃんよ」

「はい？」

「すずみちゃんから美登里ちゃんによ、引っ越してきたら飯はうちで食べろって言ってやった方がいいんじゃねぇか？　藤島もこうやってあの部屋にいりゃあ食いに来るんだからよ」

「あ、そうですよね」

すずみさんも頷きます。わたしもそう思っていましたよ。

「いやそれは」

「いいじゃねぇか。その代わり材料分だけはきっちり貰うことにすりゃあ気も遣わねぇだろう。賄い付きの下宿みたいなもんだと思えばよ」

「それいいね」

青です。

「藤島さんもあれじゃない？　美登里ちゃんと一緒に食費は出しますってしちゃった方が気楽でしょ」

「いいと思います。美登里は料理好きだから手が空いていたら絶対に台所に来て一緒に作るって言い出すんで。そうなったら本当に材料費だけ貰った方が」

「一人分なら面倒くさいけど、藤島さんとの二人分なら計算も楽よきっと」

すずみさんに続いて、亜美さんもうんうんと頷きます。

「確かに、そうですね」

藤島さんも納得と頭を縦に振りました。

「僕だけご飯を食べに来るのも何かなぁと思っていましたし、一応これでも晩ご飯を食べに来るのは遠慮していた部分もあるので」

「あったのかよ」

そうですよ。藤島さん、夜ご飯を食べに来るときにはそんなことしなくていいって言っても、いつもお菓子やら何やら手土産付きで来ることが多いんですから。

「じゃあ、そうしろ。うちもな、かずみがいなくなっちまって藍子やマードック戻ってくるまでスカスカしてるからよ」

〈**食事は家族揃って賑やかに行うべし**〉。我が家の家訓です。一人で部屋で食べるより、大勢で食べた方が絶対にご飯は美味《おい》しく感じますから。

「ありがとうございます。じゃあそうしますね」

「おう。もちろんあれだぜ？　二人きりで部屋でゆっくり食べたいってんなら好きにしていいんだからな」

笑いました。そういうときには藤島さん、お家《うち》はもうひとつ立派なマンションがあるんですから、きっとそちらで二人でのんびりしますよね。


朝ご飯を終えると、いつものようにそれぞれの朝の支度が始まります。

我が家でカフェを取り仕切るのは亜美さんで、古本屋を実質仕切っているのはすずみさん。そして忙しいお母さんたちに代わって、堀田家に帰ってきてからは家事一切を引き受けてくれていたのはかずみちゃんでした。

大人数が暮らす我が家ですから、台所の後片づけや皆の洗濯物にお部屋の掃除、毎日のお買い物だけでも大変な仕事量です。そのかずみちゃんが一手に引き受けていてくれたものを、またそれぞれに分担し直さなければなりません。

夏休みの間は花陽が手伝ってくれるとしても、勉強が山ほどある医大生です。芽莉依ちゃんに至っては受験生ですからね。そんなに忙しくはさせられません。

そこで皆で話し合い、カフェの準備や仕切りは青に任せて、亜美さんと紺の二人が家事一切を取り仕切ろうとなりました。

紺は元々炊事洗濯などは得意な方ですし、財布があちこちにある我が家の家計をまとめて全てやりくりしてきたのは紺と亜美さんです。二人で一緒ならチームワークもよろしくできるだろうと。

古本屋の店番は実質勘一だけでも回りますので、すずみさんが青のサポートをします。家事が片づいたなら亜美さんはカフェに、すずみさんは古本屋に戻ります。元々誰かに全部任せるのではなく、自分の部屋は自分で掃除をする。畳んだ洗濯物は自分で持っていく。皆でそれぞれにできることをしながら毎日を過ごしてきましたから、大丈夫ですよ。

その内に、今はまだちょっとお邪魔にしかならないかんなちゃん鈴花ちゃんも、お家の仕事の手伝いもきちんとしてくれるでしょう。猫や犬のご飯やトイレの後始末は今でもちゃんとやってくれますからね。

「おはようございますー！」

「おはよう和《かず》ちゃん」

明るい声が響いて裏の玄関から入ってきたのは、花陽の大学のお友達で仲良しの君野《きみの》和ちゃん。

ふわふわのショートカットでちょっと丸顔で、いつも笑顔で元気な、快活という言葉を絵に描いたような女の子ですよね。

実家が静岡で喫茶店をやっていらして、小さい頃からお店のお手伝いをしていたという和ちゃんは今やカフェの重要な戦力です。夏休みの間はこうして週に三、四回は来てくれます。もうすっかり我が家の皆にも馴染みましたよね。

和ちゃんが来てくれる日は、花陽もできるだけ一緒に手伝うようにしているみたいですね。今日もさっそくエプロンをつけて、青と一緒にカウンターの中で準備をしています。

夏休みでも普通の日でも、カフェの常連さんであるご近所のお年寄りの皆さんは開店前に並んでくれます。ありがたいことですよね。朝のメニューに出しているお粥《かゆ》のセットがとても好評でして、中にはこれを食べないと一日が始まらないとか、お粥のセットのお蔭《かげ》で身体が元気になってきたと言ってくださるお年寄りの方も。

「おはようございまーす」

「おはようございまーす」

青と一緒にかんなちゃん鈴花ちゃんが雨戸を開けて、待っていてくれたお客様にご挨拶。お年寄りの皆さんは、本当にこの二人を自分の孫のように可愛がってくれるのですよね。

「はいどうぞー」

二人の注文を取る様子も本当に様になってきまして、以前のように間違うこともなくなっています。もっとも二人がわかりやすいように、お粥やモーニングセットに〈さくらセット〉とか〈たんぽぽセット〉〈ひまわりセット〉とお花の名前を付けるようにしました。

これは二人が通った幼稚園の組の名前がそうだったからです。かんなちゃん鈴花ちゃんにもわかりやすくて、すぐに覚えて間違いもなくなりましたよね。

カウンターの中では青とすずみさんが注文をこなし、ホールには花陽と和ちゃん。かんなちゃん鈴花ちゃんが常連のお年寄りとお話ししたり注文を聞いたりちょろちょろと動き回ります。

カフェの営業はお蔭様で好調で、実は古本屋よりも随分と売り上げがあって我が家の家計をしっかり支えてくれています。

それというのも、最近は研人のバンドである〈TOKYO BANDWAGON〉が若い人にとても人気が出ているんですよね。

研人たちはSNSも上手に利用していて、あれですよ、映像がすぐに観られるというYouTube《ユーチューブ》というものにもチャンネルを開設して曲のビデオを作って流していて、かなり凄い再生回数になっているとか。

研人が我南人の孫であることも、ここに住んでいるというのももう知られていて、ファンの若い子たちが来てくれているんです。月に一回か二回はアコースティックライブもカフェの通常営業後にやっていて、いつも超満員になってしまうんですよ。それも全部〈TOKYO

〈BANDWAGON〉のサイトから予約できます。そろそろファンクラブも作ろうかなどとも話していて、もう我南人のファンの多さを追い越してしまったんじゃないかという勢いです。

その我南人のバンド〈LOVE TIMER〉は、ドラムスのボンさんが今年の初めに逝ってしまってから、まだ活動を再開していません。曲作りや練習はしているようなのですが、バンドとしてサポートのドラムスを入れるかどうかをまだ決めかねているようです。とはいえ、もうかなり前からバンドとしての活動は、都内や近郊でのライブ以外はツアーなどもなく、のんびりとしたものになっていましたからね。

今は、今日はお休みで予定はなく、のんびりするつもりだと言っていた藤島さんと二人で、居間で朝ご飯の後のコーヒーを飲みながら新聞片手になんだかんだと話していますね。

亜美さんが台所で朝ご飯の片づけ物をしている間に紺は洗濯機を回しています。その後はあちこちの掃除や今日の買い物やその他の用事の予定を二人で立てて、自分たちの仕事はそれからです。

研人は〈藤島ハウス〉の自分の部屋に戻っていきましたか。夏休みの間にはライブをやったりバンドの練習をしたりと、なんだか学校に通っているときよりも忙しくしていますよね。

勘一がどっかと古本屋の帳場に腰を据えると、今日は芽莉依ちゃんが熱いお茶を持ってきてくれました。暑い夏だろうがなんだろうが、勘一はいつでも熱いお茶です。それを飲まないと一日が始まらないのです。

「はい、勘一さんお茶です」

「おっ、芽莉依ちゃん。ありがとな」

普段よりもにっこりして勘一が受け取ります。我が家の男性陣は皆芽莉依ちゃんが大好きですよね。

からん、と土鈴の音が鳴って古本屋のガラス戸が開きました。あぁ祐円《ゆうえん》さんですね。足取りも軽やかに入ってきました。

「ほい、おはようさん」

「おう。おはよう」

勘一の幼馴染《おさななじ》みで近所の神社で神主をしていた祐円さんは、今は息子の康円《こうえん》さんに跡を継がせての隠居生活です。丸坊主でふくよかな顔つきは、神主というよりはお坊さんのイメージで、現役の頃からよく間違えられていました。

よくお孫さんからお下がりではなく〈お上がり〉と言って、着なくなった服を貰って普段着にしている祐円さんですけど、今日の格好もまた一段と若いですね。朝から蒸すのでTシャツに短パンというのは、歩いて数分の近所ですからいいとしても。

「お前よぉ祐円」

「いいだろ？　似合うだろ？」

真っ黄色のTシャツにものすごく写実的に描かれているのは、またゾンビですね。映画によく出てくる死んじゃったけど動く人たちですよ。まぁそういう意味ではわたしも死んじゃったけど動いていますけど。

この間もゾンビが描かれたTシャツを祐円さん着てきましたけど、お孫さんはゾンビ映画が好きなんでしょうか。そして膝までのダボッとした短パンは黄色と緑と赤のストライプでどこかの国旗みたいです。

「似合う似合わないの問題じゃねぇぞ。ここは観光地かよ」

「楽なんだぞ。お前もそんないつもの開襟シャツにスラックスじゃなくてよ。こういうファンキーな格好してればその仏頂面も治るんじゃないか？」

「ごめんだね」

服装に関しては勘一はかなり保守的ですからね。そのまま戦前にタイムスリップしても誰も違和感を持たないような服ばかり着ています。

「祐円さんお茶にしますか？　コーヒーにしますか」

「おっ芽莉依ちゃん」

祐円さん嬉しそうに笑って、帳場の前の丸椅子に腰掛けながら言います。

「相変わらず可愛いねぇ。今日はアイスコーヒーにしようかな」

「茶とホットコーヒー以外は金取るぞ」

「じゃあホットコーヒーね。あ、氷一個入れて」

くすくす笑いながら芽莉依ちゃんが頷いてカフェに戻っていきます。夏期講習まではまだ時間があるのでカフェの手伝いをしてくれているんですね。

「あれだね、芽莉依ちゃんももうすっかり堀田の人間って感じだな」

「あぁ」

そうだな、と勘一も微笑みます。

「他所《よそ》の人がいるって空気はもうまったくねぇな。どっちにしろこのまま家族になるんだからな」

「俺ぁ今でも思い出すぜ。まだ研人も芽莉依ちゃんも小学校のちっこい頃でよ。二人でリヤカー引っ張って学校まで古本持ってってた後ろ姿をよ」

「あったなぁ」

ありましたね。研人が小学校のバザーで〈東京バンドワゴン・ワゴン〉という古本ワゴンをやると言って、リヤカーを持ち出して運んでいったことが。

「あのときはまさか結婚するまでになるとは思ってなかったけどよ。高校出たら本当に結婚するのか？　あと半年もしたらだろう」

「二人でそう言ってるからな。誰も反対も何もしねぇさ」

「部屋はどうすんだ。どっかに借りるのか」

「そこんところは、まだ決めてねぇみてぇだな」

研人は既に普通の社会人並みに稼いでいますから、二人で部屋を借りることはできるんですよね。でも、今も〈藤島ハウス〉というちゃんとしたアパートに住んでいる状態ですから、それをそのまま継続しても何の問題もないと思います。単純に、どこの部屋に住むか、ですよね。

「ま、そこんところは、藍子とマードックがいつ戻ってくるかって話にもなるしな」

「そうだったな。それもあったな」

マードックさんのお母さんがご病気を抱えてしまい、ご両親と一緒に過ごすためにイギリスに行ったマードックさんと藍子です。いつ帰ってくるのかというのはそのままご両親の生き死にの話になってしまいますから、きちんとした話題にはし難《にく》いのですよね。

「ま、何にしても来年の春の話よ」

「そうだな」

芽莉依ちゃんではなく今度は花陽がコーヒーを持ってきましたね。

「はい祐円さん。コーヒーです」

「お、花陽ちゃんか。ありがとさん」

「何が春ですか?」

「芽莉依ちゃんと研人のことだよ。どうなんだい花陽ちゃんから見て、芽莉依ちゃんは東大に現役合格しそうかい」

祐円さんに訊かれて、花陽がお盆を持ったまま大きく頷きましたね。

「私のときと違ってまったく問題ないですよ。芽莉依ちゃん、どんな模試でも受からない方が不思議って言われる成績なんだから、あるとするなら試験当日体調を崩すとかだけですよ」

「そうなのかい」

そうなんだよ、と勘一も苦笑します。

「そういう娘さんを預かってるこっちは責任重大だぜ。花陽んときより毎日緊張するかもな」

笑って勘一が言いますが、本当に花陽の医大受験のときには家族全員が毎日厳戒態勢みたいでしたよね。誰もが風邪を引かないように自分の体調にいつもの何十倍も気を遣っていました。芽莉依ちゃんのときもそういう日々が続くかもしれませんね。

花陽が戻っていくと同時に、おはようございます、と聞き覚えのある低い声がカフェから響いてきましたね。コーヒーを頼んでいるあの声は、あぁやっぱり、新《しん》ちゃんじゃありませんか。

大きな身体がのそりと古本屋に入ってきました。

「どうも、おやじさん。おはようございます。祐円さんも」

「おう、新の字か」

「おはようさん」

我南人の幼馴染みの篠原《しのはら》の新ちゃん。新一郎《しんいちろう》さんです。

我南人と同じぐらい背が高く、身体の厚みは我南人の倍ぐらいありますよね。若い頃には柔道のオリンピック代表の候補にまでなったぐらいです。ご近所の建設会社の二代目ですが、そろそろ三代目である息子の元良《もとよし》くんに全部任せて隠居しようかという年になりましたか。幼馴染みではありますが、確か我南人よりも二つ下でしたかね。

「あれぇ、新ちゃん」

居間にいた我南人も気づきましたね。立ち上がらず四つんばいのまま進んで古本屋に顔を出します。

「がなっちゃんおはよう」

「なんか久しぶりだねぇ」

新ちゃん、こんなに大きくて強そうですが大の子供好きなんです。まだ藍子や紺や青が小さい頃、ツアーなどでほとんど家にいなかった父親の我南人に代わって三人をあちこちに連れて行ってくれたりしましたよね。

「忙しいんだろうおめぇんところも。オリンピックも決まったしよ」

「いやぁ、うちみたいな小さいところは、面倒くさいことばっかり増えて金にもなりませんよ」

苦笑しますが、新ちゃん経営者としてはやり手ですよね。お父さんの創った会社を新ちゃんの代で何倍もの大きな会社にしましたものね。従業員の皆さんだって今は百人近くはいるはずですよ。

「珍しく朝っぱらから顔出したってこたぁ、何か用でもあったか？」

勘一が訊くと、新ちゃん少し顔を顰《しか》めて頷きましたね。

「はい、実はちょいと相談したいことがあって。祐円さんにも」

「俺にも？」

「それで、お二人が揃ってるだろうこの時間にお邪魔しました」

朝のこの時間に祐円さんがうちにいるのは本当に毎日のことなので、近所の皆さんはよく知っていますからね。

「まぁじゃあそっちへ上がれよ。座って話そうぜ」

「あ、私、店番してますね」

「おう、すまんね。すぐ戻るからよ」

今度は芽莉依ちゃんが新ちゃんにコーヒーを持ってきてくれたのですが、そのまま古本屋の帳場に座りました。我が家の前の道は駅への近道にもなりますから、この時間ですと出勤前の本好きの方などが、表に出した五十円や百円のワゴンから文庫本などを買っていったりしてくれます。芽莉依ちゃんも夏休みに我が家でアルバイトをした経験がありますから、店番ぐらいはいつでもできますよね。

どれどれと勘一と祐円さん、新ちゃんが居間に上がってきました。細身の藤島さんはともかくとして、我南人も含めて全員大柄ですから急に居間が狭く感じますよね。

藤島さんが新ちゃんにお久しぶりですと挨拶します。ここで知り合ってもう何年にもなりますし、二人とも会社の社長さんです。一国一城の主同士であれこれと話し合う機会もたまにあるようですよ。

「相談ってぇ、僕と藤島くんもいていいのぉ？」

「あぁもう全然。深刻な話じゃないからさ。でも、ちょいと朝から気色《きしょく》は悪いかもしれないな」

気色悪いんですか。

「何だよ朝っぱらから気色の悪いってのは」

「それが、一軒、雑司《ぞうし》が谷《や》の方で解体を頼まれた物件があるんですよ」

建築業ですけれど、もちろん解体もやりますよね。建築物を壊すのは、建てるのとは違った難しさや面白さもあると前に話していました。

「それがちょいとしたお屋敷でして」

「邸宅ってことか」

「家の大きさ自体は邸宅というほどでもなくむしろ小さいんですが、凝った造作の庭があったり、何といっても古いんですよ。建築様式も随分と凝ってましてね。話では大正時代に造られたとかで」

「大正時代ですか。それはもう貴重ですよね」

藤島さんも驚きます。相当に古いですね。

「当時としては珍しい材料を使っていたりして、けっこうなもんなんですよ。どこぞの社長さんが自分の別宅として建てたもの、とかいう話でね。一昨日《おととい》撮ったばかりの写真ありますんで。これです」

新ちゃんが書類鞄《かばん》から出したのはiPad《アイパッド》ですね。近頃はどんな職種の方もこういうのを使って仕事をしますよね。

ひょいひょいと指を動かして出てきた写真は、確かにお屋敷と言いたくなる風情です。皆が座卓に置かれたiPadに額を寄せて眺めます。

「なるほどこりゃあ古いな」

「どっかスイスとかの山小屋風だねぇ」

「良い感じですね。壊すのはもったいない」

皆が口々に言いますけどその通りです。

外壁は漆喰《しっくい》でしょうか。交差するように壁に組まれている黒い板が幾何学模様のようになっていますね。屋根瓦がくすんだオレンジ色ですけど、こういうのは見たことがありません。昔を舞台にした映画のロケにでも使えるような、雰囲気のある和洋折衷のお屋敷ですね。

「下見に行ったのは俺なんです」

「社長さん自らかい」

「たまたま手が空いてるのがいなくてね。外観を見たときにはやっぱりもったいないと思いましたけど、残念ながら相当ガタが来てましてね。屋根が一部崩れて雨水が浸入したり、かなりあちこち劣化してました。土台も一部傾いていたので、修繕するのも解体するのもそんなに予算は変わらない。むしろ古い分修繕する方が難しくて金が掛かるって感じですかね」

そういうのはありますよね。幸い我が家の土台や柱はまだしっかりしているので大丈夫なんですけど。

「まぁ頼まれたんでこっちが惜しんでもしょうがないんですが、中も確認してみるとまだ古い家具とかもあるんです。この辺ですね。ほらこのテーブルとかはまだ全然使えますけどね」

「アーリーアメリカン風ですね。これを捨てちゃうんですか？」

藤島さんです。何でも詳しいですけどインテリアにも一家言ありそうですよね藤島さん。

「その辺はまだこれからなんですけどね。全部捨てると言われたら、とりあえずこちらは言われた通りにするしかないんですが、問題はこれなんですよ」

新ちゃんがすい、と指を動かして出した写真は、これは何でしょう。

本が床に落ちているんでしょうか。

勘一が顔を顰めます。

「なんだこりゃあ。ペンキか？」

赤黒い本ですね。しかも紙が赤黒いのではなく、ペンキか何かを掛けられたような感じです。

「大分古そうな感じだったんですけど、明らかに、どう見ても血まみれの本だったんですよ」

「血まみれだぁ？」

血まみれの本ですか。それは確かに気色悪いですね。ホラーですね。

「そうなんですよ」

新ちゃんがそう言ってひょいひょいと指で擦《こす》ると写真が拡大されました。勘一も我南人も祐円さんも藤島さんも、眼を細めてそれを凝視します。

「確かに血の色には見えるがな」

　写真ですから何とも言えないです。そもそも皆お医者様でも殺人鬼でもないですから、こんなふうに大量の血が掛かったものを見たことありませんよね。

「血まみれになってしばらく経って乾いたようにも見えますね」

　藤島さんもそう言います。

「でもよ、赤の絵の具とかでもこうなるんじゃないか？」

「絵の具にしたって、悪趣味だねぇえ。これ、床に置いてあるけどこういうふうになっていたのぉお？」

　我南人が新ちゃんに訊きます。

「建物の解体の場合も、最初の下見は現状維持、そのまま保存して写真を撮るのが鉄則だからね。一切手を付けずに動かしたりしていないそのまんまだよ。そしてこの部屋はね、これ、こんな感じでどこかアトリエ風なんだよ。ほらカンバスだっけ？　絵を描くやつ。そういうのなんかも残ってる」

　新ちゃんがそう言って、また何枚か写真をディスプレイに出しました。部屋の中の様子を撮ったものですね。確かにカンバスやら絵の具なども、床に血まみれの本と一緒に転がっています。イーゼルとかもありますね。

「あ、これは間違いなく画家のアトリエですね。この棚はカンバスをしまうためのものでしょう」

　藤島さんがそう言って指差したのは確かに大きな棚ですね。中には何も入っていませんが、わたしも藍子の部屋などでこういうカンバスをしまう棚は見たことありますよ。

「画家のアトリエなら、この血の色も絵の具ってことも考えられますね」

「本棚も立派だな。こりゃあ明らかに美術書やデカイ判型の本を収められるように造ってるな。持ち主の社長さんは美術関係で絵も描くのか」

「それは何もわからないいんですよ。その社長さんはもうとっくの昔に亡くなっていましてね。今この建物と土地の所有者は曾孫さんなんです」

「曾孫さんか。若いのか？」

「俺たちにしてみれば皆若いですよ。三十代の女性ですね。ちょいとややこしいんですけど、その方ずっと海外暮らしで、お父さんがもうそろそろ危ないってときに戻ってきたんです。で、お前のひいじいさんが遺《のこ》した家があるんだって聞かされたそうです。それまではまったく知らなかったそうですね。それでまぁそのお父さんが亡くなった後はそれを受け継ぐのはその人しかいないってんで、お父さんの葬儀やらなんやら一通り終わって、どれどれと見てきたらもうボロボロだったと」

「それでぇ、壊しちゃおうってわけぇ？」

「直せるもんなら直して自分が住んでもいいんだけど、お父さんの遺した家もあるし、何せこっちは他人様《ひとさま》の家みたいなもんだからね。家の中に何があるのかわからないし、かなり長い間誰も住んでいないしで基本は解体かなと」

ふむ、と皆が頷きます。まぁそういう話にもなるでしょうね。

「当然ですが、書類関係はきちんと手続きを？」

藤島さんが訊くと、新ちゃんはもちろん、と頷きました。解体するのにもいろんな手続きは必要です。中には詐欺紛《まが》いで他人の建物を勝手に壊してしまうような事件もありますから。

「間違いなくここの所有者からの依頼で、各種書類の手続きも完了しているんでね。こっちはもう何も問題なく」

「せっかくのこういう建物を壊しちまうのはもったいねぇが、持ち主さんの好きにするもんだからな」

古い建物は残せるものなら残した方が後々のためにもなるとは思うんですが、歴史的な建造物でもない限りはそうはいきませんよね。そのまま残すのにもお金は掛かるんですから。

「で？　俺と勘さんに相談ってのは何だよ」

新ちゃんが嫌そうに顔を顰めました。

「それでですね」

「この写真を撮った下見のときにですね。まぁこんな血まみれみたいな本が転がっていたり、何か気配や奇妙な音や声がしたんですよ。実は持ち主の女性も一緒だったんですが、とんでもなく怖がっちゃって失神しそうな勢いでしたよ」

「奇妙な音や声」

祐円さんも思いっきり嫌そうな顔をしましたよ。

「いや気のせいじゃなくてね。咄嗟《とつさ》に録画したんです。今流しますよ」

新ちゃんがまたiPadをちょいちょいと操作しました。本当に何でもできるんですよね今は。これで録音とか録画もできますものね。

iPadから流れてきたのは、そのアトリエのような部屋で撮った映像ですね。新ちゃんと女性の驚く声も入っていましたし、随分慌てたのか画面が揺れています。見て聞いていた皆からも、おぉ、と声が上がりました。

「やべぇな」

祐円さんが顔を顰めます。

どこかの扉が開くような音や、苦しそうなうめき声のようなものも聞こえてきましたね。

わたしも思わずびっくりして声を出しちゃいましたけど、もちろん誰にも聞こえません。紺やかんなちゃんがいなくて良かったです。笑われちゃいます。でも、もしもこれが夜中に聞こえてきたら、うちの猫たちも犬たちも一斉に起き出して聞き耳を立てますよ。猫なんかは背中を丸め尻尾を膨らませて戦闘態勢を取るかもしれません。

「誰もいないのにこれが聞こえてきたら、確かに怖いですね」

藤島さんが言って我南人も頷きました。

「夜中だったら子供が泣いちゃうねぇえ」

「夕方でまだ明るかったし女性が一緒だったからやせ我慢しましたけどね、暗かったら絶対に俺も逃げ出してましたね」

「またこの季節には持って来いの話だなおい」

勘一が何か嬉しそうです。怪談噺《ばなし》は、こうやって聞くだけなら大好物ですよね。

「空き家だったんだろ？　ホームレスとか猫とか入り込んでたんじゃなかったのかぁ？」

祐円さんです。この相談とやらの行く先が見えたんでしょうね。本当に嫌そうな顔をして言いました。

「周りはぐるりとレンガ塀で囲まれているし、鉄の門扉もあって入り込むのはまぁ無理なんですよね。鍵はうちで預かっているのと本人が持っている二つしかないって話ですから。まぁそれでね。相談ってのは、この血まみれの本とかを持ってくるんで何の本なのかちょっと調べてほしいんですけど、その前にね、そのまま持ってくるのも怖いってんで」

新ちゃん、祐円さんを見ました。祐円さんが溜息《ためいき》をつきましたね。

「お祓《はら》いかぁ」

「お願いしますよ。もちろん祈禱《きとう》料は払いますんで」

元神主がお祓いを嫌がっては困ると思うのですが、こういう怖いものは本当に祐円さん苦手なんですよね。地鎮祭とかそういうのはあたりまえに平気なんですけど。

「祈禱して、それから本をこっちに持ってきて、か?」

「そうです。まぁ単にペンキのついた本だったとかならそのまま捨てりゃあいいんですが、本とか絵とかこの他にもいくつかまだ転がっているんです。お祓いして、それらを一応おやじさんに見てもらって、何なのか片をつけてから解体に入りたいなぁと」

「値打ちのあるもんなら、その曾孫さんも考えなきゃならん、ってことか」

そうなんです、と新ちゃん頷きます。

「本人もね、いくら他人様の家のようなものだとしても値打ちものがあるんだったらそれを捨てたらバチが当たるかもしれないし、と。とにかくその家の情報は何にもないんですよ。ひいじいさんの所有だったというだけで、他の誰も何にもわからんらしいです。それでね、俺も古本屋に知り合いはいるし神主も知ってるってんでね。とにかくこっちでやってみますよ、と」

「そりゃあ新の字、若い美人さんだったんで鼻の下伸ばしてついつい余計な仕事も引き受けちまったってことだろ」

勘一が言うと新ちゃんいやぁ、と笑いますね。そうだったんですか。でも確かに通常の仕事の範囲外とはいえ、ちょっと放っておけない話ですよね。

「にしたってよ。本当に幽霊屋敷とかだったらどうするんだよ。呪われるぞ」

祐円さんが言いますけど、皆がお前が言うか、という顔を一斉にしましたね。

「だからおめぇに頼んでいるんじゃねぇかよ」

そうですよ。

「今日これからの話ですよね？　僕も一緒に行きましょうか新さん」

藤島さんです。

「これでもそれなりに絵画関係にも詳しいつもりですし、大勢人がいたら幽霊も騒がしくて出てこられないでしょう」

「助かる。俺はもうそういう芸術関係はまるで駄目だからさ」

「僕も行くよぉ」

珍しく我南人が手を上げましたね。困っている幼馴染みのためだと思いましたか。

「おもしろそうだからぁ。お祓いの儀式でいろいろ持って行くものあるでしょうぉ？　荷物持ちで行くよぉ祐円さん。祐円さんはどうせ引退した身でいつでも動けるものねぇえ。すぐだよねぇ」

はぁあ、と祐円さん溜息をつきました。

「いいよいいよ。その通りで俺はいつでもすぐに動けるよ。新の字、車を神社に回してくれ」

「助かります！」


勘一はお店もあるのでその血まみれの本とやらの到着を待つことにして、新ちゃんと我南人、藤島さんと祐円さんの四人で出掛けていきました。

わたしもその幽霊屋敷とやらを一緒に見に行きたかったのですが、たぶんですけど、わたしも幽霊の類《たぐい》でしょうからね。

この身体になってから今までそういう方々と出会ったことはないのですが、ひょっとしてその家に出ているのが本物だとすると、わたしがその家にお邪魔することで何か問題が起こっては拙《まず》いです。それに、罷《まか》り間違ってわたしが祐円さんにお祓いされてしまっても、それはまたちょっといろんな意味で困りますから遠慮しておきました。

「血まみれの本ってたまに出てきますよね。呪いとか何とか」

四人が出て行くのを見送った後、店番を芽莉依ちゃんと交代して、そのまま詳しい話を聞いていたすずみさんが言います。

「あるな。まぁ何でも呪い云々《うんぬん》に血まみれは付きもんだ。アトリエってんなら絵の具とかそういうもんがたまたま血まみれに見えるか、だな」

「そのアトリエを使っていた画家さんの作品ってこともありますものね」

「そういうこったな。悪趣味だがそんなものもあるだろう」

からん、と土鈴が鳴りました。お年を召した男性がひょい、と顔をのぞかせましたね。

「ごめんください」

「はい、いらっしゃいませ」

男性がそのまま店の中に入ってこないので何か用事かと、すずみさんが帳場を下りて向かいます。

「こちら、古書店の〈東京バンドワゴン〉さんですね」

「はい、そうです」

「実は、買い取りをお願いしたいのですが、車で荷物を運んできましてね」

男性が道の向こうを見ます。我が家の前の道は狭くて小さな軽トラックぐらいしか入ってこられないのです。そしてこの男性、勘一と同じぐらいの年齢に見えますがちょっと痩せ細って足取りも重いですね。すずみさん、すぐに察します。

「あ、大丈夫です。今台車をお持ちして運びますから、どうぞ中でお待ちください」

「あぁ、いえいえ申し訳ないです。台車をお借りできれば」

すずみさんがすぐに裏から台車を持ち出して、そこの通りの歩道に積んであった段ボール箱三箱を載せて店に運び込みました。さほど大きくはない段ボール箱ですけど、本は本当に重いですからね。

「いや、申し訳ないです」

「なんのなんの。仕事ですからね。箱の中身は全部買い取り希望ということでよろしいですかな？」

「はい、お願いします」

「ではちょいと拝見」

帳場に置いた段ボール箱を勘一が開けます。

「ほう」

筒井康隆《つついやすたか》さん、松本清張《まつもとせいちょう》さん、岡嶋二人《おかじまふたり》さんに、綾辻行人《あやつじゆきと》さん。ミステリのものが中心なのでしょうか。きれいな本ばかりです。

「こちらはまた毛色が違いますな」

違う段ボール箱には評論や学術関係、もうひとつには美術関係の本が多いです。持ち込まれる本の中には出所がどうも怪しいと思える新品の本などもあるのですが、こちらは全部しっかりと古本ですね。

「なかなかに状態のいいものばかりですな。あなたの蔵書で？」

男性が頷きます。

「実は、十四、五年前までは古本屋をやっていまして」

「おや、ご同業でしたか」

身体を悪くして店を畳んで今は年金生活とか。

「処分できずに残しておいたものの一部なんですが、そろそろ片づけなきゃなと思いましてね。どうせなら名高いこちらに引き取ってもらえればこの本たちも幸せかと」

「いやそりゃあ嬉しいお話で。値付けにお時間をいただきますが、隣のカフェでお待ちになりますかね。飲み物をサービスいたしますぜ」

「いや、車が待っていますので」

停《と》めていられませんからね。後で電話をして、銀行口座を訊いて振り込む形になりました。お名前は一ノ瀬《いちのせ》さんというんですね。

見送った後に、その足取りを見たすずみさんがちょっと心配そうな顔をします。

「お身体の具合が相当悪いみたいですね」

「そんな感じだったな」

勘一も、心配げに頷きます。

「こう言っちゃあ何だが、最後の最後に残していたものの片づけをしに来たのかね」

古本屋をやっていたというんですから、わたしたちと同じで本が大好きなのですよね。人生の終わりに自分の大事なものを、自分の手で片づけているのでしょうか。

「もしそうなら、うちを選んでくれたのは光栄ですね」

すずみさんが言って、勘一が頷きます。

「まったくだ。ありがてぇことだよ。しっかりと、いい値付けさせてもらうさ」

二

カフェはモーニングの時間が終わる頃にはすっかり落ち着きます。家事を片づけた亜美さんが戻ってきて、青と二人でカウンターに入っています。今日は和ちゃんがこの後ランチが終わるまで入ってくれるようですね。

かんなちゃん鈴花ちゃんはカフェを手伝った後は、どこに行きましたかね。家の中が静かですから〈藤島ハウス〉に行って会沢《あいざわ》の小夜《さよ》ちゃんとでも遊んでいるでしょうか。夏樹《なつき》さんも今日はお休みのはずですから、一緒にどこかへ出掛けたかもしれません。

いつもなのですが、〈藤島ハウス〉の管理人室に住む会沢家にはお世話になっていますよね。玲井奈《れいな》ちゃんも夏樹さんも小夜ちゃん一人より三人で遊んでくれた方が助かると必ず誘ってくれますから。

花陽はお付き合いしている麟太郎さんとのデートに出掛け、すずみさんは古本屋の帳場の後ろで持ち込まれた古本の整理をしています。

まだ新ちゃんたちから連絡はありませんけれど、今頃は雑司が谷の方にあるというその家に着いて、祈禱も終わった頃でしょうかね。祐円さん、怖がりで面倒くさがり屋ですけど仕事はきっちりやりますから大丈夫でしょう。

からん、と土鈴の音がして、お客様が入ってきたようです。

若い女性ですね。店内を見回して、奥の帳場に座る勘一を認めると真っ直《まっす》ぐに向かってきました。

「あのぉ」

「ほい、いらっしゃい」

「いらっしゃいませ」

勘一とすずみさんが応えると、ぺこん、と頭を下げました。おさげ風の髪の毛が揺れます。

少し赤みがかったセルフレームの眼鏡を掛けて、ゆったりしたクルーネックのスウェットにジーンズというラフな服装で大きなトートバッグを肩に掛けています。雰囲気は学生さん、大学生ぐらいでしょうかね。おそらく花陽と同じぐらいの年齢ではないでしょうか。

「こちら、〈東京バンドワゴン〉さんですよね」

「はい、そうですよ。何かご入り用ですかね」

勘一がにっこりと微笑みます。

「私、あのS大の文学部に通っているんですが。あの、根岸裕子《ねぎしゆうこ》といいます」

少し慌てたようにトートバッグからお財布を出して、学生証を取り出して勘一に見せました。

確かにS大の学生証で、根岸裕子さんとありますね。

おどおどしていますけど、大人しそうなお嬢さんですから、何か緊張でもしているんでしょうか。それとも強面の勘一がちょっと怖いでしょうか。大丈夫ですよ。女性と子供にはとことん優しいですからね。

「こりゃどうもご丁寧に。店主の堀田勘一でございます。名刺はありませんけどこいつでも」

お店のカードを手渡します。店名と住所と電話番号にメールアドレスしか入っていませんけどね。

「S大の文学部とは、優秀ですな」

「いえ、とんでもないです。あのそれでですね。私、今卒論の準備をしていまして」

「あら、そうですか」

すずみさんが微笑んで頷きます。卒論ということは四年生なのでしょう。準備は早いに越したことはありませんから、夏休みのうちにしっかりやっておこうということですかね。

「はい、実は間中号《まなかごう》と北島坂仁一《きたしまざかじんいち》について書こうと思っているんです」

「ほぉ！」

「へぇ！」

間中号と北島坂仁一についての卒論ですか。

それはまた、随分と渋いところを持ってきたものですね。勘一もすずみさんも驚くと同時に笑顔になりましたね。わたしもかなり久しぶりにその名前を聞きましたよ。

「お嬢さん、えぇと根岸さんかい。するってぇと間中号と北島坂仁一の本を読んだことがあるんだね？」

「もちろんです」

そうですよね。読まなきゃ卒論の研究テーマにしようなんて思いませんよね。

「まさかそんな若い人がいるなんてびっくり。あのね、私M大の文学部出身なんですよ。当時、間中号と北島坂仁一を読んだことある人なんか文学部にもいなかったわ。教授だって本を見たこともないって」

根岸さん、うんうん、って頷きましたね。

「私も、実はゼミの教授から借りて初めて知って読んだんです。多田野《ただの》教授というんですが、一冊だけ持っていたんです。『美しいシロと黒の馬の物語を月が読む』なんですけど」

「おう、それな。二人の本の中では唯一出回ってるもんだからな」

「あの、本当に魅了されて、どう言っていいかわからないほど感動して、小説と言っていいのか画集なのか、それとも絵本というくくりにすればいいのか」

うんうん、と勘一大きく頷きながら腕組みします。

「いや実際な、あの二人の本はもうただそこにある美しい作品としか言い様がねぇもんだよな。わかるぜぇ魅了されたってのもな」

勘一が言って、すずみさんも興奮気味に頷いていますね。わたしも同感です。

「でも、卒論にするにはその一冊だけではなくて、せめて何冊かを読んで研究しなければならないんですけど」

あぁ、と勘一が頷きます。

「そうかい、それでうちに来たのかい」

「はい。多田野教授が、ひょっとしたら〈東京バンドワゴン〉という古本屋にならその他の本もあるかもしれないと」

そういうことでしたか。その多田野教授という方、うちのことを知っていたんですね。

でも、うーん、と、すずみさん残念そうに首を傾けました。

「申し訳ないけど、うちにあるのも『美しいシロと黒の馬の物語を月が読む』だけなんですよ。しかも売り物ではなくて非売品なんですよね。普段は裏にある蔵の中にしまってあるんです」

そうなんだよなぁ、と勘一が続けました。

「仮にその他の本があったとして売るにしても、とんでもねぇ値段になっちまうからなぁ」

二人はまさに幻の作家と呼んでもいい作家なんです。西洋画の画家である間中号と、小説家北島坂仁一。二人は赤の他人ではありましたが長い間同じ家に住み創作活動を続け、合作の形で本を出していたのです。戦前から戦後すぐの頃でしたよね。

耽美《たんび》小説とも幻想小説ともつかない、ある意味では童話や寓話《ぐうわ》にも喩《たと》えられる独特の作風である北島坂仁一の物語に、間中号は絵を描いて、挿絵などというレベルを超えた画集のようであり、かつ小説としても完成度の高い本当に美しい造本でした。もちろん装幀《そうてい》も造本も全部二人で話し合い制作した本なんですよね。判型も大型で、ちょうど今なら写真集ぐらいの大きさでしょうか。

そんなに素晴らしい作品を遺した二人なのに、日本では完全に無名なのです。そもそもが自費出版に近いものですから、刷った部数もおそらくは数十冊から百冊程度。まったく売れずに商業出版にもなっていません。

ですから、知っている方は相当の活字中毒者なんです。西洋画家である間中号の絵画作品ならば、いくつかは日本の美術館にも収蔵されているはずですけど、それも、正直なところ有名とは言えない画家です。

出した本も五冊きり。北島坂仁一も結局小説家としては合作であるそれだけしか世には出せませんでした。

「その多田野教授ってのは、二人のことに詳しかったのかい?」

「いえ、教授もその一冊しか読んでいなくて、その他の本のことはほとんど知りません。でも、今まで二人の本のことを研究したものなど何もないし、私には向いているんじゃないかと」

ではこのお嬢さんは幻想小説とか、あるいは文学だけじゃなくて絵画方面も大好きなのでしょうね。そうでなければ語れませんものね二人の本のことは。

「でも、日本中の図書館を調べても蔵書は『美しいシロと黒の馬の物語を月が読む』だけで、その他に出版されているという四冊は海外に出てしまっているようなんです。古本屋も、ネットで調べられるところは全部調べたんですけど」

「どこにもねぇよなぁ」

勘一が苦笑しながら頷きます。

「国内ではまったく売れなかったんだけどな。その造本の素晴らしさや深遠な内容でな、英訳されたものはねぇってのに海外では画文集としてとんでもねぇ値が付いてるんだ。ありゃあ何年前だったかなすずみちゃん」

「十年ぐらい前ですよ旦那さん。『緋色《ひいろ》のツグミは太陽に啼《な》いて旅をした』が、イギリスのオークションで百二十万円でした」

「百二十万！」

根岸さん眼を丸くしました。びっくりですよね。古本にそんな値段が付く作家はそうはいません。ましてや海外で売れるなんてほぼ皆無だと思います。絵があったからなんですよね。

「うちにある『美しいシロと黒の馬の物語を月が読む』も、もしも売るとなったら、そうだなぁ三十万出しても買いたい奴はいるだろうなぁ」

「五十はいけると思いますよ。それこそ海外に出せば、その倍ぐらいにはなりますからね」

「凄いんですね」

根岸さん、ほぅ、と息をつきました。そんなになるとは思いもしなかったでしょう。このネット全盛の時代でも、検索しても北島坂仁一と間中号の情報はほんのわずかしかないですから。

「では、手に入れたり、閲覧したりするのはこちらでも無理なんですね」

「正直、無理でね」

勘一が腕組みしながら言います。

「仮に、根岸さんが金持ちで、金に糸目はつけないから海外からでも何でも手に入れてほしいと言うなら、まぁ二百万でもありゃあ一冊ぐらいは何とかなるが、世に出ている五冊の本を全部となると、かける五で一千万とかになっちまうかなぁ」

とんでもない金額ですよ。外車の新車が買えてしまいます。根岸さん、がっくりと肩を落としました。

「一冊だけでも、教授のところでいつでも読めるのは幸運なんですね」

「そうなんですけどね」

すずみさん、そう言ってちらりと勘一の顔を見ましたね。勘一も唇をへの字にして、ちょっと考えましたよ。

「根岸さん、まぁ卒論にしたいってのはわかりやしたが、ちょいと個人的なことをお訊きしますが、東京の方ですかい」

「東京です。家は豊島《としま》区にあるので、学校も実家から通っています」

「ご両親はご健在で？」

「はい。父も母も元気です」

何でそんなことを訊くのだろうという顔をしていますね根岸さん。

「もしも、もしもですぜ。たとえばうちにある『美しいシロと黒の馬の物語を月が読む』を閲覧のために貸すとしたら、高価なものなんで一応保証人を立ててもらわなきゃならねぇんだけど、そんときには親御さんは協力してくれますかね」

「はい、もちろんしてくれます」

ふむ、と、顎を擦《さす》ります。

「多田野教授も、でしょうな」

「たぶん、してくれると思いますけど」

うむ、と勘一頷きます。

「あぁ、おい、紺よ。ちょうどいいやな」

「なに？」

ちょうどノートパソコンやら資料やらを持って紺が居間に入ってきたところでした。一通りの家事を終えたので自分の仕事をしようと思っていたんですね。

「Ｓ大の文学部の多田野教授って知らねぇか」

「多田野教授」

あぁ、とすぐに紺が頷きました。

「知ってるってほどでもないけれど、講師の頃に二、三度会ったことはあるね」

「やっぱりな。おめぇがうちにいるってのもその人は知ってるな？」

「教授が覚えていたら、知ってるはずだね。名刺交換したし」

「ひょっとしたらそれでですね。うちにあるかもしれないって教えたのは」

すずみさんも頷きます。紺もそれから根岸さんも何の話をしているのか、という表情を見せました。

「紺よ、このお嬢さんはな、その多田野教授のゼミの学生さんでな。なんとよ、間中号と北島坂仁一を卒論にしようってんだ」

「へぇ！」

あぁやっぱり紺も眼の色を変えましたね。

「それはいいね！　あ、じゃあじいちゃんひょっとして」

「おう、そうだ。根岸さんな」

「はい」

「これは絶対に内緒のもんなんでな。何にも保証を貰えずには言えねぇんだ。後からきちんと一筆書いてもらうとして、まずは今、教授に電話してよ。知り合いらしいこの孫の紺と話して確認させてほしいんだ。間違いなくあんたはゼミの学生さんで、卒論のために資料を貸すなら自分が保証するっていう話をさ。それは、できるかい？」

「できます！　今の時間なら教授も部屋にいるはずです」

勢い込んで言った後に根岸さん、紺を見てちょっと眼を大きくさせました。

「あの、ひょっとして、紺さんって、作家の堀田紺さんですか？」

「お、知ってるかい」

さすが文学部ですね。紺がちょっと嬉しそうに微笑んで頷きます。

「そうです。堀田紺です。ここが僕の家なんですよ」

「『晴れた日には急行列車で』読みました！　とてもおもしろかったです！」

嬉しいですね。数少ないであろう読者の方に会えるのは。

「ありがとうございます。あの、じゃあまずは多田野教授に電話して貰えますか？　そして僕に代わってください」

すぐに根岸さんが自分のスマホで電話して、紺が代わりました。電話の様子を窺《うかが》っているとやはり多田野教授は紺のことを覚えていて、うちを根岸さんに教えたようですね。話がきちんと通ったらしく、紺が笑顔で電話を切ってスマホを返しました。

「しっかりと確認できたよ。間違いなく多田野教授だね。そしてうちの資料を見せるに当たっては、多田野教授が彼女が自分のところの学生さんだって保証をするって」

「よし、じゃあな、根岸さんね」

「はい」

「この話は、誰にも内緒だ。いいね？」

「はい！」

「もちろん多田野教授には話していいけどよ、他の人には教えないでくれよ。卒論とかに資料の所蔵元を示すときにはな、単に〈所有者より資料として借用〉とでもしてくれ。いいかな？　約束できるかね」

「します。ゼッタイに約束します」

よし、と、勘一笑顔で頷きます。

「うちにはな、現物の本はねぇが、二人の世に出ている五作品、まぁそのうちの『美しいシロと黒の馬の物語を月が読む』は現物はあるが、その他の四作品だ」

「『緋色のツグミは太陽に啼いて旅をした』、『砂漠の王者と湖水の木守《きもり》』、『涙は銀の雨に心は金の光に』、『眠れる龍を紫紺《しこん》の薔薇《ばら》の姫が誘《いざな》う』ですね」

根岸さんがすかさず言います。わたしはよくは覚えていませんでしたが、さすがですね。勘一も微笑みます。

「そうだな。その四作品の写真があるんだ」

「写真、ですか？」

「もう何十年も昔にな、海外の蒐集《しゅうしゅう》家が全作品の全ページを写真に撮ったのさ。まだコピーなんかも普及してない時代だったから、そうするしかなかったんだな。もちろん全部カラー写真だ。そいつをね、うちはまぁいろいろあって手に入れて蔵に保管してあるんだよ」

根岸さんの顔がぱぁっ！　と明るくなりましたね。

「じゃあ、本はなくても！」

「そうよ。一冊の本として手に取ってその美しさを堪能《たんのう》することができねぇのが残念だが、読み込む資料とするには充分過ぎるほどよ」

「しかもね」

紺が続けました。

「以前にうちの蔵書は全部デジタルのデータベースとして残したんだ。そのときに、一枚一枚スキャンしてタブレット上では電子本みたいな形で読めるようにした。色味もデジタル処理してあるから、たぶんだけど本物と比べても遜色ないと思う。むしろ解像度が高い分、画集として考えるなら本物よりもいいぐらいかな」

「スゴイです！　じゃあ、それを？」

うむ、と、勘一笑顔で頷きます。

「それでもあくまでもそりゃあ個人で愉《たの》しむためのもんだからな。こっから持ち出すのは勘弁してもらうが、うちに通ってもらって蔵の中とか居間で読んでいく分には、メモを取ろうが何だったら卒論のための下書きをここでしようが、自由にしてもらって構わないぜ」

「ありがとうございます！　本当にいいんですか？」

「いいってことよ。学生さんの勉強のためだ。それがきっかけになって二人が日の目を見ることになるかもしれねぇ。何がきっかけになるか今はわかんねぇからな」

そうですよね。ほんのちょっとしたことから、今はネットであっという間に拡《ひろ》がったりする時代ですから。

「あ、でも、すごくありがたいお話なんですが、あのそれは、料金の方は」

「もちろん料金なんか取れねぇよ。何せあくまでも個人的に見せるだけの話なんだからな。まぁあれだ、気になるんだったらカフェで一杯何か飲んでってくれよ」

「コーヒー代ぐらいは何とかなる？」

「大丈夫です！　じゃあ、あのこれからいいですか？　まずは読んですぐに感想を書きたいんです！」

笑って皆が頷きました。本好きならこの気持ちはよくわかりますよね。

「いいぜ。蔵ん中は涼しいからそこで読むといいやな。他のもんを見たくなったときは必ず誰かに言ってくれな」

＊

お昼過ぎに通り雨が降りました。陽差しの隙間をさっと通り抜けるような雨で、まさしく狐《きつね》の嫁入りでしたね。ランチタイムでカフェに来ていたお客様も店を出たらいつの間にか道路が濡《ぬ》れていて驚いていていました。

お昼前には帰ってくるかと思っていた新ちゃんに祐円さん、藤島さんに我南人ですが、思いの外時間が掛かったので、どこかでお昼ご飯を食べてから帰ってくるという電話が入っていました。とりあえずは何事もなくご祈禱は終わったのでしょうね。もちろん、何かあっては大変なんですが。

〈**食事は家族揃って賑やかに行うべし**〉が家訓の我が家ですが、さすがに商売をやっているとお昼ご飯はそうはいきません。毎日さっと手軽に食べられるものを用意して、順番に交代で食べることになります。

今日はそうめんですね。夏のお昼ご飯にはよく食卓に上りますが、それだけでは栄養が足りませんので、おかずは必要です。今日はどうやらゴーヤチャンプルのようなものでしょうか。ゴーヤにピーマンやらキャベツも入っていますね。それに細かく切ったソーセージと卵も入れて炒めたものです。

先に亜美さんに青、和ちゃんとすずみさんが食べてしまってから、交代で勘一と紺、研人が食べています。

研人はずっと自分の部屋にいましたか。芽莉依ちゃんは夏期講習に出掛けて、かんなちゃんと鈴花ちゃんは小夜ちゃんと一緒にショッピングモールへ行ったみたいですね。そこでお昼を食べてくるそうです。

「へぇ、幽霊屋敷？」

研人が、祐円さんたちがご祈禱をしに行った話を勘一から聞かされて嬉しそうにしましたね。この子も怪談噺が好きですよね。

「オレも行きたかったなぁ。声掛けてくれれば良かったのに」

「まぁ幽霊なんてそんなものはいねぇだろうが、血まみれの本やらなんやらは持ってくるらしいからよ」

あら、研人はわたしが見えましたね。ちょっと笑って紺と目配せしました。わたしが本物の幽霊というものなのかどうかは自分でもわかりませんが、とりあえずはここにいますからね。

ちょうどそこに、からりと裏の玄関が開く音がしました。ただいま戻りました、というあの声は藤島さんです。

「お帰りー」

「おう。ご苦労さん」

新ちゃんと祐円さんもやれやれと入ってきました。新ちゃんの手には大きな風呂敷《ふろしき》包みがあります。血まみれの本とかをそうやって持ってきたのでしょう。

あら、その後ろから、花陽と麟太郎さんも入ってきましたね。デートじゃなかったんですか？

「お？　麟太郎」

「お邪魔します」

「どうしたの？　デートだったのに」

紺が訊いて、花陽がちょっと肩を竦《すく》めながら笑いました。

「それが、麟太郎さんとレストランでご飯食べていたら、皆が入ってきたの」

藤島さんも苦笑いしました。

「新さんが、旨《うま》い洋食を食べさせるところを知らないかと言うので僕の知ってるところに行ったんですけど、まさか二人のデートの邪魔をするとは思いませんでした」

「あ、じゃあ」

研人が人差し指を立てました。

「花陽ちゃんもその店のことを藤島さんに聞いてたんだ」

「そうなの」

麟太郎さんと顔を見合わせ、花陽も苦笑いですね。たまたま出会してしまうというのも、それこそ堀田家の血が呼んだのでしょうか。それは笑ってしまいますね。

「そこでご祈禱に行ってきたって話を聞いていたら、血まみれの本があるって話になって。ね、と花陽に言われた麟太郎さん、頷きます。

「それは念のために本当に血かどうかを調べた方がいいんじゃないかな、と思って来たんですよ。興味もあったし」

勘一が、そうだった！　と座卓を叩きましたね。

「専門家がここにいたな！」

まさしくそうですよね。臨床検査技師ですものね麟太郎さん。血液検査なども仕事の範疇《はんちゅう》なのでしょう。

「いやでも、仕事でもねぇのに大丈夫か？」

「血かそうじゃないかだけなら、見ればすぐにわかりますよ」

「そう言ってくれるんでね」

新ちゃんが言いながら風呂敷包みを解きました。

「まさかレストランで広げるわけにもいかないんで、一緒に来てもらったんですよ。ほい、これなんですが」

密封式のビニール袋に入っていたのは、まさしく血まみれのような本です。どす黒いと言えばいいんでしょうか。

「あ、ちょっと待って。テーブルの上片づけよう？　もう終わった？」

花陽が座卓の上のそうめんやら何やらを片づけようとして、そうだったと研人も紺も手伝います。もう皆食べ終わっていますから大丈夫です。

「新聞紙でも上に広げましょうか。これいいですか？」

藤島さんが置いてあった今日の新聞を手に取りました。

「おう、もう読んじまったからいいぞ」

がさがさと勘一と二人で座卓一杯に新聞紙を広げます。その上に、新ちゃんがそっとビニール袋に入った本を置きました。勘一と紺、研人も花陽も麟太郎さんも覗《のぞ》き込みますね。

「洋書だな。紺わかるか」

「うーん、〈REMARKABLE〉という単語は読めるけど、それだけじゃちょっと。でもけっこう時代的には古そうな装幀の本だね」

「じゃあ、ちょっと拝見します。袋を開けますね」

「はい、一応手袋」

「あ、ありがとう」

台所から花陽がお掃除用のビニールの薄い手袋を持ってきていました。気が利きますね。麟太郎さんが手袋をつけて、袋を開けて、そっと中から立ち上る臭いを嗅ぎました。皆が固唾《かたず》を呑《の》んで見守りますね。

「あ、血じゃないですね」

「臭いでわかんのかよ！」

うん、と、麟太郎さん頷きます。

「色合いはまさしく血液っぽいですけれど、血液ならどんなに古くなっていてもこうして密封したならその血の臭いがこもってすぐにわかります。ちょっと出しますね」

そっと取り出して新聞紙の上に置き、右手だけビニール手袋を外して指でそっと触りました。

「間違いなく血ではないと思います。何かの塗料でしょうね。このビニール袋借りていいですか？」

「おう、いいよ」

慣れた手つきで麟太郎さん、本から浮いた赤い部分を剝がしてビニール袋に入れます。

「紙に付着したものが、こんなふうに剝がれるのも血液ではないことの証拠ですけど、一応調べましょう。キットで簡単に検査できるので、ものの何分かですぐに終わりますから、電話しますよ」

デートなのに申し訳ないと新ちゃんが言うと、花陽が麟太郎さんの勤める病院に行くだけでも勉強になるからと笑います。要するに二人でいればどこに行ったって楽しいのですよねきっと。この頃の恋人たちとはそういうものですよ。

「それじゃ、すぐに電話しますから」

麟太郎さんと花陽が連れ立って出て行きます。

二人を見送った勘一が、うん？　と、部屋を見回します。

「そういや、我南人はどうした？」

あら、そうでした。すっかり忘れていましたが、いませんね。一緒に帰ってきませんでした。

「それが、幽霊屋敷を出たところで、何か用事があるみたいで先に帰ってくれと」

藤島さんが言います。あの男はいつもそうですよね。ふらっ、とどこかへ行ってしまったかと思うと、いきなりどこからともなく現れて皆を驚かせたりします。

研人が冷たい麦茶を持ってきて皆に配りました。ちょうどそのときに、蔵の中でずっと間中号と北島坂仁一のデータを読んでいた根岸さんが出てきて、居間に勘一と紺以外にたくさんの人がいるのを見て、ぺこりとお辞儀をしました。

外に出ていた三人も、それから研人も知りませんものね。紹介して説明すると古書好きの藤島さんはさすがに間中号と北島坂仁一をよく知っていて、やっぱり喜んでいました。卒論も仕上がったらぜひ読んでみたいと。

根岸さんも一緒に座卓について、冷たい麦茶を飲んでいます。ついでと言っては何ですが、今このおじいさんとおじさんの三人が何をしてきたかを教えてあげると、眼を輝かせましたね。あなたも怪談噺が好きですか。

「で、どうだったいご祈禱の方は」

「ちゃんとやってきたよ。念入りにな」

祐円さんが渋い顔をして言います。

「幽霊、出た？」

研人が嬉しそうに訊くと、新ちゃんが大きく頷きます。

「出たのかよ？」

「いや、姿は見てませんけどね。俺たちが中に入ったら、聞こえましたよ。何か変な音が」

「マジ!?」

「ちょっと驚きましたよね」

藤島さんも苦笑いします。

「でも、ご祈禱を始めたら何の音もしなくなりました。仮に何かあったとしても、祐円さんのご祈禱が効いたんじゃないですかね」

「そう願うよまったく」

「これで、麟太郎くんから完璧に血じゃないって電話が入って、この絵やらなんやらを見てもらったら、持ち主に連絡して、ようやく今後どうするかの話に入れますよ。この辺のリストはちゃんと作りますけどね」

新ちゃんが風呂敷に包んでいたカンバスを指差しました。カンバスが二枚と、スケッチブックですね。あとは本が四、五冊ですか。紺がどれどれとさっそく手に取っています。

「そう、その動画見せてよ。幽霊の声が入ってるって」

研人です。

「おう、いいぞ」

新ちゃんがiPadを出して、今朝皆で見た家の中の様子を映したものを見せます。やっぱり変な物音や声が聞こえてきます。

研人が眉を顰《ひそ》めてますね。

「皆が今聞いてきたのもこれと同じもの？」

「声はしなかったけどな。何かの物音は大体こんなんだったな」

新ちゃんが言って、藤島さんも祐円さんも頷きます。

「ちょっともう一回聴かせて。皆静かにしててね」

研人が新ちゃんからiPadを受け取り眼を閉じて、真剣な表情で映像ではなく流れてくる音を聴いていますね。

皆が何事かと研人の様子を見ています。研人が眼を開けて、動画を止めました。うーん、と首を捻《ひね》りました。

「どうした研人」

「新さん」

「おう」

「これ、ご祈禱してお祓いが終わったから良かった良かったちゃんちゃん、って、そんな簡単な話じゃないかもよ?」

皆が、え? という顔をしましたね。

「どういうこった研人。その音聞いて何かわかったのか」

「これは、スピーカーから出てくる音だね」

「スピーカー?」

「自然、っていうか、まぁ幽霊が自然かどうかとかは置いといて、自然界の音じゃないってこと。ひょっとしたらスマホとかから流れてくる音だと思うな。ってことは、幽霊じゃないよ。さっきの血まみれの本といい、完全に誰かが勝手にこの家に入ってやってるイタズラじゃないの? ってことはさ、この家を壊されることを望んでない誰かがいるんじゃないの?」

悪戯《いたずら》ですか。

「え、そんなの、わかるのか研人? いやそもそもこの音がiPadから流れてくる音だよ?」

新ちゃんが眼を丸くして驚いていますね。

「わかる。少なくとも何かに録音された音がスピーカーからこの現場に流れている音と、自然にどこかから流れた音が録音されたものの区別はつくかな」

人間には聞こえない波長の音とかがあると聞きますけど、それも個人差があるそうですよね。ですから、研人はミュージシャンであることを抜きにしても相当に耳が良いのでしょうね。

「凄いな、研人くん」

「別にオレがスゴイわけじゃないよ。じいちゃんもきっと気づいたんじゃないかなぁ」

心底感心したように言う藤島さんに研人が言います。我南人は現場に行ってますものね。

「ひょっとしたら、今朝の段階で気づいて、そして何かを調べようと思ってどっかへ行ったんじゃないかな？　親父は」

紺が言います。

「あぁそうか」

藤島さんです。

「我南人さんが自分からこういうことに一緒に行くなんて珍しいと思いましたけど、今朝これを聴いたときにもう気づいていたのかもしれませんね。本物の音じゃなくてスピーカーからだって」

なるほど、そうかもしれません。

「しかし、そうすると」

新ちゃん、考え込んでしまいました。

「家の相続に関して何か問題があったってことか？」

「あのぉ」

「なんだい？　根岸さん」

じっと話を聞いていた根岸さんが言います。

「そのアトリエらしきものの動画、もう一度見せてください」

根岸さんもですか？　研人がiPadを渡すと、根岸さん慣れた様子で操って動画をじっと見ます。若い人は皆そうなんですね。こういうのをまるで普段使っている文房具みたいに操ります。

「ここですけど」

一時停止しました。

「この部屋の窓枠って個性的ですよね。細長い三角屋根みたいな形になっていて」

「そうだな。確かに」

昔の鉄製の窓枠でしょう。今こういうのを造るとしたらけっこう費用がかかるんじゃないでしょうか。

「この窓枠、間中号のアトリエのものと、とても似てると思うんですが」

「あ？」

間中号のアトリエですか？

「根岸さん、間中号のアトリエを見たことあるのかい？」

「教授が古い雑誌に載っていたもののコピーを持っていたんです。それを資料として貸してくれて。今見せますね、ちょっと待ってください」

根岸さんが蔵まで走って行って、戻ってきたかと思うと手には自分の iPad を持っていました。

少し息を切らして操作します。

「写真に撮っておいたんです。これです」

皆が覗き込みました。粒子の粗いいかにも昔の雑誌のモノクロ写真ですね。拡大してもかなりわかりづらいですけれど、部屋の中で男性がカンバスの前に立っています。

「この彼が間中号ですか」

「そうです。この後ろの壁の窓ですけど、ほら、カンペキに同じですよね？　写真のキャプションにも〈雑司が谷の間中号のアトリエにて〉って書いてあります」

根岸さん、自分の iPad の写真と、一時停止した新ちゃんの iPad の動画を交互に指差します。

「同じだよ」

「同じだな」

「おんなじだ」

皆が同時に言いました。

勘一も、うむ、と頷きます。

「間違いねぇだろう。こんな珍しい窓枠を持ったアトリエがこの世に二つもあるとは思えねぇ。雑司が谷も合ってるだろ？　しかもこの三角のところに嵌《は》め込んであるのはステンドグラスだよな？」

「それも間違いなく同じ柄ですね。この時代のステンドグラスなら工業製品ではなく手作りの可能性もありますから」

藤島さんです。

「細かい住所なんかは記事にはねぇよな？」

「ありません。でも、雑司が谷とは間違いなく書いてあります。記事自体は間中号の今までの経歴やこれからの展望なんかを書いたもので、あまり資料的にはパッとしないものです」

雑司が谷なら、場所もぴったりじゃありませんか。

「もしも、あそこがかつての間中号のアトリエだとしたら、この絵は」

藤島さんが、そこから持ってきたカンバスを一枚取り上げました。風呂敷に包んでいたものですね。小さいカンバスです。

「ひょっとしたら、間中号の未発表作品ということも考えられますか？」

「確かに画風は近いが、いやしかし、藤島。間中号が死んだのは相当前だぞ？　昭和四十年代だろう。それからずっと整理されねぇであそこにあるってぇのは、ちょいと無理がねぇか？」

「それにあの部屋は掃除されていたぞ？」

祐円さんです。

「確かにきれいではなかったけどよ、仮に亡くなったのが昭和四十年としても今から五十年近く前だろう。そこまで放ったらかしって感じの部屋じゃなかったなぁ。せいぜいが、まぁ二、三年かそこらか」

「確かにそうですよね。五十年間もまったく人が立ち入ってないって気配はなかったですよ。えぇっとちょっと待ってくださいよ。今まで個人情報のこともあるし、別に関係ないだろうと思って言わなかったんですけど」

新ちゃんがそう言って iPad をいじります。

「これですね。あの家を建てたのは、西野春樹《にしのはるき》って人ですよ。〈西野海運〉の元会長」

「〈西野海運〉？」

勘一が首を捻ります。

「さすがに海運会社なんかにはとんと縁がねぇからわからんな。海運会社ってこたぁ船を持ってるんだよな。大きな会社なのか？」

「たぶん、ですね。俺も詳しいことはわかりませんが、海運会社ってのは大きくなきゃやってけないですよね」

「僕も海運業はわからないですね。その人はもう亡くなっているんですよね。今の家の持ち主の曾孫さんというのは？」

「西野彩花《あやか》さんという女性だね。この家は長い間無人だったはずだと話を聞いているだけで、本人も詳しく確認していたわけじゃないんだ。もう単純におじいさん、曾祖父か、の持ち物だったのを譲り受けたと」

ふぅむ、と勘一唸《うな》ります。藤島さんが先程から自分のスマホで何やら検索しています。

「あぁ、ありました」

「なんだ」

「うちの、まぁ紳士録みたいなデータベースですけれど、〈西野海運〉は相当昔に吸収合併されて〈イースト・カーライン〉という会社になっていますね。創業したのは西野春樹さんですが、今は創業家の西野家は社長業ではないようですね」

なるほど、と皆が頷きます。

「そのかつての創業者の西野さんが儲《もう》かってる頃に建てたものってぇことかな。そこに、間中号と北島坂仁一が住んでいたってこたぁ、西野さんは二人のパトロンでアトリエとして貸していたってことも考えられるか」

頷きながら、じっと絵を見ていた紺が、ふいに何かに気づいたように顔を上げました。

「イギリスは、今何時だったかな」

「イギリス？」

紺が自分のiPhone《アイフォーン》で調べました。

「朝の六時か。藍子起きてるかな」

「藍子がどうした？」

そうか、と藤島さんも紺に向かって頷きます。

「この絵を藍子さんに見せるんですね。果たして間中号の未発表のものかどうか。藍子さんなら何となくでもわかるんじゃないかと」

「うん、わかんなくても、本物の画家の意見は必要だろうと思ってさ。ちょっと訊いてみよう」

すぐに紺が自分のノートパソコンで藍子を呼び出しました。少し間があって、藍子が出たようですね。あぁディスプレイに藍子が映っています。

『おはよう紺ちゃん。どうしたの』

「おはよう。今大丈夫かな話していて」

『いいわよ。まだ朝ご飯も食べていないけど』

「間中号は知ってるよね？」

『画家の？　もちろん知ってるわよ』

「この油絵、間中号の未発表の作品だって言われたら藍子はどう思うかな。間中号のかつてのアトリエらしきところから発見された絵なんだけど」

いきなり本題に入っても藍子は何が何だかわからない、などと慌てません。さすが我が家の長女ですね。すぐに真剣な顔をしてこっちを、つまり絵を見ています。

『印象でいいのね？』

「いい。どっちみち本物かどうかは全然わからないんだ。同じ画家としての印象を聞きたい」

画面の向こうで藍子が真剣な眼差《まなざ》しをしています。普段の藍子とは違う顔ですよね。

『私の印象としては、間中号の雰囲気に似せて、他の人が描いた絵に見える。似せた、というよりは、間中号の弟子みたいな雰囲気と言ってもいいかも』

「藍子さん」

『あら藤島さん、おはようございます。お元気ですか？』

「元気です。ありがとうございます。それだけ聞けたらとりあえず今日はいいです。朝ご飯を食べてください」

『何かよくわからないけど、いつもありがとうございます我が家のごたごたに付き合ってくれて』

「じゃあ。詳細は後でメールする」

紺が言ってプツッといきなり切ります。情緒も何もありませんが、姉弟ですからわかりあえますね。とりあえずはいいでしょう。

「ってことは？　紺、こいつは間中号の作品じゃなくてってことを考えたのか」

「思いつきだけど、間中号と北島坂仁一が同じ家にずっと住んでいたというのは、疑いのない事実だよね」

「事実です」

根岸さんが頷きましたね。

「間違いなく、二人の創作活動の場としてアトリエがあり、二人はそこで一緒に暮らしていました。二人とも独身だったので奥さんも子供もいません」

「それがあの家だったとして、独身ならなおさらどう考えてもさ、芸術家の二人がたった二人だけで毎日の生活ができてたって思える？」

ポン、と、勘一が座卓を叩きます。

「お世話をしていた人間がいたってことか」

「そうだと思うよ。藍子が言ってたように弟子とか書生とかって感じかもしれないし、あるいは住み込みの管理人としてか。そして、二人が死んでしまって、いなくなった後もしばらくはあの家に管理人として住んでいたとか」

なるほど、と新ちゃん頷きます。

「それなら、この絵とか本とかが今まで残されていても不思議じゃないか。無人になったのはその弟子とか書生とか、あるいは管理人がいなくなった後だ。そうして何も知らない今の持ち主の西野彩花さんに遺された、か」

「新さんは直接西野彩花さんから依頼されたんだよね。それ以前に管理委託されていた不動産会社とかはないの？」

「あるかもしれないな。調べればわかる」

「何よりも、研人の耳で誰かがまだあの家に入っているのは判明したんだ。悪戯だろうと出入りしていることは間違いない。つまり、鍵を持っているんだよね。そこんところを調べないと、解体なんかできないよね？」

「できない。不法でも住んでいた、なんてなったら俺たちはお手上げだからな。ましてや鍵を持っているとなると」

「うん？」

研人です。自分の iPhone を見ました。

「どうした」

「芽莉依からＬＩＮＥ《ライン》で、今じいちゃんから連絡があって。なに？」

「我南人がどうした？」

「〈この子は芽莉依の高校の子じゃないか〉って訊かれたって、え？　なに？」

研人の iPhone のＬＩＮＥのところに、写真がありますね。高校生の男の子の姿が写っています。

「このブレザーとネクタイは確かに芽莉依ちゃんの学校の制服だろう」

紺が言うと研人も頷きました。研人も一度は芽莉依ちゃんと同じこの高校を目指しましたけど、落ちちゃいましたもんね。学力が足りませんでした。

「そう、誰こいつ？」

研人がＬＩＮＥで何か打とうとしたとき、研人の iPhone が鳴りました。

「じいちゃんだ。もしもしじいちゃん？　なにやってんの？　え？　芽莉依と？　芽莉依は講習に行ってるけど、あぁもう終わる時間か。なにひょっとしてあの幽霊騒ぎの件なの？　こいつ？うん、うん、そういうことね。わかった、すぐ行く」

すぐ行くんですね。研人が電話を切って、皆を見ました。

「じいちゃんが、この高校生男子をナンパしてうちに連れて行きたいから芽莉依と一緒に来てくれって」

「何で芽莉依ちゃんだ？」

「じいちゃんだけだと不審者になるしオレと二人だとカツアゲに見られるからって」

なるほど、と皆が納得しましたね。

「あと、新さんに、できるんだったらあの家の持ち主も連れて来た方が話が早くていいかもねぇ、って言ってた」

新ちゃん、うむ、と頷きました。

「こういうときのがなっちゃんのやることに間違いはないよな。よしわかった。無理やりにでも連れて来る」

三

夏の夕暮れ時、蟬《せみ》の声もまだ元気に響いてきます。

研人と新ちゃんが急いで家を飛び出していってすぐに、花陽から紺の携帯に電話が入りました。

麟太郎さんが自分の病院まで行って検査をしてくれて、百パーセント間違いなく血液ではない、ということでした。やはり絵の具などの何かの塗料だとは思うけれども、何の塗料かまではわかりませんし、そこまで詳しく調べるのは別の仕事になってしまうので、と。

血じゃないことだけわかればよかったですから、そこまでで充分ですよね。

今いろいろその件でバタバタしていて、この後何とか解決しそうだと紺が伝えると、晩ご飯までには二人で帰ってくるそうですよ。花陽もどうなったか知りたいんでしょうね。きっと麟太郎さんも気になっているんだと思います。ボンさんの息子ですものね。我南人とボンさんも、若い頃は何かというと一緒になって走り回っていましたから。

大学生の根岸さんも、あの家が、生前の間中号のアトリエなのかもしれないとなると、結末を知りたいということで、ずっと我が家にいますよ。読み込んだ本の感想を書いたり、いろいろ論文のための下書きをしています。

ひょっとしたら間中号と北島坂仁一の生涯にいちばん詳しいのは彼女なので、いてくれた方がいろいろと話が早いかもしれませんよね。

先に戻ってきたのは、我南人と研人と芽莉依ちゃんでした。

本当に高校生の男の子を連れてきましたよ。

江口清彦《えぐちきよひこ》くんという、やっぱり芽莉依ちゃんと同じ高校の男の子でした。夏休みなのに制服姿を我南人に撮られたというのは、部活で学校にでも行っていたんでしょうか。今は私服なので家で着替えてきたのでしょう。

江口くん、身長はそれほど大きくありませんが細身の子ですね。頭も小さくてスラリとしていて今どきの男の子という感じです。

高校二年生ということは、研人と芽莉依ちゃんのひとつ下ですね。小学校も中学校も二人とは違うという話をしていました。でも芽莉依ちゃんと同じ高校に通っているということは、優秀な子なんですよね。

居間ではズラリと大人たちが並んでしまいました。勘一に紺、祐円さんに藤島さんに我南人ですもんね。ちょっと威圧感はありますよね。

でも、江口くん落ち着いています。道々我南人にどういうことかは聞いてきたんでしょうか。

「江口くん」

勘一が優しく声を掛けます。

「まぁいきなり連れて来られて、こんな大勢の大人に囲まれて困ってるだろうけどよ。別に取って食いはしないからな。安心しな」

「はい」

「うちの芽莉依ちゃんと同じ学校って話だけど、知ってるのか？」

勘一が笑みを浮かべながら訊くと、頷きました。

「話したことはないけど、毎回学年トップの平本《ひらもと》さんのことは知ってます。有名だから」

わかっていましたけど、やっぱり常にトップで生徒さんの間では有名なんですね。芽莉依ちゃんちょっと含羞《はにか》みます。

「もちろん、研人さんも。さっき会ったときにマジでびっくりしました。平本さんのカレシで、〈TOKYO BANDWAGON〉のボーカルで。アルバム入ってます」

自分の胸を叩いたのでそこにスマホがあるんでしょう。研人の曲をダウンロードしてくれているんですね。

「マジで？　嬉しいサンキュ。あ、後でＣＤ持ってく？　ライブでしか売ってないやつサイン入り」

「いいんですか？」

「いいいい。後でな」

嬉しそうですね。音楽も好きなら、きっと研人とも芽莉依ちゃんとも話が合うでしょう。後でゆっくり話をすればいいですよね。

もう少ししたら新ちゃんも着くというので、江口くんに話を聞く前に、研人が音を聴いただけでわかったことを伝えると、我南人がにっこり微笑んで言いました。

「さすが研人だねぇ」

「おめぇもすぐにわかったのか。スピーカーからの音だって」

勘一に訊かれて、我南人が頷きます。

「それぐらいはわかるよぉ。音も合成音だってねぇえ。ってことは誰かが悪戯してるってことでしょう？　しかもそんな雑な悪戯ってことは、大人じゃないよねぇ。子供だよねぇ。でも先入観はいけないしねぇ。とりあえず現場に行ってみようと思ってねぇ」

一応はきちんと筋道通った考え方をしてはいるのですよねいつも。

「案の定、今朝行ったときには現場では変な声はしなかったよねぇ」

「え、でも音はしたよな」

祐円さんが言います。

「あれは単なる家鳴《やな》りだったよぉ。皆びくびくしていたから、変な音に聞こえただけぇ。スピーカーから音がしなかったってことは、朝の段階では誰もいない、センサーでもない、するとあの動画が録画された夕方に誰かがあの家にいたってことだねぇ。スマホからの音だとすると、まぁ部活帰りの中高生かなぁと当たりをつけたんだぁ。だったら今日もしばらくいたら来るかなぁと」

「あ、じゃあひょっとして張っていたんですか？　あの家を」

「そうだよぉ藤島くんたちが行った後にぃ、戻ったんだぁ」

そっと張り込んでやってくるのを待って尾行して、ですか。それでこの江口清彦くんを連れてきたのですね。そこまできちんと考えているのに一人で勝手に動いてしまうところが、今ひとつわたしは納得できないのですが性分なんでしょうかね。単におもしろがっているようにも思うのですが。

「いらっしゃいましたよ」

古本屋のガラス戸が開く音がしましたね。店にいるすずみさんが、居間に向かって言います。すぐに新ちゃんが女性を連れて居間に上がってきました。

「お待たせしました」

「お邪魔いたします」

女性の方、西野彩花さんと仰《おつしや》いましたね。

柔らかそうな白いシャツにこちらも柔らかなベージュの幅広のパンツ。とても上品そうな、でもきりっとした顔つきの方ですね。うちで言えば亜美さんのようなタイプでしょうか。お仕事ができそうな感じです。

新ちゃんが、勘一や祐円さんたちを一通り紹介する間、紺がどうぞと置いた座布団に座らずにその脇で背筋を伸ばして、きちんと一人一人に挨拶します。

特に祐円さんにはご祈禱ありがとうございました、と丁寧にお辞儀をしました。海外暮らしが長いそうだと新ちゃんが言っていましたが、まるで古風な女性の立ち居振る舞いですね。そういう教育を受けてきた方なのでしょう。

「それで、ですな西野さん。まぁ俺はほとんど関係のない、古本屋のじじいなんですがね」

「はい」

「行きがかり上、こうやって話をさせてもらいますけど、西野さんは貰い受けたあの家の事情を何にも知らなかった。で、こっちの高校二年生の江口くんはね、どうやらあの家に出入りしていて、いろいろ事情を知ってるらしいんだよ。そこでだ、江口くんよ」

「はい」

「話を最初に戻させてもらうけどな。この大柄なおっさんがな、建設会社の社長さんであの家を解体も含めて調べることをこの西野さんに頼まれたんだ。ところが下見に行ってみたら、血まみれみたいな本は転がってるわ変な声が聞こえてくるわでそりゃもうビビっちまってな。ありゃあ、全部江口くんの仕業ってことでいいのか？」

「はい、僕です」

きっぱりと言いましたね。

もう何もかも話すと決めているんでしょう。

「そりゃあ、邪魔をするというか追い払うというか、あの家を壊してほしくないからってことだったのか？」

「一応そのつもりでしたけど、いつかそうなることはわかってたし、しょうがないと思っていたのであんまり激しくはしなかったですけど。でも、ごめんなさい。変なことをしてしまって」

そうですよね。高校生で頭も良いんでしょうから、本格的に立ち入りを邪魔しようと思えばもっと凄くとんでもないこともできますよね。それをしなかったのも、何か理由はあるのでしょうけど。

「よし、まぁそれはいいやな。いい大人が子供の悪戯にビビっただけの話で、大した迷惑は被《こうむ》ってねぇよ。ごめんなさい、で、よし。だな？　新の字」

「そりゃもう」

新ちゃんも、それから西野さんも躊躇《ため》らいながらも頷きます。まだ事情がよくわからないからでしょう。勘一、頷いてから話を続けます。

「俺らはな、江口くんをどうこうしようってんじゃあねぇんだ。ただどんな事情があってこういうことになったのか、悪戯をしてしまったのか確かめたいって思ってるだけでよ。それにな、うちの芽莉依ちゃんの後輩がな、何か困ってんならできることをしてやりたいとも思ってる。そこは、わかってくれよ。いいかな？」

「はい、ありがとうございます」

ぺこん、と頭を下げます。

「よし、じゃあ、西野さんな、江口くんも。こいつを見てくれよ」

勘一が言って促すと、根岸さんが自分の iPad を座卓の上に差し出しました。あの間中号のアトリエの記事ですね。

二人が覗き込みます。

すぐに、あぁ、という顔をしたので窓に気づいたのですね。

「ご覧の通り、あそこの部屋の窓と同じだろう？　この男性は間中号という亡くなった画家さんで、おそらくあの家に住んでいたんじゃないかと俺たちは推測したんだが、西野さんはわからねぇんだよな？」

「はい、まったく。本当に情けないんですが何も知らないんです」

「江口くんは、知っていたか？」

こくん、と頷きました。

「じゃあ、江口くんはあの家の鍵を持っててそれも知ってるからには、あの家の関係者なんだろう？」

江口くん、ふぅ、と息を吐きました。そして、西野さんを見ました。西野さんもしっかりと江口くんを見ています。

「あの家は、僕の祖父と祖母が四年ぐらい前まで住んでいた家でした」

西野さん、眼を丸くさせて驚きました。

皆もですよ。まさか、おじいちゃんおばあちゃんのお家だったとは。

「え、それじゃあ江口くん。あなたは、私の親戚になるの？」

西野さんが訊くと、首を横に振りました。

「わからないけど、たぶん親戚にはならないと思います。ちょっとややこしいんですけど、あの、図を描いていいですか？」

「どうぞ」

紙と鉛筆、と思いましたが、根岸さんがすかさずiPadとそれについているタッチペンを渡しましたね。江口くん、何にも躊躇わずにそれでiPadの上に図を描きはじめました。デジタルネイティブというものですね。

「うん？　愛人だ？」

「はい」

江口くん、いきなり愛人と書いて○をしました。そこから描いたのは家系図のようなものですね。

「あの家に住んでいた画家の間中号と作家の北島坂仁一のことはじいちゃん、祖父から聞いてました。僕、美術部なんです。間中号の絵も写真でですけど、見たことあります。そして僕の祖母は、西野さんというあの家の持ち主の愛人、つまり二号さんだったそうです」

「二号さん」

思わず西野さんが繰り返します。まさか今の高校生の口から二号さんという古い言葉を聞くとは思いませんでしたね。

でも、そんな言い回しを知ってるということは、おじいちゃんおばあちゃんから直接そう聞かされていたんじゃないでしょうかね。

「西野さんっていうのは、私の曾祖父の西野春樹のことなの？」

「僕はそう聞いていました。祖父は、それを知っていて二号さんだった祖母と結婚しました。そして二人でずっとあの家の管理人をしていたんです。間中号と北島坂仁一のお世話も二人が死んじゃうまでずっとしていたそうです。仕事でいうと、家政婦で管理人だったって」

「なんとまぁ」

これは、けっこうな驚きでしたね。

たぶんですけれど、パトロンとして芸術家の二人に家をアトリエとして貸すまではわかるとして、そこに二号さんを住まわせて管理させていたとは。いえ、順番は逆かもしれませんね。二号さんを住まわせていた別宅に、間中号と北島坂仁一を住まわせたのかもしれませんけれど。

「西野春樹さんは、間中号と北島坂仁一のパトロンかって俺たちは話していたんだが、その辺はどうだい。いやパトロンの意味はわかんねぇか」

「あ、わかります。そう思っていたかどうかは知りませんけれど、間中号も北島坂仁一もそして僕の祖父母も、あの家の家賃とかは全然払ったことなかったそうです。全部西野さんがやっていたって」

「じゃあ君のお父さんかお母さんは、あの家で生まれたんだ」

紺が訊きます。

「母です。高校生までは暮らしたそうです。でも、あの家はずっと西野さんの持ち物で、自分の父母の持ち物じゃないってことは聞いていたそうです。ずっとそうだったみたいです」

「ずっと」

なるほど、と新ちゃんも頷きます。

「光熱費も税金も何もかも西野さんが支払っていて、住む代わりに管理はしていたんだ」

江口くんが頷きます。

「そして、祖父も、全然有名じゃないしアマチュアだったけど、画家だったんです。間中号の弟子みたいにしていたそうですけど」

「じゃあ」

藤島さんが、絵を出しました。

「この絵も」

江口くん、頷きます。

「祖父の絵です。僕も小さい頃から絵が好きで、ずっとあの家で祖父に絵を習ったりしていました。祖父のことも、あのアトリエも大好きでした。でも、二人とも死んじゃって、そうしたらもうあの家には入れないんだなぁって思っていたんですけど、全然取り壊す気配もなくて」

少しだけ、瞳が潤んでいます。

江口くん、おじいちゃんのことが大好きだったんでしょうね。一緒に絵を描いたりしたことが、いい思い出なんでしょう。

「だったら、家の鍵もそのまま預かっているんだし、いいかなと思って。美術部って言いましたけど、ほとんど部室の美術室には行かないで、学校終わったらあそこで絵を描いたりしていました。たまに同じ美術部の仲間も呼んだりして。皆あのアトリエが好きで、このままずっと使えたらいいなぁって思っていたんですけど。でも、そんなはずはないなってわかっていました」

「そこに、俺が行ったんだな。下見に」

江口くん、頷きます。鍵はもう一本あったんですね。それはおじいちゃんのことが大好きで、いつも通っていた江口くんがおじいちゃんが亡くなった後も預かっていたんでしょう。それを、そのまま持っていたんですね。

「あの日も、絵を描いていたんです。門が開いて車が入ってきたらあそこから見えますから。あ、ついに来たんだなぁって思って。前に美術部の友達と話していて、こんな本が転がっていたら怖がって寄りつかないよなって絵の具を塗った本があって」

「それが、こいつか」

勘一が例の本を出すと、江口くん頷きました。

「隣の部屋に隠れて、iPhone で YouTube の幽霊の動画を流して聞こえるようにしたりしました。本当に、ごめんなさい」

そう言った後に、西野さんに向き直って、もう一度ごめんなさい、と頭を下げました。それから、ポケットに手を入れて出したのは古めかしい鍵ですね。

「これ、返します。もう入ったりしませんから」

西野さんに渡しました。西野さん、小さく微笑み、頷きました。

「こちらこそ、ごめんなさい。江口くん」

西野さんが、また微笑みます。

「私も、会ったこともないけど、身内の不始末なんて考えたら怒られるかしら」

「そうですな」

勘一が、笑みを見せました。

「何があったかは、当事者が全員死んじまっているんでわかりやせんがね。でも、少なくとも、あの家で間中号と北島坂仁一も、それから江口くんのじいちゃんばあちゃんも、幸せに暮らしたんじゃねぇかな。そうだろ？　江口くん。じいちゃんばあちゃんが何か文句は言ってたか？」

いいえ、と慌てたように江口くん、首を横に振りました。

「幸せだって言ってました。じいちゃんは、ばあちゃんと結婚できて幸せだったって」

うん、と、勘一大きく頷きます。

「だとしたら、あの家を建てて皆を住まわせた西野さんのひいじいさんも立派だったってことですよ。決して不始末なんてしてねぇでしょう」

本人達に訊けませんからわかりませんけれど、そう思っていた方がいいですよね。新ちゃんも、満足したように頷きます。

「何はともあれ、あの家はこれでいかようにもできるってことになりましたね」

「そう、ですね。でも」

西野さん、勘一や根岸さんを見ます。

「その、私はまったくわからないのですが、間中号と北島坂仁一という二人は素晴らしい芸術をあのアトリエで作って、遺しているんですね？」

勘一も根岸さんも同じように頷きます。

「日本ではまったく無名ですけどな。海外では高く評価されていて、間違いなく素晴らしい作品を遺した芸術家ですよ。その二人が一緒に長く過ごしたアトリエが残っていてしかも素晴らしい建築物だってんなら、それを壊しちまうのは、まぁ無関係な人間として勝手なことを言いますがね。惜しいとは思いますな」

確かにその通りです。西野さん、そうなのですか、と、ゆっくり頷きます。それから、少し考えるようにしてから江口くんを見ます。

「江口くん」

「はい」

「私もあの家をただ壊したいわけじゃないのよ。いきなりそういう家があるって知らされてね。そして、私日本に帰ってきたんだけど、住める家が二つあることになっちゃったのよ」

「二つ」

　そうなの、と、西野さん少し困り顔をします。

「父が遺した実家と、あの家。贅沢《ぜいたく》な話なんだけども、私も、貧乏ではないけれども二つも家を持つような身分じゃないのね。それでどうしようかどっちかを売らなきゃならないな、って考えていたのよ。でも、ごめんね。そんなふうに江口くんのご家族が過ごしていたなんて何にも知らなくて」

「いいえ、僕こそ、すみません」

「あの！」

　根岸さんが大きな声を出しました。江口くんも西野さんもちょっとびっくりしましたね。

「クラウドファンディングはどうでしょう？」

「クラウドファンディング？」

「本当に勝手なことを言いますけど、私は間中号と北島坂仁一に心底、その、心酔というか、日本が誇っていい芸術家だと思っているんです。そう思っている人は世界中にいるんです。あの、なのでそこを壊しちゃうんじゃなくて、せめてそこを住める状態にして保存して、アトリエ部分だけを間中号と北島坂仁一の、二人の記念館みたいな形で開放するというのは。不可能ではないと思うんです。海外のクラウドファンディングを使えば賛同者はたくさんいると思うんです。流出した二人の作品も集められるんではないかと」

一気に言いましたね。

「もちろん、それだけではなくて、いろいろお金の問題は他にもたくさんあるとは思うんですけれど」

パン！　といきなり我南人が手を叩き、大きく頷きました。いい音がしましたけど、驚きますからやめてください。

「LOVEだねぇ」

あぁ、ここでそれを言いましたか。

「LOVE？」

西野さんが眼を白黒させて思わず繰り返してしまいましたよ。でもさすが海外で暮らしていた方、我南人より発音が良かったです。

「そこにLOVEがあったからぁ、あの家に暮らしがあったんだよぉ。少し不思議な関係でもねぇ。そのLOVEの結晶が作品になってぇ、こうやって根岸さんみたいな人たちの芸術へのLOVEになっていくんだぁ。お金でLOVEは買えないけれど、LOVEでお金を集めることは、それを使うことは全部LOVEだよぉ」

LOVEを言えばいいってものではないといつも言いたくなりますが、言ってることは確かに真っ当なことです。

うむ、と、勘一も渋い顔をしながらも頷きました。

「確かにそれも、あそこを残すためのひとつの手段ではあるな。どうだい、西野さん」

「はい」

「これは相続の問題であって俺らが口出しできるもんじゃねぇけどさ。縁あって、あんたはまぁちょいと違うが姻戚というか、まぁ縁戚と言ってもいい江口くんに出会えた。ひいじいさんが遺した家は素晴らしい来歴を持つものだともわかった。あんたが音頭を取ってこれからどうしたら良いかを、ちょいと考えてくれねぇかな。新しくできた、可愛い縁戚のためによ」

西野さん、江口くんを見て、それから勘一に向かって、こくりと頷きます。

「そうですね。良い結論を出せるようにいろいろ考えてみます。江口くん、お母様はお元気なのよね？」

「あ、はい。元気です。毎日うるさいぐらいに元気です」

皆が笑いました。きっと活発で賑やかなお母さんなんでしょうね。

「あの家で過ごしたのはお母様も同じよね。近いうちに、いえ、すぐにでもお会いしてお話がしたいって伝えてくれる？」

はい、と、笑顔になって江口くん頷きました。

「あれだよ西野さん。家の修繕やらなんやらはこの建設会社の新の字もいろいろ相談に乗ってくれるだろうし、さっきからほとんど喋《しゃべ》ってねぇ色男がそこにいるんだけどよ。藤島ってんだ」

藤島さん、急に名前を呼ばれましたが、なるほどと頷きました。

「ＩＴ企業の社長さんでな。父親は書家だったんだが、亡くなった後にその記念館みてぇなものも自分で経営してる。その辺りの相談にはいつでも乗ってくれると思うが、くれるよな？」

藤島さん、笑いました。

「もちろんです。名刺をお渡ししますのでいつでも」

「ありがとうございます」


夜になって、カフェも古本屋も閉店しました。晩ご飯までに帰ってくると言っていた花陽と麟太郎さんも戻ってきて、晩ご飯です。ハヤシライスとトマトのサラダが今夜のメニューですね。

「そういや麟太郎。すずみちゃんの手術の件は聞いたか？」

勘一が座卓についた麟太郎さんに訊きました。

「あ、はい。伺いました。そういえばどこの病院に行っているかはまだ聞いてなかったですけど」

「うん、卿供館《きようきようかん》病院なの」

すずみさんが言うと、あぁ、と、麟太郎さん頷きながらちょっと表情を変えましたね。

「知ってる？」

「もちろん、わかりますよ。いい病院だと思います。特に婦人科に関してはとても評判が良いですね」

そうか、と勘一頷きます。

「病院関係者の麟太郎がそう言うんなら安心だな」

「麟太郎さんのところも婦人科はあるだろうけどね。ごめんね行かなくて」

すずみさんが笑って言うと、麟太郎さん、いえいえと手を軽く振りました。

「こんなところで営業はしませんから」

皆が笑いました。病院で営業というのも変ですけど、病院だって商売には違いありません。患者さんが増えるというのは病人が増えるということで、良くないことなんでしょうけど、でも患者さんに来てもらえないと病院も経営が成り立たなくなります。その辺は悩ましいところですね。

かんなちゃんも鈴花ちゃんも席について、皆が揃ったところで「いただきます」です。今夜は藤島さんは来なかったですね。

「じゃあ、新さんも、その根岸さんっていう女子大生の人も一緒になって、その江口くんって高校生の家へさっそく行ってるの？」

ハヤシライスを食べながら、今日の顛末を詳しく聞いた花陽が訊きました。仕事をしていた亜美さんも青もすずみさんもほとんど聞いていなかったので、興味津々でしたね。

「そうだ。そもそも江口くんのお母さんが、もう唯一生き残っているあの家で過ごした人になっちまっているからな」

「間中号と北島坂仁一のことだって、ひょっとしたら江口くんのお母さんが何かを聞いているかもしれないからね。根岸さんは絶対に会いたいって張り切っていたよ」

紺が言います。花陽も医者を志しているとはいえ古本屋の娘ですからね。間中号と北島坂仁一の本のことは知っていて、なるほどと頷いています。

「もしも二人の本について何か知ってることがあるなら、私たちも聞きたかったですね」

すずみさんです。

「まぁそうだが、根岸さんが知らせてくれるだろう。あの家のこれからのことに関しちゃあ俺らは無関係の人間だからな」

そうですね。わたしたちがこれ以上出しゃばって騒がせてもいけません。

「しかし、そんな出来事が起こるんですね」

麟太郎さんが感心したように言います。

あるんですよね。しかも我が家にいるとけっこうそんなことやら何やらにたくさん出会えてしまうかもしれませんよ。

「本当に、家って大切なので、いい方向に向かってくれればいいですね」

芽莉依ちゃんが言って、皆が頷いていました。

芽莉依ちゃんの生まれ育った家は借家でしたし、お父さんお母さんが住む今の実家は行ったこともない札幌《さっぽろ》ですからね。ひょっとしたら人一倍、家というものに心を向けているのかもしれません。

同じように、そう思いましたかね。勘一が優しく芽莉依ちゃんに向かって微笑みました。

「あれだぞ？　芽莉依ちゃんは、家はもうここだって思っていいんだからな」

芽莉依ちゃん、はい、と頷きながらも少しきょとんと眼を丸くしました。花陽が言います。

「大じいちゃん、芽莉依ちゃんはね、小学校の頃から早く家を出るって自立心の強かった子なんだよ。心配しなくて大丈夫だよ」

「お、そうか？」

「あ、はい」

芽莉依ちゃん勘一の言ったことの意味にそれで気づきましたか。

「でも嬉しいです。私もそう思ってます」

「まぁ今は花陽ちゃんの部屋に居候だけどね」

「あ、言っとくけど研人」

「なに」

「私と芽莉依ちゃんはあんたと同じぐらいずっと一緒にいて、女同士ものすごーく気が合うんだからね。どうせあんたは将来おじいちゃんみたいにあちこちふらふら飛び回るんだから、二人でどっかで一緒に暮らしてもいいよねーって話してるんだから」

「え、マジか」

皆が笑いました。将来の話ですけど、そういう暮らし方、生き方もあるのかもしれませんね。

*

夏の夜というのは昼間の蒸し暑さが残ってしまうと本当に寝苦しくなります。それでも、今夜は少しばかり気持ち良い風が吹いていますか。

夜中に二階から下りてきたのは紺ですね。台所で何か飲んでいたみたいです。寝る前に水分補給で、麦茶でも飲みに来ましたか。最近寝てるときに足が攣《つ》ることがあるって言ってましたから気をつけた方がいいですよ。

そのまま仏間にやってきましたね。正面の座布団に座っておりんを鳴らします。話ができるでしょうか。

「ばあちゃん」

「はい、お疲れ様」

「新さんが連絡くれたよ。西野さんが向こうの江口くんのお母さんともちゃんと話をしてきたって」

「そうかい。どうだったんだい」

「詳しくはまた話しに来るって。だけど、これからそれこそいい親戚付き合いができるんじゃないかって感じだったってさ。正確には親戚じゃないんだけどね」

「あぁ良かったじゃないか。西野さんもね、いくら関心がなかったとしても、あれだけのものをただ壊しちまえなんて思うお嬢さんじゃないと思うよ」

「そうだよね。本当にちゃんとした女性だよ。江口くんはまた遊びに来てくれるんじゃないかな。うちにある美術書とかすごく見たがっていたから」

「それはいいね。研人の曲も好きだって言ってたからね。根岸さんも喜んでいただろうね。まさかこんなことになるとは思ってもみなかっただろうから」

「こういう、若い子たちに喜んでもらえることになるとやっぱり嬉しいよね」

「あれだね、祐円さんに話したら、俺のお祓いが効いたんだって言いだすんじゃないかね」

「本当だ。あれ？　終わりかな」

はい、ありがとうございました。

おやすみなさい。クーラーが効いているでしょうけど、かんなちゃん鈴花ちゃんが布団を蹴飛ばして風邪を引かないようにちゃんと見ていってくださいね。

たとえどんなに素晴らしいものでも、それが認められずに時の流れの中に消えてしまうことはあります。忘れたくない良い思い出になったとしても、時が経てば経つほどその輪郭が薄れていき、ぼんやりとしてしまうものです。

時の流れとはそういうものですよね。良いことも悪いことも、残したいものも消したいものも、すべてを平等に押し流していきます。

その時の流れを押し留めて、良きものをきちんとした形にして残し、後世に伝えられるというのが人間の知恵というものでしょう。

忘れられてしまったものでも、縁があって出会った者同士できちんとした形に残せることはきっとありますよ。

秋 元のあなたの空遠く

一

我が家の庭の秋海棠《しゅうかいどう》は遅咲きだったはずですが、ここ何年かはわりと早く九月の初めから可愛らしいピンク色の花を咲かせて、そして十月になっても随分と長くその色を楽しませてくれます。

ひょっとしたらもう何年かすると一度枯れてしまうかもしれませんね。庭に移植してほぼ野生化したものには、そういうことがあると聞いたことがあります。代替わりみたいなもので、枯れてもその脇から新しいものはきちんと生えてくるとか。

その周りで秋桜《コスモス》の花も咲き出しました。これは植えたものではなくいつの間にか育っていたのです。おそらくは風が運んできたのでしょうね。小さな庭ですが、そういうのはたくさんありますよ。

あそこの可愛い紫の花はたぶんサルビアなのですが、あれもいつの間にか咲いていました。一時期は本当にたくさん咲いていたのですが、ここのところは少なくなってきたような気がします。

ご近所の家もほとんどが小さい庭ですが、色んな草花や木を育てています。秋になると実りをつける栗《くり》の木や柿の木、団栗《どんぐり》に銀杏《ぎんなん》もありました。ちょっと向こうのお宅にも大きな栗の木がありまして、わたしが生きている頃にはお家の方がよくお手入れをされて、たくさん実をつけたら分けていただいたりしましたよ。

実りの秋。食欲の秋に読書の秋。戸を開け放つことも少なくなり家の中に静かな時間が流れることが増えますよね。

読書の秋という言葉はいつ頃定着したのかはよくわかりませんが、そもそもは漢詩から来たのではないかとは聞いています。

昔の人も、騒がしい夏が終わり夜が長くなり、静かな時間が増える秋はゆったりと家で本を読むのに適していると思っていたのでしょうね。

また大正時代に元があるという〈読書週間〉も、その言葉の普及に寄与したとか。統計を取ったことなどありませんが、やっぱり夏よりは秋の方が古本屋の売り上げも伸びているはずですよ。

気温が低くなってくるといつにも増して元気になるのは犬のアキとサチです。

どこのワンちゃんもそうでしょうけれど、夏の間はぐったりとしていることが多いですし、散歩もアスファルトの照り返しがきついのでなんだかさっさと帰ってきてしまいます。

でも、秋は違います。ようやくこの季節が来たかと、早く散歩に行きましょうと自分でリードをくわえて、その辺にいる誰かに催促したりします。家に人がたくさんいると楽でいいですよね。必ず誰かがすぐに連れていってくれますから。

まだアキとサチが本気を出すとその力には負けてしまうかんなちゃん鈴花ちゃんですが、二人がリードを握ったときには決して走ったり引っ張ったりしません。その代わりに大人が引いて走り出すと、一緒にどんどん走ったりもする賢い犬たちです。


そんな秋の十月の終わりの日曜日。

静かな秋ですが、いつもと変わらず堀田家の朝は賑やかに始まります。

かんなちゃん鈴花ちゃんが二階の部屋から自分たちだけで起きてきて、階段を駆け下りて〈藤島ハウス〉の研人の部屋まで走ります。花陽と芽莉依ちゃんもその音で起きることが多いそうですから、我が家の目覚まし代わりになっています。

研人も以前に言っていましたが、いつまでこうやって大好きなお兄ちゃんである研人を起こしに行くんでしょうね。

〈藤島ハウス〉には、鈴花ちゃんの実のお祖母《ばあ》ちゃんである池沢さんも住んでいるのですが、もちろん二人はちゃんとおはようの挨拶をしてきます。

わたしたちは池沢さんも一緒に我が家で食事をしてもらってもちろん構わないですし、むしろそうしてほしいのですが、本人がそれを良しとしません。

カフェにはよくお友達をたくさん連れて来て売り上げに貢献してくれます。そこで我が家の皆とお喋りもしますし、ちょっとしたタイミングで古本屋の帳場に座ったこともあります。

それでも、我南人との不倫で青を産み、母親として育てることを放棄していた自分は、我南人と秋実さんの家である堀田家の敷居を跨いで過ごせる立場ではない、と自分で決めているのですよね。

いつか、わかる日が来るとは思いますが、鈴花ちゃんかんなちゃんはどうして隣にいるお祖母ちゃんがうちでご飯を食べないのか完全に理解はしていません。以前に訊かれたときには、百合枝おばあちゃんは普段は一人で過ごしたい人なんだよ、と、すずみさんが言って何となく納得させていました。

それでも、家でやるお祝いとか会食、パーティなどにはちゃんと顔を出して皆と楽しんでくれていますし、普段から二人の面倒をよく見てくれていますからね。ときには小夜ちゃんも一緒に三人引きつれてお出かけとかもしてくれます。仕事をしているお母さんである亜美さんすずみさん玲井奈ちゃんは本当に大助かりですよ。

その池沢さん。女優は既に引退表明していますのでもう普通の人ですが、やはりそこは何十年も日本を代表する女優として存在してきたお方です。今もきちんと早起きして、朝ご飯を食べ、身体を維持するためにジムに通ってプールで何百メートルも泳いだりしているのですよ。他にも日舞をしたり、ときにはマラソンなどもするとか。確か我南人と同い年なので、もう六十後半です。その姿形は四十代でも充分通用しますよね。大したものだなぁと本当に皆がいつも感心しています。

亜美さんとすずみさんが台所で朝ご飯の支度を始めると、花陽と芽莉依ちゃんもやってきます。我が家の台所は広く、三、四人ぐらいで動くのがちょうどよいのです。知らない方が初めて見ると、どこかのひなびた旅館の炊事場みたいだと言いますよね。あるいは合宿所の台所でしょうか。

その昔から大勢の人たちが集まることが多かった堀田家です。そのために食器の数も相当たくさん揃っていまして、茶箪笥《ちゃだんす》に仕舞われた皿の中には大正の頃からずっとある、などと言われるものも残っていますよ。

勘一が起きてきて新聞を持って上座に座り、我南人も起きてきてその反対側に。紺に青に研人。日曜日ですが藤島さんもやってきましたね。皆が今日の席決めはどうなるかと立ったまま待っています。

まだ若い猫の玉三郎とノラが、立っている皆の足の間をすりすりと行ったり来たりします。犬のアキとサチも自分たちもご飯を貰えると待っています。年寄りのベンジャミンとポコは騒いだりはしません。そのときどきに好きな場所で、悠然と皆の様子を眺めていたりしますね。

涼しくなってくると皆に抱っこされることが多くなる我が家の四匹の猫たちですが、ベンジャミンとポコは年のせいもあるのでしょうね、誰に抱っこされてもされるがままになっています。ベンジャミンなどはそのまま腕の中で眠ってしまうこともよくありますよ。若い二匹は、玉三郎はそうでもないのですが、ノラは抱っこされるのがあまり好きではないようです。抱っこしようと捕まえるときに逃げたりはしませんが、抱っこされてもすぐに前脚を突っ張って降りてしまいます。猫の性格は気ままで我儘《わがまま》とよく言われますが、猫にも個性があっていろいろですよね。

芽莉依ちゃんが皆の箸が入った箸箱を持って、かんなちゃん鈴花ちゃんの指示を待ちます。

「今日は男と女にわかれましょうね」

「男はこっちがわ、女はこっちがわです」

よくあるパターンですね。そうは言いながらも、紺に青に研人に藤島さんと並んだ藤島さんの横に、かんなちゃん鈴花ちゃんはさっさと座りました。

花陽もそうでしたけど、イケメンが好きですよねかんなちゃんと鈴花ちゃんは。でも、藤島さんに負けず劣らずのイケメンである青には、自分たちの叔父と父親なのでそんなに興味はないみたいです。

白いご飯におみおつけ。具にしたのは玉葱とさつまいもと枝豆です。目玉焼きにはほうれん草のバター炒めもつけて、鶏肉《とりにく》とレンコン、さつまいもを甘辛く炒めたものは昨夜の残り物ですね。杉田《すぎた》さんのところのお豆腐は冷奴《ひややっこ》にして、焼海苔と梅干しも並びました。

皆揃ったところで「いただきます」です。

「あー新聞新聞。今日の朝刊だよね？」

「今朝は寒かったけど、芽莉依ちゃんは大丈夫だったか？」

「今夜ジャズクラブでライブよね？　研人」

「あ、さつまいも、昨夜のよりすっごく甘くない？」

「すごーい。紺ちゃん出てるー。ほらかんなちゃんパパだよー」

「大じいちゃん、〈藤島ハウス〉はうちよりずっと暖かいから大丈夫だよ」

「美登里さんは引っ越しよね。手は足りてるのかしら」

「さっき見た！　ひらがなしかよめないけど」

「ジャズすき」

「北海道の家ぐらいに断熱材が入っていますからね。冬は暖かいです」

「そうだよー。ジャズをやるところでロック。珍しいってさ」

「発売してすぐ重版って、凄いことなんですよね？」

「考えてみりゃあ、俺はそっちに泊まったことないからな」

「平気です。本当に暖かいので」

「え、鈴花ちゃんジャズってわかるの？」

「引っ越し屋が運ぶから男手はいらないんだよね？」

「かんなはロックンロール！」

「今の時代はね。ましてや兄貴は売れない作家だからね。この注目度は凄いよ」

「そのようです。片づけは玲井奈ちゃんや池沢さんが手伝ってくれるので大丈夫だとか」

「かんなも鈴花ちゃんもね、リズム感とかすごく良いんだよね。音感もいいのかなぁ」

「おい、マヨネーズ取ってくれマヨネーズ」

「今度大じいちゃん寝てみる？　オレの部屋に」

「その書評家さんは影響力大きいですからね。紺さんもこれで全国区じゃないですか」

「ピアノとか習わせて。あ、でも我南人さんも研人くんもピアノ弾けますよね」

「はい、旦那さんマヨネーズです」

「僕たちのは自己流だからねぇえ。クラシックはちゃんと習った方がいいかなぁ」

「それはまだ大げさだね」

「おう、寝てみてもいいかもな」

「旦那さん！　冷奴にマヨネーズですか！」

「何だよ、豆腐サラダとかもあるだろ。旨いぞ？」

豆腐サラダは確かにありますけれど、あれは大体の場合醤油《しょうゆ》系や酸っぱいドレッシングだからこそ合うんですよね。まぁ確かに大豆にマヨネーズですから合わなくはないのかもしれませんけれど。あぁでもそうして崩すんですか。最初から冷奴にしないで豆腐サラダにした方がよかったですね。見た目が悪過ぎます。

新聞に載っていると皆が言っていたのは、紺の新刊の書評なのですよね。しかも別の新聞にインタビューも載っているんです。

今までも小さいインタビューは雑誌などでいくつかありましたけれど、大手新聞の紙面に書評やインタビューが載るのは初めてなんですよ。

先月末に出た新刊小説『ブルーブラックカンパニー』が、お蔭様で発売前のゲラというもので専門家の皆さんに読んでもらっているときから大好評で、新聞や雑誌に書評がたくさん出て、しかも発売後一週間で重版が掛かったのです。

初めてのことでしたよ、紺の小説に重版が掛かったのは。もっとも、最初の刷り部数、つまり初版の部数が少ないので重版が掛かっても全然大した刷り部数にはなっていないのですが。

「意外とさ、兄貴って写真写りいいよね」

「あ、オレも思った」

青と研人が言います。確かにそうですね。

そりゃあ、モデルさんも裸足で逃げ出すような池沢さん譲りの美貌の青と、亜美さん譲りの整った顔と若い可愛らしさが同居した研人と比べると、地味で目立たない風貌のおじさんですが、こうして紙面に載ると、なかなかどうして知的な雰囲気のある、いかにも小説家という感じです。

「顔で本が売れるわけじゃないからね」

「いやでも顔が出た場合は、雰囲気と小説の感じがうまくマッチしたら一割ぐらいはそれで売れますよきっと」

すずみさんが言います。

「確かに、今の時代はそれもあるわな」

「あるかもしれないけど、結局は内容と運だからね。おもしろくなければ売れないし、おもしろくても売れない場合もあるし」

それでも、一歩大きく前進したことには違いありません。今も既に表向きの稼ぎの面では息子の研人に抜かれてしまうこともあるのですが、紺もまだ四十代です。小説家としての伸び代はまだまだあるでしょう。

「まぁ古本屋の裏は俺に任せてさ。兄貴はもっともっと稼いで有名になってもらってさ。古本屋なんだから、いくら研人がミュージシャンで有名になっても本は売れないんだよな」

「確かにな」

それは確かにそうなんですよね。我南人が有名人でお店にファンの方がやってきてくれても、カフェにはお金が落ちますが古本屋で本を買っていってくれる方はほとんどいらっしゃいません。その昔に〈我南人愛読の本〉などというコーナーも作ってはみたのですが、期待したものにはなりませんでした。

「その点、小説家として有名になれば、その小説家がやってる古本屋となってこれはもうお客さんも反応するよ。この先、我儘を言えるようになったら取材は全部古本屋〈東京バンドワゴン〉でやってもらってさ」

取らぬ狸《たぬき》の皮算用ですけれど、青の言ってることはその通りですね。皆もうんうん、と頷きます。その点では新刊書店でないのが残念ですけれど。

「藤島さん、今日は日曜なのにお仕事ですか？」

すずみさんが食後の熱いお茶を淹《い》れながら訊きます。部屋着ではなくスーツを着てきましたよね。

「ちょっと会議があって、昼までですね。午後からはそんなにないですけど」

「今日は美登里も一緒に女性だけで〈はる〉さんでご飯を食べるって聞いてます？　引っ越し祝いなんです」

藤島さん、にこりと微笑み頷きます。

月に一度ぐらい、そうやって女性陣だけで〈はる〉さんにお邪魔する日を作っていますよね。今回は美登里さんがやってくるのでそれに合わせたようです。

「聞いてますよ。今夜の堀田家は男だけなので、僕も晩ご飯までには戻れるようにします」

「でも良かったー。美登里の引っ越しが私が入院してるときじゃなくて」

すずみさんがそう言うと、何人かがカレンダーを見ました。

居間の壁には書き込みができるカレンダーがいつもかけてあって、そこには皆がそれぞれに大きな予定などを忘れないように書き込むのですが、明日のところから一週間ほど矢印が引っ張ってあります。

すずみさんの子宮筋腫の手術ですね。女性にとってはとても重い決断ですが、すずみさんとそして夫の青は話し合って子宮全摘術を受けることに決めたのですよね。二ヶ月以上前からお医者様の言う通りにして、手術に備えてきました。

その手術が二日後です。前日から入院しますので、明日にはすずみさん病院に行きます。術後はおそらくは一週間ほどの入院になるのではないかとのことで、一週間いないよ、と矢印が引いてあるのです。状態によってはもっと早く帰ってこられるかもしれないそうですけれど。

「鈴花ちゃん。淋《さび》しがらないか、な？」

藤島さんは言いながら、もう走っていなくなった鈴花ちゃんの行った方を見て少し微笑みました。

「大丈夫ですよ。うちはたくさんいるから」

「ですよね」

かんなちゃんもいるし、お母さんはしばらくいなくても、亜美ママも花陽ねえちゃんも芽莉依ねえちゃんも、お祖母ちゃんもいますからね。


朝ご飯が終わるとそれぞれに仕事です。

今日は日曜日ですから、かんなちゃん鈴花ちゃん、花陽に研人に芽莉依ちゃんの学校はお休み。いつものようにかんなちゃん鈴花ちゃんは、カフェの開店から二人揃ってお手伝いをします。もう二人専用のエプロンがあるんですよ。亜美さんとすずみさんの手作りなんですけれど、真っ白でレースの飾りがついていて、昔のカフェの女給さんみたいなエプロンです。本当に可愛らしいんです。

「おはようございまーす！」

「おはようございまーす！」

二人とも常に元気一杯ですよね。

二人きりでいるときには鈴花ちゃんは大人しい女の子なのですが、人前に出るとかんなちゃんの元気さに引っ張られるんですね。小学校では今はたまたまか配慮してもらったのか同じクラスで何の心配もないんですが、この先クラスが分かれたりしたらどうなりますか。もしそうなったら普段の様子をちょっと見てこようかな、なんて思っています。

カフェを開店した頃は藍子と亜美さんの美人義姉妹として二人が看板娘だったのですが、時の流れは早いものですよね。かんなちゃんと鈴花ちゃんの可愛いいとこ同士が、朝限定ですけれど看板娘になってしまいました。

今日は受験のための講習がないという芽莉依ちゃんは、人前に出るカフェや古本屋のお手伝いはしないようにして、亜美さんと一緒に家事をやってくれるそうです。カウンターには青とすずみさん、和ちゃんもいて花陽も手伝います。

我南人と研人はそれぞれ自分の部屋に行きましたかね。姿が見えません。

「ほい、おはようさん」

「おう、おはよう」

祐円さんがいつものように古本屋のガラス戸を開けて足取りも軽く入ってきました。今日は、紺色のスラックスに秋冬物の黄土色のカーディガンという年寄りらしい地味な服装です。

勘一もそうですが祐円さんも元気ですよね。一度倒れて入院はしましたが、大事に至らずその後の検査でも異常はなく、毎日快食で健康だそうです。自分の家の新聞でしょうか。いつもは入ってきてすぐに我が家の雑誌とかを手に取っても読まないでそのままなのに、今日は自分で持ってきていますね。

「祐円さん、コーヒーにします？　お茶にします？」

「今日はお茶を貰おうかな。勘一の馬鹿みたいに熱いやつじゃなくて普通のね」

すずみさんが笑って台所へ向かいました。

「明後日《あさって》だったか？」

祐円さんがすずみさんの後ろ姿を見て言います。勘一が、うむ、と頷きました。

「大丈夫だって言われても手術ってのは不安だよな」

「まぁな。けど病院はいいところらしいし、担当の医者も腕のいい女医さんだってよ。須藤《すどう》先生ったかな」

「女医さんか。花陽ちゃんの将来の姿だよな」

そうなれるように頑張っていますよね。

「で、病院はどこだって？」

「卿供館病院だ」

あぁあそこか、と祐円さん頷きます。

「そんなに遠くないからいいな。見舞いにも行けるか」

「お見舞いなんかいいですからね祐円さん」

お茶を持ってきたすずみさんが言います。

「なんでよ」

「命に関わる病気でもないしそんなに難しい手術でもないんですから。経過が良ければ一週間どころか二、三日で退院できます。皆にも言ってるんです。わざわざ来なくていいからねって」

「それに婦人科だぞ？　祐円。夫の青はともかくも、俺らみたいなじいさんや他の男連中にぞろぞろ来られたら周りのご婦人の患者さんも迷惑ってもんだ」

「まぁそう言われりゃそうか」

迷惑とは言われないでしょうけれど、個室ではない婦人科の病室に男性が来ると、やはりちょっと恥ずかしいと感じる人もきっと多いですよね。お母さんが心配でしょうから、鈴花ちゃんとかんなちゃんを連れて亜美さんとか花陽とかの女性陣が様子を見に行きますよ。

あ、でも芽莉依ちゃんは絶対にダメですと皆が揃って言いましたよね。受験生である芽莉依ちゃん。もちろんまだ試験日までは相当にありますけれど、病院に行って風邪でも貰ってきたら困りますから。

「おう、で、紺の野郎ついにやったじゃねぇか」

祐円さんが手にしていた新聞をパン！　と叩きました。それで今日は新聞を持ってきたんですね。

「売れてんだろ？　新刊。これで直木賞ってか？」

「馬鹿野郎」

勘一が苦笑します。

「直木賞ってのはそういうもんじゃねぇんだよ。それにな、売れたって言っても元々が売れてねぇんだ。たとえるなら百円商売の駄菓子屋で普段は一日十個しか売れなかったもんが、今回ようやく二十個売れたって話だ」

「あ、そんなもんか。にしたって倍になったたっていう景気のいい話じゃないか」

「まぁそうだけどよ」

「そうですよ。お義兄さん、そもそもが実力はあるんですから」

　すずみさんが、力を込めてうん、と頷きながら言います。

「すずみちゃんがそう思うんなら大したもんだな。俺はまるでわかんないからな」

　祐円さん、我が家とは生まれたときからのご縁で八十年は自分から通っているのに、小説にはほとんど興味がないですからね。

「とは言っても、実力があっても売れるとは限らないのが、小説ってもんなんだろうしな」

「それはどんな世界でもおんなじよ。我南人だって一時期売れたからいいようなもんだが、もっと凄い実力があってもまるで売れなかった音楽仲間もたくさんいたぜ」

　そうですよね。プロは実力と運の世界です。それはどんな仕事でも、業界でも同じですよ。実力だけあっても駄目、運だけあっても駄目。その両方に恵まれた人がほんの一握りの立場に立てるのですよね。

　おはようございます、と、玄関から声がしましたね。あれは裏に住んでいる増谷《ますたに》裕太《ゆうた》さんの声でしょう。

　亜美さんの「あらおはよう」という声も聞こえてきました。

「おじいちゃん、裕太くんと夏樹くんよ」

「おう」

会沢の夏樹さんも一緒でしたか。二人は会社員で、日曜がお休みですものね。揃っておはようございます、と居間から古本屋に顔を出します。

「おはようさん。二人だけか？」

「二人だけです」

珍しいですね。いつもは奥さんたち、真央《まお》さんや玲井奈ちゃんも一緒になって顔を出しますけれど。

「何だよ、朝っぱらから男だけでいかがわしいことの相談でもしたいってか？」

祐円さんが言うと、いやいやいや、と笑って夏樹さん、手を振ります。

「違います」

「生臭《なまぐさ》神主の祐円さんと違って二人は真面目なんですよ」

「なんだよすずみちゃんまでもが生臭神主って初めて聞いたぞ」

「ちょっと言ってみたくて」

わたしも何回か言ったような気がします。

「どら、じゃあ居間に座るか」

亜美さんがもうカフェに戻ったので、古本屋はすずみさんに任せて、勘一がどっかと座卓の上座に座りました。暇なんでしょうね、祐円さんもどれどれと自分で湯呑みを持って居間に入ってきて座りました。家事を終えた紺も自分の仕事道具を持ってきてもう座っていました。

「実はですね、昨日の夜に田町《たまち》さんから連絡があって」

裕太さんがそう言うと、お、と勘一が笑顔になって声を上げます。

「例の話か？」

「はい、ご親戚たちの話もまとめることができて、あの家を壊して新しく僕たちの家を建ててもいいと」

「おぉ、そうかぁ！」

祐円さんも喜びましたね。

「いや、そりゃあ良かったなぁ裕太、夏樹」

「ありがとうございます」

「いや、ほんとマジでホッとしました」

裏に住んでいた田町さんの家が空き家になり、そこを増谷家と会沢家で一緒に借りて住んでいたんですよね。

今は夏樹さんの会沢家は〈藤島ハウス〉の管理人室に住んでいますけれど、将来は家族皆で住める一軒家を建てたいと、裕太さんと義弟の夏樹さんは、二人でずっと話していたんですよ。夏樹さんは今は建築設計事務所で働き、自分で家の設計をするために勉強中です。

「それで？　土地とかも売ってもらえることになったのか？」

「はい、そういう話も出たんですけど、勘一さんも言ってましたけど結構というか、かなり高いんです。評価額を不動産屋から出してもらったんですけど」

「目玉飛び出るぐらいで」

「だろうなぁ」

小さな土地ですけど、確かにこの辺りだと若い家族がおいそれと買える金額ではないかもしれません。

「それで田町さんも、今も借家の家賃として払って貰っているんだから、そのままの金額にして借地とした方が楽なんじゃないかって」

うむ、と勘一も頷きます。

「まぁ家を建てたところで将来はどうなるかわかんねぇからな。夏樹のところはまだ小夜ちゃんだけだし、裕太のところもな」

「そもそもよ、いくら裕太と玲井奈ちゃんの兄妹《きょうだい》っていっても、二家族が一緒だから、土地の権利なんてものを一緒に持ったってろくなことにならないぞ？」

祐円さんが言います。確かにそういうことはありますね。

そうなんですよ、と、裕太さんも頷きました。

「家族で一緒に暮らすということが目的なので、土地を持つ持たないは関係ないんですよ。田町さんも、その辺はきちんと契約書を交わしてくれるそうですから」

「借地権の問題ってのは何かと多いからな。夏樹のいる矢野《やの》さんところは建築の専門家なんだから、その辺に強い法律家もいるんだろう？」

「大丈夫っす」

夏樹さんが頷きます。

「そもそも田町さんすっごくいい人で、俺らがそこに家を建てられないかって相談したときも、どうぞどうぞって言ってたんですよ。でも相続人が何人かいるからそこんところを全部クリアーにしてあげるって頑張ってくれて」

田町さんの娘さんですよね。今は結婚されて、違う名前になっているはずですけど、気立ての良い娘さんでしたよね。

「だから、問題ないです。契約はこれからですけど、あの土地を借りてそこに僕たちの家を建てます」

「良かったじゃねぇか。これで名実共にお隣さんになるってことだな。末長くよろしくお付き合い頼みます、だな」

今までもちゃんとしたお隣さんでしたよ。でも、子供たちも同じぐらいの年ですし、この先もずっとずっと長いご近所付き合いになりますよね。楽しいじゃありませんか。

「ただ、いろいろありまして」

「なんだい」

「そもそもがお金がないものですから、できるだけ自分たちでできるところはやろうと話していたんです」

そうだったな、と勘一も頷きます。

「あれだろ？　もし決まったら、解体して完成するまでは、藤島が部屋を貸してくれるって言ってたよな」

「はい。管理人室に住んでいる玲井奈たちはそのままでいいとして、僕と真央と母の三人が、完成するまで藤島さんのお部屋を借りるということで」

藤島さんは本当に万能選手ですよね。いつでもどこでもどんなときでも、藤島さんがいたらどんな問題も全て解決してしまいそうな気がします。

「もちろん家賃も払うって言ったんですけど、光熱費だけでいいからその分を建築費用に回しなさいって。その代わりに管理人の仕事を手伝うだけでいいって」

「いいんじゃねぇか？　どうせ藤島は週に何回かしか泊まってねぇんだし、その間うちで朝飯食うときには美登里ちゃんの部屋に泊まればいいだけの話だ」

「はい、そう言っていました」

〈藤島ハウス〉の一部屋は充分二人で過ごせる広さはありますからね。

「それで、この辺は道が狭くて大きい車が入ってこられないので、解体もほとんど手作業になるんですよ。ご近所の皆さんにご迷惑を掛けることはお断りするとして」

「あれだろ？　うちの庭を使った方が資材を置いとけるって話だ」

「そうなんです」

裕太さんと夏樹さん、済まなそうな顔をします。

「堀田さんにはなんだかおんぶにだっこみたいで、本当に申し訳ないって思うんですけど」

「構わねぇよそんなの気にするこっちゃねぇ。庭なんて普段はスズメとカラスしか来ねぇ誰もいねぇところだ。そこに資材を置いたって鳥は文句言わねぇからどんどん使え。あれだったらうちの周りの空いてるスペースは全部使ったっていいからよ」

「その代わりにあれだろ。新居の本棚には〈東京バンドワゴン〉で買った古本がずらりと並ぶんだな」

祐円さんが言って、皆で笑います。

「それならさ、じいちゃん」

紺が庭の板塀を指差しました。

「もう大分前からさ、板塀の穴を補修したり騙《だま》し騙ししていたよね。この際だからあそこの板塀を取っ払えば、田町家、今度は増谷家と会沢家になるのか。そこと土地が繋《つな》がるから資材置くのも行き来するのも楽になるよ」

「お、そりゃいいな」

「終わったら、今度はうちで板塀を新しくすればいいだけの話だし、古い板塀はきちんと剝がせばそっちの建て替えの何かに古材として使えるんじゃない？　それこそ庭囲いの一部だけでも」

「ありがとうございます！」

一石二鳥とはこのことですね。

「しかしよ、なるべく自分たちで造るってのは大したもんだけどよ、随分時間が掛かるだろう？」

「もちろん、できないところはプロにお任せしますけど、一年は覚悟しています」

「一年か。いつから始める？」

「契約などしっかり終えて、それから家の設計もあります」

裕太さんが夏樹さんを見ました。夏樹さんも大きく頷きます。

「まだ俺は免許も持ってない見習いで、一人じゃ無理なんで、社長に手伝ってもらいながらです。だから、最終的に図面を冬の間に仕上げて準備をして、なんで」

夏樹さんが言います。社長とは夏樹さんが勤める〈矢野建築設計事務所〉の矢野社長ですね。日本家屋が大好きな矢野さんですから、皆の意見も取り入れて和風の意匠の家になるんじゃないでしょうか。

「ってことは、暖かくなる来年の春からスタートだな」

そうなります、と、二人で頷きました。

「解体と外周りを秋までに終えられれば、冬の間は内装をやれますので、再来年の春の完成を目指します」

「俺らも手伝えるところがあればやってみてぇな。これでも木工は得意なんだぜ」

勘一が言って、紺も頷きます。

「男手はあるんだからさ、荷物運びとか簡単にできる仕事のスケジュールとやり方をこっちにも回してくれれば、空いてる時間にやっておけるよ。ほら、何せうちは全員会社員じゃないから」

その通りですよ。裕太さんも夏樹さんも会社員ですから、作業できる時間は休日だけですよね。我が家の男たちはほぼ全員毎日家にいますからね。

実はうちの離れの脇に物置のような続き間があるのですが、あれは勘一が若い頃に自分で造ったんですよ。我南人も紺も青も、研人だって工作は得意です。我が家の男たちは基本的に皆手先が器用ですよね。

「助かります！　でも、大工の専門学校とか、大工の技能講習している会社とかもあるんですよ。新さんの会社でもそういう講習をやっているんで、その授業の一環として実地訓練で手伝ってもらえるという話もしているんです」

「ナイスなアイデアだ。やるじゃねぇか夏樹」

「もちろん、うちの〈矢野建築設計事務所〉でも、そういうところと連携してお金の掛からない方法をいろいろ考えるので」

お金さえあれば何でもできる時代ですけど、そんなにお金がなくても熱意と創意工夫で何とかできることもたくさんありますよ。

それにしても、来年の春から始めて、再来年の春ですか。楽しみが長く続くみたいで、いいですね。

二

カフェのモーニングが落ち着く頃、郵便配達のバイクの音がしました。我が家のポストは今、店側ではなく裏の玄関の方にあります。郵便配達の方もわかっていて店宛のものも全部そちらへ持っていってくれます。

そういえば最近新しい郵便配達員さんが話題になりました。いつも店の前を通っていくのでその風貌は皆が知っていたのですが、この方、髪の毛を後ろで縛っているのがわかって、女性の配達員さんになったんだねー、と話していたのです。でも、速達を受け取るときになんと男性とわかってちょっと皆で驚いていました。郵便配達員さんはあんな我南人みたいな長髪でも大丈夫なんだね、と。

「勘一さん、郵便が来ていました」

今日は家にいる芽莉依ちゃんが持ってきてくれました。今夜は研人のバンドのライブがありますけれど、芽莉依ちゃんは行かないそうです。やっぱり人がたくさん集まるところはできるだけ避けるという方向性のようです。

「お、ありがとな芽莉依ちゃん」

帳場で座っていた勘一が受け取ります。

そういえば芽莉依ちゃん、今は勘一のことを〈勘一さん〉と呼んでいますけれど、研人と結婚したあかつきには〈ひいおじいちゃん〉と呼ぶことに決めているそうですよ。芽莉依ちゃんは赤ちゃんの頃にひいおじいちゃんが亡くなってしまったので、呼んだことはないそうで、今から楽しみにしているとか。当然我南人は〈おじいちゃん〉ですよね。この間、研人や花陽たちと話していたのが聞こえてきました。

そして常々曾孫が結婚するまで死なねぇと言っている勘一ですが、来年の春には研人が芽莉依ちゃんと結婚する予定なんですよね。

でも、実はその結婚する曾孫の中に、研人は全然入っていなかったことが判明しました。もちろん忘れていたわけではありませんが、そもそもが昔気質《むかしかたぎ》の人ですから、結婚するまで云々イコール女の子というイメージしかなかったそうで、そういや曾孫の結婚には研人も入るんだったな、と。

ひでぇ、と研人が笑っていましたね。

「ええっと？」

貰った手紙の束を勘一が見ていきます。

「ほい、すずみちゃんＤＭだ」

「はい」

亜美さんやすずみさん宛のどこかの化粧品のお店のＤＭや、我南人への音楽関係の何かに混じって、ごく普通の白色の長封筒の手紙がありました。

「お、紺にだな。こんな普通の手紙たぁ珍しいな」

昔からある本当に普通の白封筒です。我が家の住所に〈堀田紺　様〉という表書き。

「おい、紺。手紙だぞ」

「手紙？」

居間にいた紺が帳場に来て、勘一から受け取ります。

「丁寧な字だ」

きちんとしたきれいな字です。一概には言えませんが若い人じゃぁありませんよね。紺が引っ繰り返して裏を見ます。ちゃんと差出人の名前も書いてありますね。住所は足立《あだち》区の方でした。

「〈船橋源一郎《ふなばしげんいちろう》〉さん？」

「知り合いか？」

「知らないなぁ」

「ファンの方からじゃないんですか？」

まだそこにいた芽莉依ちゃんが言います。

「いや、うちに来たということは住所を知ってるってことだからね。普通のファンだったら知らないから、本を出した出版社宛に出すはずなんだ」

「あ、そうですね」

「芽莉依ちゃん、出版社ではね、作家宛に来た手紙は一度編集者がチェックするのよ。変な手紙だったら困るから」

すずみさんが言って、なるほど、と芽莉依ちゃん頷きます。そうなんですよね。それは慣習になっているそうです。紺も何通かそういうファンレターは出版社から回ってきて頂いています。

「ただまぁ、僕が我南人の息子だってことを知ってるファンがいる可能性もあるから。そうなると、親父がここにいるのはファンなら知ってる話だからね。ここに僕宛のファンレターが届いてもおかしくはないんだけど」

言いながら紺が封筒を開けました。

「念のためだ。気をつけろよ。カミソリとか変なもの入ってねぇか？」

「大丈夫。便箋しかないよ」

確かに、中にはこれもごくごくシンプルな昔ながらの白い便箋しか入っていませんでした。

紺が広げて、読みはじめるとすぐに顔を顰めました。

「どうしたよ。俺らも読んでいい内容か？」

「読んでもいいんだけど、まったくわけがわからない手紙だね」

「わからねぇとは？」

うーん、と、紺は首を捻ります。

「僕の作品を、自分の小説の盗作だって言ってきてる」

「何ぃ？」

「盗作？」

盗作、ですか？

「え？　盗作したって言ってきたんですか？　その手紙で」

すずみさんの眼が真ん丸になりましたね。

「そういうふうにしか読めないね」

「どら、読んでいいか」

「うん」

勘一が紺から便箋を受け取って読みはじめます。すずみさんは脇から、芽莉依ちゃんも後ろから覗き込みました。

「こりゃあ、わけがわからねぇな」

わたしも後ろに回って読みましたけど、本当に丁寧な字と文章でした。

それでも内容は、紺の作品は自分の作品から盗《と》ったものだと書かれています。

けれども、怒りに任せた文章ではなく、冷静に、今までの付き合いを考えると紺がそうしたのはわかるような気もするが、それでも何故そうしてしまったのか理由を問いたい、と。大体そういうような文章でした。

「どういうこったよ」

「本当にわからない」

「ちょいと落ち着いて読もうか」

勘一が手紙を持ったまま居間に上がります。

「え、なにどうしたの」

聞こえたのでしょうね。青もカフェから来ました。勘一が一枚一枚便箋を座卓に並べます。

「脅迫状でも来たの」

「いや、僕の小説を盗作だって言ってきてる手紙」

なんだそりゃ、と青が覗き込みます。

「〈拝読させていただきました。冒頭からいきなり読者をその場面に引きずり込むような力強い文章、そして一気に畳みかけるような怒濤《どとう》の展開。充分に筆力を感じさせ、さすがだなと唸りました〉。いや兄貴の小説じゃないだろこれ」

青が音読してから言います。

「違うよな？　紺」

勘一も言いますが、紺は首を捻りますね。

「違うとは思うけれど、まぁ読者の感想というのはその人の感性によるものだから、僕の小説を読んでこんなふうに感じたとしても、なるほどそうですか、としか言い様がないんだけど」

「いやどう考えてもこの感想は、大沢在昌《おおさわありまさ》か北方謙三《きたかたけんぞう》かって感じじゃないか。そもそも本のタイトルが書かれていないよね」

「そうなんだ。全部読んでも、サスペンスなのか恋愛小説なのか歴史小説なのかこの人が読んだらしい小説のタイトルも内容もわからない。そもそも一体僕のどの小説かもわからない」

「だよなぁ」

まだ数は少ないですけれど、小説を出していますからね紺も。勘一も腕組みして唸ります。青が引き続き読んでいきます。

「でもこれ、本当にきちんとした文章だね」

「そうなんだ」

「少なくとも頭のおかしい奴じゃないし、若者でもないね。かなり文章を書き慣れている人だ」

青が言うと、帳場で話を聞いていたすずみさんも来て、大きく頷きます。

「書き慣れているだけじゃなく、きちんと推敲《すいこう》されているような文章ですよね。何度も下書きして、添削して、そうして仕上げたみたいな手紙」

「言えてるな。普通の人ならどうしたってどっかに拙《つたな》さみたいなもんが出てくる。そいつがほとんど、いやまるでねぇ」

勘一が言って、青が思いついたように座卓の上のノートパソコンをいじります。

「〈船橋源一郎〉さんを検索してみる」

青が首を傾《かし》げます。

「何にも出ないな」

「有名人ではないってことですね」

「本名でSNSもやってないってことだ。いやそもそもこの〈船橋源一郎〉が本名かどうかもわからないもんな」

その通りですね。本名でもありそうですし、ペンネームと言われてもなるほどと頷ける名前ではあります。

「少なくとも住所がわかってるんだから、兄貴を個人的に知ってるってことだよね」

「いや、さっきも芽莉依ちゃんに言ったけどさ。親父や、それこそ俳優をやったお前だって、

〈東京バンドワゴン〉が実家であることは隠していなかったよな？」

青が、そうだ、とおでこに手を当てます。

「隠していない」

「だから、僕が我南人や堀田青と同じ家にいる、というのを知ってるファンがいてもまったくおかしくないんだ。ましてや今、研人も我南人の孫だっていうのは知れ渡っている。住所を知っているというのは、この人を特定する手掛かりにはならないな」

研人の父親が紺だというのは、同級生や近所の方、たくさんの人が知っていますよね。

「もう覚えちゃいねぇ同級生とかにこんな名前の男はいねぇのか。この内容は、明らかにお前と親しい人間の書き方だよな。君との付き合いを考えると云々って書いているぞ」

同級生か、と、紺が腕組みして天井を見上げます。

「まぁ小中高大学と同級生は山ほどいるけど、船橋という名字にまったく覚えがないよ。仮に同級生か、もしくは同じ学校の人だったとしても、そもそも〈盗作〉というのが一体何なのか、さっぱり」

「この方も小説を書いているという話になりますよね」

すずみさんです。

「そういうことだろうね。あれだよな」

青がネットであれこれ見ています。

「盗作とかパクリ疑惑とか、ネットじゃあよく話題になるけど、完全に言いがかりってのも多いじゃん」

「そうだろうね」

紺が頷きます。わたしは詳しくありませんけれど、そうなのでしょうかね。

「その中にはさ、言いがかりだろうけど、たまたま本当にプロットが同じとかっていう場合もあるよね」

「あるかもね。そもそも小説のネタというかアイデアに関しては著作権なんかないし。この〈船橋源一郎〉さんが何か小説でも書いていて、自分の作品と僕の作品に類似性を見つけたとしても、それでもこの手紙の内容はさっぱりわからないよ。具体的なことが何ひとつない」

「肝心の小説の中身もタイトルさえも何にも書いてないですからね」

うーん、と唸るしかありません。

「解決の手掛かりは、〈船橋源一郎〉の住所だけか」

青が言います。

「そうだね」

紺が頷いて、また封筒を眺めていますが、ちょっと眼を細めました。

「これ」

「どうした」

勘一に、我が家の住所が書かれた部分を示しました。

「この僕の名前を書いたところと、住所を書いたところ、ペンが違うね」

「うん？」

勘一が眼を細めました。さすがに年寄りには無理かもしれません。青が茶箪笥の引き出しからルーペを取り出して、じっくりと見ました。

「あ、確かに微妙に違うペンだ。筆圧も違うよ」

勘一も青からルーペを貰って、見ます。

「おう、間違いねぇな。筆圧が全然違う。こりゃあ、名前と住所を別々の時期に書いたのかも知れねぇな」

「あるいは、別人が？」

紺が言います。

「名前と住所、どっちが先かわからないけど、どっちかに別の人が似せて書いた可能性もあるかな」

「無きにしもあらずだな。何だか余計にこんがらがっちまったな。下手したら手紙の内容だって〈船橋源一郎〉じゃない奴が書いた可能性も出てきたぞ？」

「ここに行ってみるしかない、か」

紺が、ピン！　と人差し指で差出人の住所が書いてあるところを弾《はじ》きました。

むぅ、と勘一が顔を顰めます。

「行くか？」

こくり、と、紺は頷きます。

「こんな手紙を貰ったのに、放っといて様子見っていうのも気持ち悪いよね」

「確かにね。俺も一緒に行こうか」

「いや、とにかく何もわからないんだ。それこそ、この人の住所だって、あ、そうだ住所をマップ検索してみよう」

「あ、そうだった」

青がノートパソコンでマップを開きます。今は本当に、何というかすごい未来に来ちゃいましたよね。

このパソコン上の地図に住所を入力したらすぐにその場所が出てきて、写真で見られるんですよね。しかも、そこの道路上を歩くように移動もできます。住所さえわかれば、ここが誰それさんのお宅か、と、見られてしまうんですよ。しかもその写真を撮ったときに洗濯物を干していたらそれも見られてしまいます。

それこそ世界中の街をこのパソコン上で観光さえできてしまうんですよね。

「よっ、と」

出ました。皆が覗き込みます。

「普通の住宅街だな」

「そうだね。まったくでたらめの住所ではなかったわけだ。たぶんこのお宅が、ここの住所の家だね」

紺が指差したディスプレイには、ごく普通のお宅が写っています。

「けっこう古いですね。築三十年とか四十年とかじゃないですか?」

すずみさんです。皆が頷きます。

「家の造りからしたらそんな感じだな。築五十年ぐらいでもおかしくはねぇな」

勘一も言います。それほど大きな家でもありません。四人家族で暮らせるぐらいでしょうか。

白い軽自動車が一台停まっています。

「表札は見えない、と」

青です。

「やっぱりそこが〈船橋源一郎〉さんの家かどうか、行ってみるしかない、か」

そういうことになりますか。

＊

「本当に気をつけてね」

「わかってる。何かあったら一目散に逃げ出すよ」

カフェにいた亜美さんにも事情を話して、紺が一人で〈船橋源一郎〉さんの家へ出掛けて行きました。一応、相手にそして周りにも不審な印象を与えないように、スーツを着ましたよ。ほとんど向こうからの言いがかりみたいなものですけど、そこにあえて喧嘩腰《けんかごし》で行く必要はまったくないですからね。

住所がわかっていて最寄りの駅には行ったことがありますから、わたし一人でもひょいと行こうと思えば行けます。けれど、紺と二人きりで外出するのもそうそうないことですから、一緒に行こうと思います。

まだお昼前。秋の陽差しが柔らかく降り注いで気持ちの良い気候です。少し風が冷たいですが、紺はスリーピースなのでコートも着ないで歩いていきます。細身なんですけど紺は意外と暑がりですからね。

本当に久しぶりですね。こうして紺と外に出るのも。

以前は古書の買い取りに行く紺に同行したりもしましたけれど、最近は青が出ることが多いですからね。

仏壇の前でならときどき話せますけれど、それ以外ではほとんど話ができません。一緒に行っても何の役にも立たないのが悔しいですけれど。

「ひょっとしてばあちゃんいる？」

紺が歩きながら小声で呟《つぶや》きました。

はい、いますよ。でも話はできませんよね。

「かんなを連れて来ればよかったかな」

紺が苦笑いしながら言います。かんなちゃんが一緒にいると、紺もわたしとどこでも話せるんですよね。もちろんかんなちゃんはいつでもわたしの姿が見えるし、どこでもお話ができるのです。

本当に不思議です。かんなちゃんにはいったいどんな力があるというんでしょうね。霊能力なんて言ってしまうと胡散臭《うさんくさ》くて嫌ですし、そもそもわたしは自分が幽霊だという自覚も実はあまりないんですよね。何せ幽霊とはどういうものかを知らないんですから。

でもかんなちゃんを連れて来ても、わたしと話ができるというだけで、何の力にもなれませんよね。

電車を乗り継ぎ、足立区の住宅街にやってきました。紺が iPhone のマップで経路を表示して、歩いていきます。

「ここだね」

着きました。さっきノートパソコンで見たお宅で間違いありません。そして、表札も見えました。

「うわ」

紺が小声で呟きます。わたしも思わず声が出ました。古めかしいというか、昔ながらの木の表札が玄関に掛かっていました。

〈船橋源一郎　香子《きょうこ》〉

そう書いてあります。ご夫婦なのでしょう。旦那さんが源一郎さんで、奥様が香子さん。

「本当にいたんだ」

いたんですね。あの手紙の裏に書かれていた差出人の住所とお名前だけは、少なくとも本物だったということです。でも、まだその二つが実在していると確かめられただけです。誰かが、このお宅を騙《かた》ったという可能性だってあるわけですから。

紺が少し離れて、通りの端からその家を眺めています。これでも小説家ですからね。観察することに関しては少しばかりは長《た》けているはずです。

わたしも眺めました。

家というのは、たとえ築何十年経ったとしても、きちんとした生活がその中で営まれていれば、煤《すす》けたりしないものです。正確にはそういう雰囲気は感じられないものです。外壁の掃除をしていなくてどんなに薄汚れていたとしても、住人の方が元気に暮らしていればその活気は感じられます。

でも、この家には生気があまり感じられませんね。紺もそう思ったのでしょう。少し顔を曇らせます。

「紺ぅ」

びっくりしました。紺もちょっと跳び上がりましたよ。すぐそこの角から人が出てきたと思ったらいきなり声を掛けられたのです。

「親父」

我南人です。

どこから現れたのですかこの男は。

「どうしたの！」

「どうしたってぇ、さっき青から話を聞いてぇ、タクシー飛ばしてきたんだよぉ」

「え、家から？」

「柴又《しばまた》にいたんだぁ。ちょっと人と会っててねぇ」

青が電話したんでしょうか。柴又ならここからそんなに遠くはありませんか。本当に神出鬼没ですよねこの男は。でも、息子が心配になって駆けつけてきたんですね。

「ここかいぃ？　その手紙の源一郎さんとかいう人の家」

「そうなんだ」

「活気がないねぇ。空き家かなぁ」

言うや否や、さっと手を伸ばしてインターホンを押しました。紺が止める間もありません。本当に我が息子ながら、行動が素早ければいいってもんじゃないとは思うのですが。

ピンポン、という音が家の中から聞こえます。耳を澄ましましたが、家の中で人が動く気配が感じられません。

しばらく待って、今度は紺がインターホンを押します。

さらに待ちましたが、やはり人の気配は中にありませんね。念のためでしょう、我南人がドアノブを捻りましたが、鍵はしっかり掛かっています。

この身体は不思議なもので、壁や天井は通り抜けられません。でも、窓や扉なら、すい、と入っていけます。二人にはこの場では様子を伝えられませんが、入ってみましょう。

あぁ、やはり誰もいませんね。

でも、空き家ではありません。ちゃんと人が暮らしているようです。中がゴミ屋敷にもなっていませんし、きちんとお掃除がされています。むしろかなり丁寧に掃除がしてあるぐらいですね。靴とサンダルも三和土《たたき》に置いてあります。男性のものと、女性のもの。どちらも年配の方が履くような靴です。若者が履くような靴は見当たりませんから、やはりご夫婦だけで住んでいるんでしょう。

このまま家の中を調べることもできるのですが、いくらこの身体でもそれは失礼ですよね。犯罪が行われているわけでもないのに、人としてやってはいけないことです。この辺にしておきましょう。

あ、そうですか。さっき紺がかんなちゃんを連れてくれればよかったかな、と呟いたのはこういうことを想定したのかもしれません。なるほどそれなら少しはわたしも役立てたのですが、もうどうしようもないですね。

　外に出ると、紺と我南人は通りに出てまだ家を眺めていました。

「単純に、留守、かな」

「そうだねぇ。隣近所に訊いてみようかぁあ？」

「いや、それはまだやめておこうよ。働きに出てるか買い物に行ってるってこともあるだろうから。今度は夜に来てみるよ」

「また空振りになるかもよぉお？　さっさと確かめた方がよくないかいぃい？」

　紺が首を捻ります。

「それでも、あの手紙をここの人が出したという確証はまだないんだ。慎重に行こうよ。今のところ実害があったわけでもないんだから」

　そうですね。我南人の意見も間違ってはいませんが、ここは紺の性格通り、慎重に行動した方がいいと思います。我南人も少し考えた後に、小さく頷きました。

「じゃあぁ帰ろうかぁ」

　二人が歩き出します。

　そろそろ美登里さんが引っ越しを始めている頃ですよね。わたしは一足先に帰らせてもらいましょうか。

〈藤島ハウス〉の正面に軽トラックが停まっていました。ここの道に入ってこられるのはこのサイズの車までなんですよね。

あぁ、美登里さんがいます。もう荷物は全部部屋の中に運び込まれたようでした。運送業者の方が乗り込んで、走り去っていきます。ご苦労様でした。

すずみさんと、池沢さん、玲井奈ちゃんに芽莉依ちゃん、花陽までもいましたね。でもさすがにそれだけの人数が部屋に入ると、運び込まれた荷物もあって狭いです。

「すずみ、いいよ。そんなに荷物ないから、ゆっくりやるからお店に戻って」

美登里さんが言います。

「うん、じゃあ池沢さんごめんなさいお願いします」

「大丈夫よ。任せて」

池沢さん、トレーナーにジャージという いかにも引っ越し手伝いという格好をしているのですが、それがまた素晴らしく美しいですね。本当に困ってしまうぐらいどんな格好をしても素敵です。

「玲井奈ちゃんも、いいよ。私と芽莉依ちゃんがいればオッケー」

「はーい。じゃあ美登里さん。今日からよろしくお願いします」

「こちらこそ」

初対面ではなくもう何度も会って話していますからね。それにすずみさんの親友で、あの藤島さんが一生のパートナーとした人なんです。もうすっかり皆が打ち解けて話していますよ。

一人暮らしとはいえ、段ボール箱を開けて、洋服を箪笥に入れたり台所用品や食器を棚に入れたり、細々したことはたくさんあります。池沢さんと芽莉依ちゃん、花陽が、美登里さんに訊きながらてきぱきと片づけていきます。

「美登里さん、生活用品で足りないものがあったら、スーパーが駅前にあるから、後で一緒に行きましょう」

「うん、ありがとう花陽ちゃん。芽莉依ちゃん、もういいよ？　勉強してもらわないと」

「大丈夫です。身体をちゃんと動かさないと頭も働かないので」

「そうなのよね」

池沢さんも頷きます。

「やっぱり人間って動物なのよね。動く物なの。身体を動かしてこそ頭も動くものなのよ。だから、花陽ちゃんもそうだけど勉強ばかりじゃなくて、お店のお手伝いしてるってとてもいいことだと思う」

「あぁそうですよね。デスクワークばかりしてると、本当に行き詰まってきちゃったりしますから」

「そうそう。デスクワークの人は、ちょっとした時間に軽くストレッチするだけで、効率が凄く上がるから」

長年女優として第一線で輝いてきた人の言葉です。美登里さん、何か恥ずかしそうにしました。

「どうしたの美登里さん」

「ごめんなさい。いや、花陽ちゃんも芽莉依ちゃんも、もうあたりまえのように池沢さんと普段から過ごしているんだろうけど、私はまだどうしても大女優池沢百合枝が眼の前にいるって思ってしまって。しかも引っ越しのお手伝いをしてもらっているなんて嬉しいやら恥ずかしいやらで緊張が解けなくて」

花陽も芽莉依ちゃんも笑います。池沢さんの微笑みは本当に綺麗です。

「そのうち慣れますよ美登里さんも。私にとってはもう池沢さんは、鈴花ちゃんのおばあちゃんなので」

花陽が笑います。そうですよ。あまりにも美し過ぎるおばあちゃんですけどね。

美登里さんの部屋がほぼ片づけ終わった頃に、紺と我南人が帰ってきましたね。

船橋源一郎さんのお宅は確かにあったけれど、誰もいなくて留守だったことはもう電話で伝えてありました。

「それで？　今夜また行くのか？」

勘一が訊いて、紺が少し考えましたね。

「いや、締切りがあるんだ。原稿書かなきゃならない。それに今夜は女性陣もいないしね」

「おう、そうだったな」

そうですね。男たちだけで晩ご飯を作らなきゃならないんですが、基本そういうときにメインで料理をするのは紺と青ですよね。勘一も我南人もその気になれば一通り切ったり焼いたり煮たりもできますけれど、そこはまだ若い二人に任せちゃいます。

「明日か、明後日か。いつにしろ夜に一度行って、それでも会えなかったり何もわからなかったら、ちょっと放っておくよ」

「そうすっか」

勘一が言って、そうだねぇ、と我南人も頷きます。

「行ったり来たりするのも億劫《おっくう》だしぃ、何か他に手紙が来たり、誰かがやってきたりしたら考えることにした方がいいかもねぇえ。とりあえず悪質な悪戯だなぁ、ぐらいに思ってさぁあ」

少し不安ではありますが、今の段階ではそれもひとつの考え方ですね。

＊

秋の日は釣瓶《つるべ》落としと言いますが、少し薄暗くなってきたかなと思っていたら急に夜になってしまいます。つるべ、と言われても若い方はタレントの方しか頭に浮かびませんよね。井戸の水を汲《く》むための縄や竿《さお》をつけた桶《おけ》のことですが、わたしでさえ井戸でそうやって水を汲んだことはほとんどありませんからね。知らなくて当然です。

今夜は美登里さんが〈藤島ハウス〉に引っ越してきての歓迎会も兼ねた女子会です。カフェも古本屋もちょっとだけ早めに閉めて後片づけや掃除も明日に回すか男性陣に任せて、女性陣がいそいそと出掛けます。

「じゃあ、行ってきますねー」

亜美さんが居間に向かって声を掛けると、勘一が手を上げます。

「おう、行ってこい」

「行ってらっしゃい。楽しんできて」

仕事を終えて我が家に来ていた藤島さんの声を背にして、亜美さん、すずみさん、花陽に芽莉依ちゃん、美登里さん、そしてもちろん女の子ですから、かんなちゃん鈴花ちゃんも行きます。

もっと小さい頃はお父さんたちとお留守番していましたけれど、もう一緒に行ってもちゃんとご飯を楽しんで、一緒に帰ってこられますからね。

もちろん、わたしも女性ですからね。こちらについていきましょう。

〈東京バンドワゴン〉の前の道を向かって左、道なりに歩いていきますと、三丁目の角の一軒左に小料理居酒屋〈はる〉さんがあります。

二階が住居にもなっている十五坪ほどの小さなお店ですが、コウさんと真奈美《まなみ》さんが二人でやっているとても料理の美味しい店なんです。もちろん居酒屋ですから美味しいお酒も飲めるのですが、ほとんどのお客様は食事を楽しみにやってきます。家族連れで来られる方も多いのですよ。

真奈美さんは藍子の高校の後輩。もちろんご近所さんですから小学校や中学校も一緒で、紺や青とも幼馴染みです。青は少し年が離れていますから、近所の優しいお姉さんといった感じでしょうかね。

元々は真奈美さんの父親である勝明《かつあき》さんが家業であった魚屋さんから、自分の料理の腕を生かしたいと小料理居酒屋へと転業したお店だったのです。奥さんの春美《はるみ》さんと一緒にやられていたのですが、もう勝明さんも春美さんも亡くなられました。今は、真奈美さんがおかみさんとして、お店をしっかり切り盛りしています。

腕のいい板前であるコウさんは、京都の一流料亭で花板候補にまでなった人です。いろいろありましてそこを辞めたときに縁があって池沢さんの紹介で〈はる〉さんにやってきて、そして真奈美さんと結ばれました。一人息子の真幸《まさゆき》くんも四歳になりましたよ。

賑やかに皆が話しながら、かんなちゃん鈴花ちゃんの足に合わせて歩いてもほんの数分です。

「こんばんはー」

亜美さんがのれんをくぐって戸を開けます。

「いらっしゃーい」

「お待ちしていました」

カウンターの中で真奈美さんとコウさんの笑顔が出迎えてくれます。そして、この店では真奈美さんの親戚の慶子《けいこ》さんこと池沢さんも。

狭いお店なのでもうカウンターの席は我が家で予約済み。そして今日はかんなちゃん鈴花ちゃんがいるので、息子の真幸くんもお店で待っていました。三人で一緒にテーブルで晩ご飯を食べるのですよね。池沢さんがちゃんとついていてくれるので安心です。

「美登里さん久しぶりねー。これからご贔屓《ひいき》にね」

「はい。楽しみにしてました。これからここに来られるのを」

「あら嬉しい」

皆が席に座ります。亜美さんにすずみさん、美登里さんに、芽莉依ちゃんに花陽ですね。子供たちにはさっそく美味しそうなエビフライやピラフが運ばれていきましたね。もちろんジュースや、デザートもついてきます。子供向けのそういうメニューもちゃんとコウさんが考えて出してくれます。

「さ、まずはどうぞ。甘海老《あまえび》をいちじくで和《あ》えてみました」

「わ、きれい」

美味しそうですね。コウさんのお料理は本当にいつ見ても美味しそうですし、実際美味しいのですよね。こうしていつも皆と一緒にここに来ているのですが、食べられないのが残念で仕方ありません。もしも、神様が一時間だけ生き返らせてくれるとしたら、〈はる〉さんで一時間取ってしまいたくなります。

「お酒は赤ワインを用意しました。どの料理にも合うようにしています」

いいですね。もちろん飲むのは亜美さんとすずみさん、美登里さん。花陽と芽莉依ちゃんにはイタリアのジンジャーエールが出てきました。何でも料理にとても合う辛口の大人のジンジャーエールだとか。

「いやー、でもねぇ美登里さん」

「はい」

「訊きたくてうずうずしてるんだけどぉ」

真奈美さんがニコニコしながら本当にうずうずと身体を動かします。

「藤島さんのことでしょ」

亜美さんが言うと、真奈美さん大きく頷きます。

「あの藤島さんがよ？　もう一生独身貴族でいくんだと誰もが確信していたのに。美登里さんを選ぶってところはまたさすがだと思うけど」

一度言葉を切って、ずい、とカウンターの中から身を乗り出しました。

「きっかけは？　なれそめは？」

「真奈美さん！　眼が怖いって！」

亜美さんが言って皆が笑います。わたしたちは、すずみさんを通してそうなった経緯は聞いていますけどね。美登里さん、恥ずかしそうに笑います。

「本当に、や、たぶんたくさんいたであろう藤島ファンの人には怒られると思うんですけど、大したきっかけとかは何もなかったんです。私も、堀田家に行ったときにもう藤島さんとは知り合っていましたから」

「そうよね」

いろいろあったときですね。その後も美登里さんは広島に行くまでは我が家に来ていましたから、藤島さんとは自然に知り合って、一緒に我が家で晩ご飯を食べたこともありましたよね。

「もちろん、素敵な人でそしてお金持ちで、こんな人ってマンガの中だけじゃなくて本当にいるんだなぁって思ってたけど、それで玉《たま》の輿《こし》に乗ってやろうなんて気にはまったくなったことないんです。あの人って、そうですよね？」

「そうなんだよねー」

すずみさんです。

「藤島さんって、友達には最高だけど恋人にしたいって何故か思わないですよね。芽莉依ちゃんは、元から研人くん一筋だけど、こう第三者の視点でどう？　もちろんもういい年のおじさんに興味はないだろうけど」

「えーと」

芽莉依ちゃん笑います。

「たぶんなんですけど、藤島さんって女性に対する欲がない人なんだと思います。欲って、その、性欲もそうだけど、全てにおいて何も求めないって感じ」

真奈美さん、感心してますね。さすが芽莉依ちゃん、高校生ながら本当に才女って感じがします。

「そうだと思う」

花陽ですね。花陽こそ昔っから藤島さんのことが大好きでしたよね。

「研人が言ってたよ。藤島さんは究極の正義の変態だって」

「変態！」

皆が笑います。究極の正義の変態ですか。何でしょうそれは。コウさんがカウンターの中で苦笑いしてますね。

「同じ男として擁護しますけど、藤島さんは、理想を求めるんじゃなくて、理想そのものしか頭にない。求めない。それが正義の変態に思えるんでしょう」

「え、何言ってるのか全然わからない」

亜美さんが言います。

「つまり、私が料理をするときには、素材を見て食べてそしてそれを使った料理の完成形を思い浮かべそこに近づくように調理をしますが、そもそも頭に思い浮かべた完成形は完成しないんですね」

「コウさんたち料理人さんの思う完成形って、イデアだからですよね。イデアっていうのは哲学でいうところの、心とか魂の眼でしか見られない理想の形です」

「いやさすが芽莉依ちゃん。その通りだね。結局は今ある素材を生かしたものでしか完成しないんです。その素材そのものの完成形がない限り、料理の完成形も結局は頭の中にしかない」

はぁ、と、真奈美さんが口を開けます。

「わかったようなわからないような話だけど、つまり藤島さんは理想は絶対に手に入らないと確信しているから、何も求めない男になってるってことかしら」

「そういう男だったんですよ最初から。理想に近いからとか、理想に近づくかも、なんて眼で女性を見ない」

それは、亡くなったお姉さんのことから始まったのかもしれません。本人もそう紺や青の前では話していましたよね。

「私も、男性にはもう何も求めていなかったし、その辺は藤島さんと似ていたのかも。本当に、普通の恋愛ではないと思う。同じ考えを持って同じ方向を向いているのがわかったので、じゃあ手を取り合って歩いていきましょう。そして取り合ったなら一生そうしましょう。そんな感じなんです」

パートナー、と言ってましたよね藤島さん。それもまた我南人の言うところの新しいLOVEなんでしょう。

ガールズトークをこのまま聞いていたいですけど、そろそろ研人のライブが始まっていますよね。

〈blue〉という有名なジャズクラブなのですが、そこで研人たち〈TOKYO BANDWAGON〉のライブを今夜やるのです。

わたしはそっちをちょっと観てきましょう。

懐かしいですよね。ジャズクラブ。もう大昔ですけど、終戦の頃にわたしと勘一、かずみちゃんにマリアさんに十郎《じゅうろう》さんにジョーさん。皆でジャズを演奏しました。本当に遠い遠い昔の出来事ですけど、あの楽しさは今もこの胸に残っていますよ。

研人たちは別にジャズをやるわけではありませんが、ジャズっぽい雰囲気のアレンジをした曲だってありましたよね。研人たちにしてみればいつものライブですから特別な感じではないのでしょうけど、ちょっと行ってみましょうかね。〈blue〉は銀座にありますから、大体どこでもわかるのでひょいと行けます。

研人たちのアコースティックライブはカフェでいつもやっていますから何度も聴いていますけど、エレキギターにベースにドラムというスリーピースバンドでのライブをちゃんと観たのは、これで二度目ですかね。

わたしは我南人のバンドである〈LOVE TIMER〉のマネージャーをやったり、その他の我南人の友人たちのバンドをたくさん観てきました。いろんな音楽も聴いてきました。若い頃にはピアノも弾いていましたから、こんなおばあちゃんですけど、それなりに音楽というものに精通しているつもりです。

そんな中で、研人の持つ才能というのを一言で言えば、普遍性ですね。

研人の作る歌詞や曲は決して新しさや若さを感じるものじゃないです。むしろ、わたしたちも若い頃から聴いてきたポップスに近いものがあるでしょう。耳なじみの良いメロディラインに聞きやすい歌詞が乗っかり、けれどもその中に誰もがわかるのに聞いたことのないメロディや言葉が入り込んでくるのです。そこに研人の個性の輝きがあるのですよ。
今でも〈TOKYO BANDWAGON〉の曲はたくさんの人に聴かれていますけれど、聞くところでは十代から五十代六十代の人まで幅広い年齢層の方に支持されているようです。きっと時代を超えて愛されるバンドになると思いますよ。そう言っては怒るでしょうけど、我南人たちよりもです。

ライブが終わっても、研人たち三人は打ち上げなどはやりません。まだ高校生ですからお酒ももちろんダメですし、盛り場にはいろんな誘惑がありますからね。それでも、ファミリーレストランやコーヒーショップでちょっと休憩したり食事したりするのはオッケーとしてあります。

ドラムの甘利《あまり》くんとベースの渡辺《わたなべ》くん、そして研人の三人でお店の正面玄関から出てきました。

「そこのファミレスで何か食べてこっか」

「そうしよ。腹減った」

すぐ道路向かいに、ファミレスがありますものね。

「あれ？」

研人が気づきました。歩道側の窓際の席に座って、横顔が見えている男性。

あれは、麟太郎さんですね。

もちろん何事もなければお仕事はもう終わっている時間ですから、そこで晩ご飯でも食べているのでしょうか。

でも、麟太郎さんの職場の病院からは随分離れていますよね。ご自宅の方向でもないはずですけど。

「あれ、花陽さんのカレシだよね」

渡辺くんも気づきました。

「女といるじゃん。泣いてるじゃん！」

甘利くんが声を潜めました。

「ちょ、皆隠れろ。向こうから見えないようにしろ」

急にそんなことを言われても困りますよね。でも三人でバタバタとしゃがみ込んで植え込みに隠れました。まぁなんとか見えないでしょうか。

確かに、向かい合って麟太郎さんと見知らぬ女性が座っているのですが、女性の方は涙ぐんでハンカチで目元を押さえていますよ。

ウィンドウにはレースのカフェカーテンが掛かっているので、女性はちょうど顔の辺りしかわからないのですが、麟太郎さんは首元を見るとスーツを着ているみたいですね。確か、職場である病院では着替えるのでスーツなどは着ないで服装は自由だと言ってましたけど。

どこか、職場ではないところへ行っていたのでしょうか。

「浮気？」

甘利くんです。

「いや浮気って表現はどうなのかな。愁嘆場？」

渡辺くんよくそんな言葉を知っていますね。わたしだって滅多に使わない言葉ですよ。さすが元生徒会長でしょうか。

「しゅうたんば、ってなに」

「まさしくああいう悲劇的な場面。別れの場面とかさ」

「二股してた？」

甘利くんが言います。

「まさか。麟太郎さんそんな人じゃ」

研人がそう言ってから少し考えましたね。

「いや、まだ断言できないか」

いえ、断言してもいいとは思いますが、でも、どうですかね。そもそも一緒に食事をしているからといって浮気とか二股とかも断定できませんしね。

「とりあえず、写真撮っとく」

研人がiPhoneを取り出して、写真を撮りました。

「何で写真」

「いや一応家族としては花陽ちゃんの涙なんか見たくないからさ。現場見ちゃったんだから、調べないと。いいかゼッタイ花陽ちゃんに言うなよ」

「言わない言わない」

「でもどうするの？」

二人に言われて、うーん、と、研人考え込みます。

「ちょっと調べてみる。相手の女性」

「え、どうやって」

「尾行するか？」

「いや無理だろこんなの抱えて」

甘利くんはシンバル、渡辺くんはエレキベース、研人はエレキギターを背負っていますからね。どう考えても目立ちます。

うん、と、研人が頷きました。

「大丈夫。オレにはそういうのに強い味方がいる」

強い味方ですか。

「じゃあとりあえず、どっかでサッと飯食って帰ろうよ」

甘利くんが情けない顔で言いました。お腹空いたんですよね。

三

ときどき、こうやってあっちに行った次にはこっち、と、わたしはこの身体でひょいひょいと皆の間を飛び回ったりしますが、おもしろいものでいろんなタイミングというのがピタリと合うものなんですよね。

研人たちについて回って家に戻ると、ちょうど女性陣も〈はる〉さんから帰ってきたところでした。かんなちゃん鈴花ちゃんもまだ起きていたんですね。研人の後ろ姿を見つけて、走って追いついて、皆で家に入っていきました。

「おう、お帰り」

「ただいまー!」

「お風呂、空いてるよ」

紺が言います。男性陣はそれぞれにお風呂を済ませたのですね。もう夜もいい時間なので、かんなちゃん鈴花ちゃんはすぐお風呂に入って寝なきゃいけません。

我が家のお風呂は大きくて、かんなちゃん鈴花ちゃんはお母さん二人と一緒に入れるぐらいの広さがあります。何度か改装していますけれど、最初から大きく造ってあったのは、やはりお客様を泊めることが多かったからなのでしょうね。花陽も芽莉依ちゃんも〈藤島ハウス〉にはお風呂が付いていますけれど、こっちに入りに来ますよ。

さて、研人ですね。誰かに連絡するのでしょうか。部屋にお邪魔すると、椅子に座ってちょうど誰かにＬＩＮＥをしているところでした。

研人が真剣な顔で言うものですから誰のことかと思ったら、なるほど木島《きじま》さんですか。

確かに木島さんは元々は雑誌記者さんですから、調べることに関しては専門家と言ってもいいですけれど。

何よりも、木島さんは我南人のバンド〈LOVE TIMER〉をずっと取材していて、メンバーである ボンさん、鳥《とり》さん、ジローさんとも親しいです。麟太郎さんのことも、以前からずっと知っていましたよね。しかしこのＬＩＮＥというものも本当に便利ですよね。大抵の人がこれで連絡を取って、災害時にも役立っているというのはよくわかります。

研人はわたしの姿がときどき見えるのに、わたしが見てるかもしれないってことを普段はまるで忘れていますよね。

ディスプレイが丸見えです。はしたないですけれど、確かに気になりますのでずっと後ろで見ていています。


【麟太郎が浮気？】

【浮気っつーか、二股？　そんな感じ】

【なんだそりゃ。ないだろそれは】

【とにかく写真送るよ。ほら、これ】

研人が木島さんにさっき撮った写真を送りました。

【さっきこういう状況だったんだよ。泣いてるでしょ？　女の人】

【おお、本当だな。確かにこの女性、泣いてるな】

【でしょ？】

次々とＬＩＮＥで二人が会話をしていきます。研人などはあまりにも言葉を打つのが速いのでときどき見逃してしまいそうです。

【しかしまぁ麟太郎も二十七だったか？　たとえば元カノとかよ】

そうですよね。昔の彼女ぐらいいてもおかしくないです。ましてや麟太郎さん、背も高くて、真面目な好青年なんですからきっとモテたはずですよ。

【まぁ研人には元カノなんていないだろうけど】

【いたからいいってもんでもないじゃん】

【そりゃそうだ】

【仮に元カノだとしてもさ、こうやって会って女が泣いてるってのは、マズイ状況だよね】

【まぁ確かにな】

【麟太郎さんの元カノなんて、誰が知ってるかなそういうの】

【いやそれこそ我南人さんは？　知ってるんじゃないか？】

【じいちゃんはダメだよ。『花陽も一緒に直接訊けばいいよぉお』とか直球で行くじゃん。もしもそれがどストライクで浮気だったらどーすんの。修羅場だよ？】

ああ、それは確かに。我南人ならやりかねませんね。

【そうだな。となると、鳥さんかジローさんだな】

【だよね】

【じゃあ、ジローさんにこの写真見せて、ちょいと訊いてくるか】

【頼める？　ジローさんちすぐ近所なんだよね？　あの二人LINEやってないし】

【歩いて一分だ。待ってろ】

そうでした。木島さんは引っ越して、ジローさんの家とすぐ近くになっていたんでしたね。

待ってろ、とLINEが来て五分も経っていません。研人の iPhone のLINEの着信音が鳴りましたよ。

【わかったぜ】

【どうどう？】

【写真見せたらジローさんが知ってたよ。やっぱり元カノだった】

【うわ】

【しかもな、女医さんだ。名前は須藤果林《かりん》さん。麟太郎の大学の先輩だそうだ。年上だってさ】

【そうなんだ。どこの病院にいるの。同じ病院？】

【いや、卿供館病院だってよ】

【え！　それって、すずみちゃんが手術する病院じゃん！　わ！　須藤先生って執刀医じゃん！】

【本当か！】

【うわー、なんだそれ】

【いや、ところですまんが研人くん】

【なにがすまん】

【愛奈穂《まなほ》にＬＩＮＥ見られた】

あら、愛奈穂ちゃんですか。木島さんと、昔付き合ってた方との間の娘さんで、花陽の塾のときの友達で仲良しの女の子ですよ。

【え！】

【遊びに来てたんだ。打ってるところ見られて】

それはもう、今頃花陽に愛奈穂ちゃん連絡してますよ。

【見られて、って、なに言っちゃったの？】

【すまん。ドジった。話しちまった】

【木島さーん】

【でも別に悪いことしてるわけじゃなし】

【そうだけどさ】

【花陽ちゃんにもよろしく】

そこで、研人の部屋がノックされましたよ。これは、間違いなく花陽ですよね。

研人が溜息をつきながらドアを開けました。あぁ、花陽です。自分の iPhone を持っていますね。

「入っていい？」

花陽が落ち着いた声で言います。

「どうぞ」

研人が一歩下がります。花陽が部屋の中に入ってきました。

「愛奈穂ちゃんからＬＩＮＥ来たんだけど」

「うん」

観念していますね、研人。

「どういうこと？　麟太郎さんの浮気って」

「ごめん。黙って木島さんに相談したのは、なんか、謝る。でも花陽ちゃんを泣かしたくないって思って、まずは調べようと思ったんだ」

花陽がちょっと首を傾けました。

「別に怒ってるんじゃないよ？　愛奈穂ちゃんからＬＩＮＥで、研人と木島さんが麟太郎さんの浮気について話しているって。写真もあるとか」

「うん、話します。さっきライブ終わって飯食べようと思ってファミレスに行ったら、この場面に出会しました」

研人が撮った写真を見せました。花陽が、ほんの少し眉を顰めましたね。

「で、花陽ちゃんには内緒にして、この女の人は誰かを確認しようと思いました。元カノとかだったら誰かが知らないかなと思って、この写真を木島さんに送って、木島さんがジローさんに確認しに行って」

「わかったの？」

こういうときの花陽は、本当に落ち着いています。冷静に、ものすごく静かに語ります。かえってそれが怖いですよね。

本気で怒ったときの藍子によく似ていますよ。あの子も普段はおっとりとして笑みを湛《たた》えているのに、怒ったときにはものすごく静かに冷たい表情になるのですよね。

「ジローさんが知っていました。マジで鱗太郎さんの元カノだそうです。名前は、えーと」

研人が画面を出します。

「これです。須藤果林さん。鱗太郎さんの大学の先輩で年上の女性だそうです」

こくり、と花陽は頷きます。あれですね。この様子では以前に付き合った人がいることぐらいは知っている顔です。それはそうですよね。

「で、これはマジでびっくりしたんだけど、この須藤さん、卿供館病院にいるって」

「え？」

花陽も驚きましたね。

「すずみちゃんの病院。あ！　執刀医の先生って女医さんで、須藤先生って言ってた！」

「そうなんだよ。そこまでです。この須藤果林さんと麟太郎さんは何で今日会っていたのか、何で泣いているのか、その辺はこれからオレ、花陽ちゃんには黙って麟太郎さんに確かめようと思っていたんだけど」

うん、と、花陽が頷きます。

「行こうか」

「え？」

花陽が、自分の iPhone を持ち替えました。

「麟太郎さんに会って話を聞こう。研人も話を聞きたいでしょ？　一緒に行こう。きっともう家に帰っているだろうから」

電話を耳に当てました。もう麟太郎さんに電話したんですね。

この勢いの、いえ、決断と行動の素早さはきっと我南人譲りですよね、花陽。


夜の十時近くになっていましたけれど、花陽はもう大学生です。それに〈藤島ハウス〉にいるんですから黙って出て行けばうちの人には誰にもわかりませんし、気にしないでしょうけど、そこで一応誰かに言ってから出かけるところが、花陽も研人もいい子ですよね。

研人が紺に、ＬＩＮＥで花陽と一緒にちょっと麟太郎さんと会ってくると告げると、今から何で二人一緒に？　という疑問は出ましたが、急ぎの用事なんだとなれば、紺も二人一緒ならまぁ行ってらっしゃい、となりますよね。いくら昔気質で若い女の子がこんな時間から、と思う勘一でも気をつけろよ、となります。なんだかんだ言って信用がありますからね。

我が家から麟太郎さんの住むマンションまではちょっとあるのですが、いつも利用するカフェがちょうど中間地点ぐらいにあって、そこで会うようになったみたいです。

それこそ確かめるだけなら電話で済みますが、こういうのはやはりきちんと顔を合わせて話さないと、余計な誤解を生みますよね。

もちろんわたしも一緒に行きましたけど、お洒落《しやれ》なカフェですね。

とても広いし、椅子もテーブルもゆったりとしています。中にはソファとかもありますね。最近はこういうカフェもたくさんできてますよね。

店に入ると、先に麟太郎さんが着いて待っていました。向かってくる途中、花陽も研人も一言も話しませんでしたよ。

「ごめんなさい」

テーブルについて店員さんにオーダーを終えると、まずは研人が麟太郎さんに謝りました。まだ何で呼び出されたのかわからない麟太郎さんは、眼を白黒させていますね。

「え、どういうこと？　何を謝るの？」

「こういうことです」

研人が、ファミレスでの二人を撮った写真を、麟太郎さんに見せました。すぐ近くのジャズクラブでライブをやった後、そこでご飯を食べようとしたら、と、説明します。

「で、花陽ちゃんに黙っていろいろ確かめようと思って、木島さんを通じてジローさんに訊いたら」

あぁ、と、麟太郎さん小声で呟き、頷きました。

「わかったんだ。彼女のことが」

「そうなんだ。で、ちょっと木島さんがポカをやってしまって、すぐに花陽ちゃんにわかっちゃって、怒っちゃって一緒にここに」

「怒ってはいない」

いいえ、ちょっと怒っていますよね。

「理由を知りたかったの」

花陽が、麟太郎さんに言います。

「以前に付き合っていた彼女に会っていたからって、むやみに怒ったり泣いたりしません。でも、この須藤さんがすずみちゃんの病院の先生だって知ったときに、これは、何かあったんだとわかったの」

「何かって？」

研人が訊きました。

「麟太郎さん、すずみちゃんの病院が卿供館病院だって前から知っていたのに、この須藤さんのことは何も教えてくれてなかった。普通なら、そういえば大学の先輩が勤めているよ、って言うはずなのに。たとえ元の彼女だったとしても。麟太郎さんは後でちゃんと言ってくれる。でも、言わなかった。教えてくれなかった。それはきっと大きな理由があるはずだなって」

なるほど納得、と研人は頷きました。麟太郎さんも、小さく顎を動かしましたね。

「彼女のことは隠すつもりはなかったんだ。いや結果として隠しちゃったけど、それはやましいことがあるわけじゃない」

先に頼んでいたコーヒーを、麟太郎さん一口飲みました。

「研人くんも、こっちこそゴメンだね。こんな場面を見せちゃって。これは確かに誤解されてもしょうがないいや」

「いやいや」

微笑んで、麟太郎さんは花陽と研人を見ます。

「今日はね、僕の、僕と彼女の恩師のお通夜があったんだ」

「え」

「恩師」

お通夜だったんですか。そうですか、それで麟太郎さんはスーツ姿だったのですね。女性は顔しか見えなかったのですが、あのカーテンの向こうは黒のワンピースか何かの喪服姿だったのでしょう。

「大学のときの教授だね。彼女、須藤先生とは学部は違ったけど一緒にその教授についていた。だから、通夜にも一緒に、あ、行くときは別々だけど連絡取りあって行ったんだよ。その帰りに、あそこでお茶を飲んだんだ」

聞けば、何の不思議もないことですよね。そもそもファミレスという場所に入ること自体がやましいことは何もない証拠です。

「それで、彼女が泣いていた理由はね。それは、僕が、彼女が卿供館病院にいると花陽ちゃんに言わなかった理由でもあるんだけど」

一度言葉を切りました。

「僕が泣かしたわけでも、痴話喧嘩でもない。当時、彼女はその教授と不倫関係にあったんだ。そういうのもあって、あの場で彼女はいろいろ思い出してちょっと泣いてしまったんだ」

研人が思わず声を上げそうになったのを自分の手で口を塞いで堪《こら》えましたね。そのまま、花陽を見ます。花陽も、眼を丸くして驚いています。

教授と不倫とは。まさしく花陽の母親、藍子と同じです。

「それを知っていたのは僕だけなんだ。そして須藤先生はその不倫関係を清算した後に、まぁ僕とそういう関係になってしまった。酷《ひど》い言葉で言えば、傷口を癒《いや》すはけ口みたいなものだったかな」

麟太郎さんが、息を吐きました。次の言葉を発するのを逡巡《しゅんじゅん》するように。

「不倫だけではなく、ここでは口には出せないことが、彼女と教授の間にはあった」

じっと花陽を見ました。

「特に、君には聞かせたくなかったある出来事が」

もちろん、麟太郎さんは花陽の出生を知っています。藍子が不倫して一人で産んで育ててきたことを。その不倫相手の教授の娘さんが、すずみさんであることも。

ここでは言えない、聞かせたくなかったことというのは、ひょっとしたらですけれど、須藤先生は、その教授さんとの子供を堕《お》ろしたということかもしれません。

麟太郎さんが、溜息をつきます。頭を掻《か》きました。

「でも、結局こうやって話してしまった。僕が余計に気を回し過ぎたのかもしれないな。単純に、元の彼女が勤めているんだと軽く言っておけば、それで済んだかも」

「やー、ゴメンなさい。マジで申し訳ない」

研人が勢いよく頭を下げます。

「オレのせいだ。余計なことしちまったー」

「いやいや、研人くんは何も悪くない。花陽ちゃんのことを心配したんだ。ね？」

ね、と、花陽に言います。花陽も、微笑みました。

「そうだね。さっきも言ったけど研人には怒ってないよ。麟太郎さんにも。隠せないと思ったんだよね。元カノがいるんだ、なんて軽く話して済ませられないもん麟太郎さん。きっと変な感じになっちゃって、それこそ私に勘ぐられちゃう」

三人で笑い合いました。そうですね。そういう人ですよね。かといって、全部話してしまうとあまりにも花陽の生まれと似通ったもので、それこそ麟太郎さんが花陽と付き合い出したのは、そこは関係ないのかと勘ぐってしまいもします。

「この話は、ここだけのことで」

麟太郎さんが言うと、研人が大きく頷きます。

「もちろん」

研人も花陽も、他の誰にも言いませんよ。帰ってから急な用事って何だったんだと勘一や誰かに訊かれたら、適当に上手《うま》い話を考えて言うでしょう。

「麟太郎さん」

花陽が言います。

「須藤先生、いい先生なんだよね？」

麟太郎さん、大きく頷きました。

「まだ若い先生だけど、全幅の信頼を置いていいよ。保証できる」

花陽も頷きます。それから、ちょっと小首を傾げて考えてました。

「もしもだけど、病院で会えたら話していいのかな。私は、麟太郎さんと付き合っているって」

麟太郎さん、また大きく頷きました。

「何の問題もないよ。須藤先生には、これはたまただけど、さっき話したよ」

「さっき？」

「あのファミレスで話しているときに。名前とかは何も教えていないけれど、医大生の女の子と、将来も考えた真剣なお付き合いをしてるって」

＊

すずみさんの手術の日になりました。

今日の午後二時からです。順調にいけば三時間から四時間、午後六時には終わるという話でしたね。

前日から入院したのですが、その付き添いには池沢さんが行ってくれました。人手が減っては大変だし男性が行くよりはいいでしょうと、池沢さんから言ってくれたのです。助かりましたよね。配偶者として青も一緒に行きましたけど、やはり女性ばかりの病室はちょっと居づらかったと言っていました。

そして、何となくバタバタしちゃいますけれど、紺も今日の夜にもう一度船橋源一郎さんのお宅に行ってみるという話をしていました。締切りの近い原稿が上がったのと、やはり早く何らかの結論を出したいと。

両方とも結果がとても気になりますが、わたしはどっちにも行けますね。ちゃんと確認しておきましょう。

すずみさんの手術の付き添いには、花陽が行きました。

自分から行ってくると言い出したのです。医学生であり、そしてすずみさんとは母親違いの姉妹です。この世で互いにたった一人の姉妹なんですよねこの二人は。

基本的には何の心配もない手術だと言われています。麟太郎さんだって、須藤先生に全幅の信頼を置いていいと言っていました。事情がある場合、連絡が取れるなら付き添いはいなくてもいいとは言われましたし、すずみさんも皆忙しいんだから来なくていいとは言ってましたけど、やはり誰かがいた方が安心しますよね。

手術の間は病室で待っていてくださいと言われて、ずっと花陽は待っていました。少し時間がありましたけど、何か勉強道具を持ってきていたようですね。買ってきたお茶を飲んだりしながらずっとすずみさんのベッドのところで待っていました。

五時半を回った頃でしょうか。ベッドが運ばれてきて、そこにすずみさんが眠っています。全身麻酔ですからね。

「無事終わりました。手術自体に何も問題はなかったです。安心してください。麻酔が醒《さ》めるまでもう少しかかりますからね」

そう言って去っていったお医者さんが、女医さんで、須藤先生でした。

煙草を吸っているはずだ、と、麟太郎さんは教えてくれましたね。須藤先生はスモーカーで、手術の後には必ず煙草を吸っているって。お医者さんの中には喫煙者の方がけっこう多いと聞いたことがありますが、そうなのでしょうか。

教えられたのは小さなベランダのような場所でした。

病院の奥の方なので患者さんが立ち入る場所ではないのでしょう。ベンチが置いてあって、そこに、白衣に着替えた須藤果林さんが腰掛け、煙草を吸っていました。

「あら？」

花陽を見て、ちょっと眼を丸くしましたね。一瞬、煙草を消そうとしたのか、煙草を挟んだ指がぴくりと動きましたが、思いとどまったみたいです。禁煙の場所ではないですから。それに本来は関係者以外は来ないところなのでしょう。

「確か、堀田すずみさんの」

「はい、妹です。堀田花陽といいます」

あぁ、という顔をしました。

「そういえば、医大に通っている妹がいるって話していたわ。あなたがそうだったのね」

「はい。医学生です」

「ごめんなさいね。ここは私たちが唯一煙草を吸える場所なの」

「うちにもたくさん吸う人がいます」

「あら、どなた？」

「曾祖父に、祖父。そして叔父二人とも。あ、でも近頃は皆あんまり吸わないようにはしてるけど。小さい子がいますので」

うん、と、須藤先生頷きます。

「たくさんいる大家族だって話していたわね、すずみさん。すずみさん、っていいお名前よね。かよさんは？　どんな字を書くの？」

「花に太陽の陽で花陽です」

「あー素敵」

果林さんもいいお名前ですよね。須藤先生の雰囲気にとてもよく似合っています。

「座っていいですか？」

須藤先生、きょとん、とした顔をしましたけど、すぐに腰を浮かせて少し自分の脇を空けました。

「どうぞ？　あなたも煙草吸うの？」

「いいえ、吸いません」

花陽が座りました。

「あの、手術ならさっきも言ったけど成功よ？　何の心配もないから安心してちょうだい。入院については、何かあったらナースに言ってもらえれば」

花陽がちょっと微笑みます。

「須藤先生」

「はい」

「私、麟太郎さんとお付き合いしているんです」

あ、と、口が開き、眼を、ぱちくりとさせました。そりゃあ驚きますよね須藤先生。

「わーっ！　あなたかー！　え、なに東《ひがし》くんが教えちゃったの？」

「はい」

須藤先生、苦笑いしています。

「うわー、すっごい偶然。あーでもそうか。付き合ってる彼女のお姉さんを私が手術するとなると、ちゃんと言わなきゃ気が済まない人だね彼は」

「そうでした」

「話しちゃったんでしょ？　以前に付き合ったたって」

花陽、笑みを浮かべながらこくん、と頷きました。先生も苦笑いしながら首を軽く振って、煙草を揉《も》み消しました。

そして、きちんと座り直しましたね。

「花陽さん」

「はい」

「改めて、私は東麟太郎くんと一時期お付き合いしました。でも、今はただの同窓生で、そして友達です。ひょっとしたら今後も彼とどこかで会うこともあるかもしれませんが、それは大学関係や仕事関係の用事でしかないはずです。よろしくね」

「はい」

花陽が、お辞儀をします。

「私は、医師になることを目標にしています。いえ、なります。もしも、この先に須藤先生とご一緒するようなことがあれば、よろしくご指導ください」

「ああんもう花陽ちゃんカワイイ！」

急に花陽をギュッと抱きしめましたね須藤先生。花陽もちょっとびっくりしていましたけど、笑ってますよ。

「ねぇ、これも縁よね？　医者になったらうちに来てちょうだいね。どこ行く？　外科？　内科？　小児科？　婦人科においでね！」

何だか楽しい方です。きっと花陽も好きですよこういう女性は。

花陽は、何も言いませんでしたね。すずみさんとの関係は妹とだけ言ってました。すずみさんもそうしたからでしょう。本当は腹違いですし、しかも同時に義理の姪です。

もしもこの先、この須藤先生ともっと深いご縁ができたときには、もう少し自分たちのことを話せますかね。それこそ、お酒でも飲みながら。


あぁもう六時になりますね。

さて、今度は紺の方ですね。我南人も一緒に行くと言っていました。今どこにいますかね。

先に船橋源一郎さんのお宅に来てみると、ちょうどグッドタイミングでした。我南人と一緒にタクシーで来た紺が、少し先で車から降りるところでしたよ。

船橋源一郎さんのお宅の門灯がもう点《つ》いています。センサーではないようですから、確実にご在宅みたいですね。

今度は紺が、ピンポン、とインターホンを鳴らします。すぐに〈はい〉と返事がありました。

紺が話そうとしたのに我南人がすぐに割り込みました。

「夜分にすみませぇん。ミュージシャンの我南人といいますがぁ、船橋源一郎さんはいらっしゃいますかぁ」

一瞬間《ま》がありました。

〈お待ちください〉

そう返事が聞こえ、それからまた間があって、玄関の扉が開きました。そこにいたのは、背の低いご婦人です。我南人を見上げるようにして、それから掌をパッと広げて驚きましたよ。

「あら、まぁ、本当に我南人さん？」

この方が香子さんなのでしょうね。びっくりして、眼を丸くしています。どうやら我南人のことをご存じだったようですね。

「そうなんです。ロックやってる我南人です。突然夜分にすみません」

こういうときには、きちんと話すこともできるんですよね。

香子さん、そうですね、八十代の方でしょうか。ひょっとしたら足腰がもう弱っているかもしれません。しっかりとドアの脇にある靴箱を摑《つか》んでいます。

「まぁ、え？　本当に我南人さんなのね？　テレビの撮影？」

「違うんですぅ。こちら、船橋源一郎さんのお宅ですよねぇ」

「はい、そうですよ」

「奥様は、香子さん?」

はいはい、と、頷きます。後ろのたぶん居間の方から人が出てきました。女性ですね。こちらはまだ四十代か五十代ぐらいです。ひょっとしたら娘さんかどなたかでしょうか。

「ねぇ三峰《みつみね》さん、ほら、ロックの我南人さんよ、そうよね?」

三峰さん、ですか。ではご家族ではないようです。そう呼ばれた方、少し警戒するような表情を見せましたが、すぐに、はいはいと頷きます。

「そうですね。我南人さんです」

我南人も紺も三峰さんを見ました。

「突然すみません。僕はこの我南人の息子で、小説家をやっています堀田紺、といいます。紺、は紺色の紺です」

「息子さんですか。まぁご立派な息子さんがおいでだったのね我南人さんは」

紺はあえて自分の名前を強調しましたが、特に香子さん、おかしな反応はなかったですね。

「実は、船橋源一郎さんにお会いしたくて来たのですが、ご在宅でしょうか」

香子さん、あら、という表情を見せます。

「夫にですか」

「はい、事情は、会ってから詳しくお話しさせていただきたいんですが」

香子さんが、悲しげに顔を少し歪《ゆが》めました。

「夫は、死んでしまったんですよ」

「え?」

亡くなられたんですか？

さすがの我南人もびっくりした顔を見せました。

「いつですかぁ？」

「十日ほども前なんですよ。今も、まだ家を片づけている最中で。え、夫と我南人さん、お知り合いだったんですか？」

紺と我南人が顔を見合わせます。

亡くなった人は、手紙を出すことはできません。でも、死ぬ前に配達日を指定して届けてもらうことはできるかもしれませんが、どうなんでしょう。


とにかく、上がらせてもらうことができました。こういうときに我南人が有名人なのは助かります。テレビにもよく出ていましたから、お年寄りの方にも、そして若い方にも顔が知られていますよね。

まずは、亡くなられたという船橋源一郎さんにお線香を上げさせてもらいました。

お仏壇にはまだ真新しい遺影が飾られています。八十五歳で亡くなられたとのこと。遺影はきっともう少し若い頃でしょうかね。七三風の髪形、黒縁の眼鏡を掛け、優しい笑みを浮かべられています。何でも長い間、この家で療養生活を送られていたとか。

三峰さんという女性は、長くその介護を担当していた介護福祉士の方でケアマネージャーさんでもありました。

「私もね、もう膝が悪くて、手も少し動かなくなってね。三峰さんにも引き続き来てもらっているんです」

「そうでしたか」

三峰さん、硬い表情のままですけれど、それが地の顔かもしれません。真面目そうな人ですよ。

家の中はやはりきちんと片づけられています。ご夫婦しか住んでいなくて、介護生活が長くなるとどうしても家の中のことがおろそかになり、雑然としていく場合もありますが、船橋さんのお宅はそうではないようです。ひょっとしたら、ご主人が亡くなってからきちんと片づけをしたのかもしれません。

居間のソファに座って、向かい合いました。三峰さんがお茶を淹れてくれましたね。

「それで、船橋さん。今日お伺いしたのは、僕が船橋源一郎さんからお手紙を頂いたからなんです」

紺が切り出しました。

「手紙、ですか」

「これなんです」

スーツの内ポケットから手紙を出して、紺が香子さんにお渡しします。香子さん、表書きを見て、すぐに頷きました。

「夫の字です。間違いありません」

即答でした。

つまり、香子さんは、ご主人の書いた字を、常日頃から見る機会がとても多かったということでしょう。

「あら、でも」

ちょっと小首を傾げます。裏も引っ繰り返して見ます。

「紺さんのお名前を書いた文字と、その他の部分は、なんかちょっと違うかしら。でも同じかしら」

うん、と紺が小さく頷きましたね。

奥さんがそう思うんですから、紺が最初に見たときにそう感じたのも間違いではないようですね。

「手紙の内容も読んでいただけますか。実は、お手紙には僕がご主人の作品を盗作したというようなことが書いてあるんです」

「盗作、ですか？」

驚きましたね。

「もちろん僕にはまったく心当たりがありません。まずは、読んでいただけますか？　その手紙の文字も間違いなくご主人の筆跡ですよね？」

便箋を開いた香子さん、やはりすぐに頷きました。

「間違いないです。夫の字です」

そして、じっと手紙を読んでいきます。唇が少し動いていますね。黙読するときの癖なのでしょう。こうやって唇が動いてしまう人はいますよね。うちでは藍子なんかもそうでしたよ。

ややしばらくして、香子さんが読み終わったのを見計らって、紺が言います。

「いかがでしょうか。ご主人、船橋源一郎さんは、物書き、小説などを書かれていた方なのでしょうか。その内容ですと、どう考えてもそうなるのですが」

香子さん、紺を見て、こくりと頷きます。

「これは、ひょっとして」

心当たりがあるのでしょうか。

「そっちに、夫の部屋があるのです。書斎にも使っていたんですが」

書斎ですか？


突き当たりの部屋でした。八畳間ほどの広さの部屋の壁の一面は本棚で、本で埋まっていました。

窓際に大きな机があり、今ではほとんど見ることのないワープロも置いてあります。随分久しぶりに見ました。紺が大学生の頃に使っていたものと同じようなタイプじゃないでしょうか。そして原稿用紙も机にたくさん積んであります。間違いなくこれは書斎ですね。

「小説を、書いていらしたんですね？」

紺が改めてもう一度訊くと、香子さんは頷きました。

「まだ若い頃に、一度だけ文芸雑誌か何かの賞を取ったことがあります。ちょうど私と結婚を決めた頃でしたかね。それから請われて短編のような原稿もいくつか書いたみたいです。でも、それっきりでした」

香子さんが言います。

「本も出せませんでしたし、原稿を頼まれることもなくなりました。でも、そうですね、仕事や子育てに追われるようなことが少なくなってくると、毎日のように書いていました。趣味と言ってもいいぐらいに、楽しそうに書いていました」

「楽しそうに、ですか」

「そりゃあいいねぇ。何でも楽しくやれるのがいちばんなんだぁ」

我南人の言葉に、香子さん少し微笑みました。

「もちろん、本人はきっとちゃんとした小説家になりたかったはずです。作品が完成すると何かの新人賞か、そういうものに応募はしていたみたいです。もちろん、仕事をしながらですけれど」

この部屋で、家庭を大事にしながらも自分の夢をずっと追いかけていたのでしょうか。香子さんが、机の上の脇に置いてあった書類ケースを開きました。そこには原稿用紙と、そしてたくさんの便箋がありました。

便箋には、びっしりと文字が書いてあります。

それを見て、紺も我南人も頷きました。わたしも、わかりました。

「これは、夫が最後まで書いていたと思うんです」

香子さんが言います。

「書簡体小説、ですね」

紺の言葉に、香子さん、こくりと頷きます。

「そう言っていました。一度原稿用紙に書いたものを、本物の便箋に書き写していました。まるで本当に手紙をやりとりしているようにしてみるんだ、と。それで何になるのか私にはわかりませんでしたけれど」

応募原稿ではありませんよね。おそらくですけれど、推敲の一手段として思いついたのでしょうか。原稿用紙ではなく、本物の便箋に書くことでまた文章は変わってくるはずです。本当の意味での、手紙文に。それを生かそうとしたのかもしれません。

たくさんの封筒も入っています。

封筒の宛名のところには、〈堀田紺　様〉とあります。もう一種類の封筒には〈手島《てじま》さやか様〉とあります。

「この小説で手紙をやりとりする二人の名前が〈堀田紺〉と〈手島さやか〉だったんですね」

「そうだと思います。覚えていますけど『紺っていい名前だろう？』と言っていました。あなたのことを知っていたのかどうかはわかりませんけれど」

「少なくとも、ここの本棚に紺の本はないねぇぇ」

我南人はずっと本棚を眺めていて、そう言いました。一緒に来ていた三峰さんが、唇を引き締めて、ただじっと話を聞いています。

「ご主人だろうねぇぇ」

我南人が急に大きな声で言いました。

「手紙を出すのはぁ、ご主人しかいないよねぇ。そうでしょう？　奥さんは出していませんよねぇ」

「はい、まったく」

「きっとさぁあ、ご主人はぁ、自分が名付けた主人公と同じ名前を持つ作家を見つけてさぁ。実はこんなのを書いているんだって、おもしろがってもらおうと思ったのかもしれないねぇ。ねぇ三峰さん、ご主人、認知症も進んでいたんだよねぇ？」

訊かれた三峰さん、さらに一度唇を引き結んでから、こくり、と頷きます。

「進んで、いました」

「ひょっとしてさぁ、あなた手紙を出してくれって頼まれたんじゃないぃ？　出したよねぇきっと。奥さんが心当たりがないってことはぁ、普段からご主人の介護をしていたあなたしか出せる人はいないんだからぁ。それでさぁ」

「入れ忘れたのでしょう」

紺が、我南人の言葉を引き継ぎました。

「きっと源一郎さんは、別に手紙を添えるつもりだったのですよ。偶然僕と同じ名前の主人公を創造して、こんなものを書いている。おもしろがってもらえたら嬉しいとでも、そういう手紙を添えて送るはずだったのに、肝心のその手紙を添えるのを、入れるのを忘れたんです。ご病気のせいだったのでしょう」

我南人が香子さんを見て、ごめんなさいねそんなふうに言って、と告げます。

「それで、もちろん封筒の中身のことなどわからない三峰さんが頼まれて、そのまま出してしまったんですよ。きっと父のことも知っていたのですね。〈東京バンドワゴン〉という古本屋が父の家だというのはけっこう有名な話ですから、僕が我南人の息子であることもわかって、住所も調べられたんでしょう」

うちにいつ届いた、という話は香子さんにはしていません。訊かれたら、亡くなる前に届いていたと言うつもりなのでしょうね。

香子さん、ゆっくりと顔を巡らせて、我南人と紺、そして三峰さんの顔を見つめます。そして、しばらく何かを考えるようにしてから、手紙に眼を落としました。

「この手紙がそちらに届いたというのは、そういうことなのでしょうね、きっと」

小さく、頷きました。

「あの人は、優しい善人でしたから。悪意を持って何かをするなんていう人じゃなかったから。きっと堀田紺という同じ名前のあなたを見つけて、びっくりして、しかも小説家だったって、心の底から嬉しくなったんじゃないかしら」

紺を見つめます。

「紺さんは、ごめんなさい、私は本をあまり読まないから知らないのですけれど、たくさん本を出していらっしゃるの？」

「まだ、駆け出しです。両手の指で数えられる程度です」

「それでも、凄いわ。大したものよ。あなたはきっと、たくさんの人の心を打ち、安らげてくれる物語を書ける人なのでしょう」

「それは、どうでしょうか。僕にはわかりませんが」

紺が苦笑して首を傾げました。

「わかります。きっとそうです。そういうあなたと同じ名を持つ主人公を創造して、そうして物語を書いただけでも、志半ばだったけど、うちの夫は凄かったんだって思うことにします。どうぞ、これからも素晴らしいものを書いてください」

香子さんの瞳が潤んでいます。

「はい。頑張って書き続けます」

紺がゆっくりと頭を下げました。

「我南人さんの曲はね、私、若い頃から聴いていましたよ。昔のだけどアルバムもあるわ。まだまだ頑張ってくださいね。私も元気で、あなたの新しい素晴らしい曲を待ってますから」

「ありがとうねぇえ。Rock 'n' roll !!」

右腕を天井に向かって突き上げました。格好良く見えはしますけれど、普通にお礼を言ってくださいな。

人気《ひとけ》のない住宅街の道を、街灯に照らされて我南人と紺が駅に向かってゆっくりと歩いていきます。

「LOVE かもねぇ」

我南人が、こんなところで静かに言いました。何でしょうここでその台詞《せりふ》は。紺が、我南人を見て、うん？　という表情を見せます。

「何が、LOVE ？」

「あの介護の人、三峰さんだったかなぁ。亡くなった源一郎さんへの LOVE があったんじゃないかなぁ、と思ってさぁ」

「それは、自分が担当している人への介護者としてのじゃなくて、男と女としてのってこと？」

我南人が頷きます。

「どっちもLOVEには違いないよぉ。あの人は、しっかりした介護福祉士さんだったよぉ。見ただけでわかるねぇ」

「そんな感じだったね」

「そういう人がぁ、単なる勘違いで手紙を出しちゃったというのは、ちょっと考え難いねぇえ。彼女は、小説家の堀田紺を知っていたんじゃないかなぁ」

「僕を、か」

紺が、なるほど、と小さく頷きました。

「僕を知っていて、わざわざあの手紙を投函《とうかん》した」

「そうだねぇ。ひょっとしたら、あそこにあった手紙を全部送るつもりでいたのかもねぇ」

「読んでもらうために、か」

「もちろん嫌がらせとかそういうんじゃないよぉ。偶然の一致だってわかっていたんだよぉ。でも、その偶然がひょっとしたら、既に世を去ってしまった船橋源一郎という小説家を認めさせるきっかけにでもなるかもしれない、なんてことを、LOVEで感じてしまったのかなぁ、って思ってさぁあ」

うん、と紺も頷きます。

「そういうのも、あったかもしれないね」

「彼女は紺の小説のファンで、源一郎さんの小説の主人公と同じ名を持つ紺にだけでも、志半ばで逝ってしまったこんな男がいたんだってことをさぁ、知ってほしかったのかもねぇえ」

「どっちにしても、確かにLOVEだね」

紺が笑みを浮かべて言うと、我南人は人差し指と親指でLの字を作って、前へと突き出しました。

「そうとも、世の中の物語は全てLOVEなんだよぉお」

そのまま我南人が腕を紺の肩に回して、ぐっと引き寄せます。

「そうして君はぁ、LOVEをぉ書き続けるんだよぉお、色んな人の思いも何もかも呑み込んでさぁあ」

父親に肩を組まれて、紺が苦笑いしながらも頷きます。

「親父も歌い続けるんだろ？　LOVEを」

「もちろんだねぇえ」

親子二人で肩を組んで歩くなんて、わたしはひょっとしたら初めて見たかもしれません。

そして、そうかもしれませんね。小説家は、その小説を読んだ読者のいろんな思いを引き受け、物語というLOVEを書き続けるからこそ、小説家なのかもしれません。

我南人と紺が家に帰ってきた頃、カフェの仕事を終えて病院に向かった青が花陽と病院で合流して、すずみさんも麻酔から醒めて元気だという連絡もちょうど入ってきました。明日にも鈴花ちゃんとかんなちゃんを連れてお見舞いに行けますね。

何はともあれ一安心していたところに、紺が事の顛末を皆に話して聞かせました。勘一も、亜美さんも研人も、皆なるほどそういうことだったのか、と頷きます。

「〈堀田紺〉って名前は、本当に偶然の一致だったんだろうね。スゴイな」

研人が言います。

「そうだろうね。そこはたぶん間違いなく偶然だったんだと思うよ」

「サチ以外に名前に紺を使おうなんて考える人がいるとはな」

そうですよね。わたしもちょっと驚きました。

「で、どうだったんだ。その船橋源一郎さんの書簡体小説ってのは。最後まで読んだんだろう？」

勘一が訊くと、紺は、小さく頷きました。

「あの手紙と同じく、しっかりとした文章で書かれていたよ。そうだね」

少し考えました。

「間違ってはいないと思う。正しい物語だったよ」

勘一が、少し眼を細めてから頷きました。

「間違っちゃあいない、か。そういう物語だったんだな」

うん、と、紺も大きく頷きます。

「世には出られなかった。でも、間違っていない物語をきちんと書いていた。忘れないようにするよ。世に出られた人間は、出られなかった人の思いをも引き受けられるってことをね」

「そうだな」

＊

紺がやってきました。話ができますかね。仏壇の前に座り、おりんを鳴らして、手を合わせてくれます。

「ばあちゃん」

「はい、お疲れ様でした。大変だったね」

「ばあちゃん、来てたんだろう？　一緒に船橋さんの家に」

「行きましたよ。ちゃんと、見ていました。ちょっと剣呑《けんのん》な出来事だったけれど、まぁいい経験になったんじゃないかい？　小説家としては」

「そうかもね。それにしても堀田紺という名前を思いつくっていうのは不思議だなぁってさ」

「縁というものだったのかもしれないね」

「そうだね。本当に奇縁だ」

「ところで紺。縁と言えばね、誰も知らないけれど、花陽がね、麟太郎さんの元カノと会っていたんだよ」

「え？　元カノ？　何それ。どういうこと」

「すずみさんの主治医の女医さんが、麟太郎さんの前の彼女だったんだよ」

「主治医が？　え、すずみちゃんはそれ知ってるの？」

「まだ知らないとは思うけど、研人が詳しく知っているので一応把握しておくといいよ」

「なんかスゴイことになってるね。わかった。後で研人に訊いておくよ」

「それで何かあったわけじゃないけれどね。紺と同じで、花陽にもいい経験になったと思うし、ひょっとしたらいいご縁だったのかもね」

「そうか。わかった。あれ、終わりかな」

紺が苦笑いして、おりんを鳴らして拝みます。

はい、ありがとうございます。ちゃんとかんなちゃん鈴花ちゃんの布団の様子を見てから休んでくださいね。

人の縁とは本当に不思議なものです。どこで出会いどこで別れて、そしてその糸が繋がっていくのか切れていくのか誰にもわかりません。そもそもわかってしまったら、それは縁とは言えないのかもしれません。

たとえ同じクラスで何年間過ごしたとしても、その後まったく関係ない人生を送っていくこともあるでしょうし、ほんの一瞬の、わずかな時間での出会いだったとしても、後々にそれが生涯続く愛情や友情になっていくこともあるのでしょう。

縁があり出会った人とよい関係を築けたのなら、たとえそれから一生会わなくなったとしても、良き思い出としてその人のことを思っていけます。小学校のときの仲良しと、たとえ何十年も会わなかったとしても、偶然会ったその瞬間にはそのときのままの心持ちで過ごせるように、ずっとずっと残っていくものです。

たくさんの人に出会える方が、良いとわたしは思います。出会わなければ良かったと後で思ったとしても、その思いもまた人生を彩ってくれますよ。

㊌ 線が一本あったとさ

一

冬は空気に冷たい匂いが混じる。

春の空気はただ柔らかく、夏はただ熱く、秋は寒い風になりますが、冬には冷たい匂いが混じるのだと。

そう言ったのはわたしではなく、今は亡き義父である堀田草平です。

つまり勘一の父親ですが、勘一とは見た目も性格もまったく正反対の、知的で物静かな学者肌の人でしたね。

そうそう、孫の紺は昔から曾祖父である堀田草平によく似ていると言われていたのです。我南人はあれで父親である勘一にとてもよく似た性格をしていますので、お義父様の血は勘一と我南人二つ飛ばして、曾孫である紺に色濃く出たのかもしれません。

わたしも、冬の冷たい匂いが好きです。

身体がこの世にあった頃には、まだ明け切らぬうちに起き出して霜の降りた庭を見て嬉しくなり、縁側の戸をからりと開けて全身にその冷たい空気を浴びたりしました。まだその頃には猫しかいませんでしたが、猫たちは眼を丸くして何をするんだ、と、覗き込んできましたよね。

東京のこの辺りに雪が積もることは滅多になくなってしまいましたけど、わたしが若い頃には季節のうちに何度か積もり、子供たちが雪玉で雪合戦をしたり、ところによっては橇《そり》遊びもできたものです。

かんなちゃん鈴花ちゃんも、本格的に雪が積もった冬はまだ二回ぐらいしか経験していませんか。今年の冬に入ってからも、東京のこの辺りは雪が積もってはいません。

勘一も小さい頃に雪遊びが楽しかった記憶がありますから、かんなちゃん鈴花ちゃんが生まれると橇を買ったりもしていましたけど、結局一度も雪国のような遊び方はしていません。

いつか皆でクリスマスやお正月を雪国で過ごしてみたいと思い話したこともありますけれど、それは実現できそうもありませんね。


師走という名前の通り、誰も彼もが気忙《きぜわ》しく過ごす十二月。

忘年会やクリスマスといった楽しい行事が目白押しですけれど、仕事をしている大人たちは一年を締めくくるために前倒しで仕事をしたり、大急ぎで何かを仕上げたり、なかなかに忙しい日々ですよね。

その昔には年末に一年の精算をする、などという商売の習慣もありました。いわゆるツケ払いです。

〈東京バンドワゴン〉でも、まだ勘一が子供の頃にはお得意様の家を訪問して、ええ今年はこれだけお買い上げいただいたのでお支払いの方をお願いします、なんてことをしたことがあったそうです。

　今でもドラマや小説にたまに出てきますが、酒屋さんのツケ払いなどは最たるものでしたよね。お互いの信頼関係だけで、そういう商売の仕方が成り立っていたというのも、今から考えると夢のような世界の気がしますが、今のクレジットカードもいわゆるツケの一種なんですよね。そう考えるとあんまり変わっていないのかな、という気もします。

　年末までに片づけなければならない仕事があるところは大変ですよね。家でも年末の大掃除というイベントがありますし、年賀状を書かれる方はそれも急いで書かなければなりません。

　紺は小説家としても活動していて連載を抱えているものですから、年末進行というものにここ数年追われることがあります。印刷所や出版社さんがきちんと年末年始の長い休みを休むためには、それぞれの作家さんに早めに原稿を上げてもらわなければならないのですよね。紺の話ではいろんな状況にもよるけれど、一週間から十日ぐらいは締切りが早くなるみたいです。自由業の最たるものである小説家も、これで中々大変なものなんだとよくわかります。

　子供たちや恋人たちにとっては十二月の最高のイベントであるクリスマス。

　我が家は三日ほど前からクリスマスの飾り付けを始めました。花陽や研人に代わって今はかんなちゃん鈴花ちゃんが大喜びですが、毎年それ以上に、亜美さんのご両親である脇坂《わきさか》さんご夫妻が大張り切りですよね。

　花陽と研人へのプレゼントの絨毯《じゅうたん》爆撃のような時期はとうに過ぎ去りましたが、今はかんなちゃん鈴花ちゃんへの集中攻撃が行われます。

娘である亜美さんはもう何年も前からずっとこの時期は菩薩の笑みを獲得して、自分の親のじじバカばばバカぶりを慈悲の心で迎えています。何を言っても、とにかく買ってきてしまうんですよね。

今年でいちばんびっくりしたのは、かんなちゃん鈴花ちゃんの身長ぐらいあるサンタさんのプレゼントを入れる真っ赤な長靴です。

いいえ、本物の靴ではなくお菓子が詰まった発泡スチロールの長靴だったんですけれど、そのお菓子の量の凄さはちょっとしたスーパーの売り場ぐらいありましたよ。そしてこんな大きな発泡スチロールの長靴をどうやってゴミに出せばいいのか！　と、亜美さんはちょっと角が生えそうになっていました。

毎年クリスマスパーティは、皆を呼んで賑やかに行います。こういうときには襖《ふすま》を取っ払うと広い居間はいいですよね。

脇坂さんご夫妻はもちろん、増谷家に会沢家、池沢さんに藤島さんに美登里さん、そして〈はる〉さんのコウさんと真奈美さんと真幸くん、木島さんご夫妻に、亜美さんの弟の修平《しゅうへい》さんと奥さんの佳奈《かな》さんも来てくれました。他にもお呼びしたい人はたくさんいますけれど、皆がそれぞれの家庭でやるクリスマスがいちばんですからね。

花陽の彼氏である麟太郎さんももちろんお誘いしたのですが、残念ながら仕事が忙しくて来られませんでした。致し方ないですね。

麟太郎さんの職場は基本は定時で帰れるのですが、検査が立て込んでいる日や、手術してすぐの検査のために待機していなければならない日などがあって、ほぼ徹夜のようになるときもあるとか。医療関係のお仕事は大変です。

イギリスに行っている藍子とマードックさん。向こうでのクリスマスを楽しんでいると思いますが、今年も事前に本場イギリスのクリスマスオーナメントやカードを送ってくれて、かんなちゃん鈴花ちゃんも喜んでいました。

去年もそうしたように、こちらでのパーティの時間に合わせてパソコンを立ち上げ、皆と一緒に話をしましたよ。マードックさんのところにいる犬のミッキーも元気そうで、サンタさんの帽子を被《かぶ》せられた姿を見せてくれました。喜んで走り回っていましたから嫌じゃなかったんですよね。

それを見たかんなちゃん鈴花ちゃんが、アキとサチや、猫たちにもサンタさんの帽子を被せてみようと走り回って連れてきたのですが、見事に皆嫌がって駄目でしたね。

普段は大人しく抱かれているベンジャミンも、帽子は勘弁してくれと言わんばかりに嫌がっていました。どんなにその様子が可愛くても、猫や犬の嫌がることを強要してはいけませんよ。

〈東京バンドワゴン〉の年末の営業は、もちろんその年によって多少違ったりもしますが、カフェも古本屋も基本は十二月の二十八日までです。

二十九、三十、三十一日は完全休業して、家族総出で大掃除とお節《せち》作りに追われます。明けて三が日はしっかりとお休みして、四日か五日辺りから通常営業になります。

大掃除は障子紙を張り替えたり畳を叩いたりと、昔ながらのことが数多くあります。年によっては畳の張り替えをお願いしたりもします。今はそういうことをする家も少なくなりましたよね。そもそも畳敷きの和室はあっても、その畳も張り替えなくてもいい素材のものにもなっていますよね。

たくさんの書物や紙類が眠る、蔵の中の掃除ももちろんします。

我が家のそういう掃除を楽しみたいという奇特な方がたくさんいらっしゃって、藤島さんやら木島さん、元刑事の茅野《かやの》さんたちは、今年も大掃除の手伝いに来てくれました。本当に物好きですよね。

そういう物好きな年寄りだけではなく、カフェを手伝ってくれている花陽の大学の同級生の和ちゃん、裏に住んでいる増谷の真央さん、〈藤島ハウス〉の管理人をしている玲井奈ちゃんなど若い人たちも我が家の蔵が好きで、大掃除には駆けつけてくれたのです。そうそう、本が大好きなのぞみちゃんも来てくれましたよね。研人の後輩でカメラマン志望の水上《みずかみ》くんも、蔵の中の写真を撮りたいとカメラ片手にやってきていました。

若い子たちがそうやって集まって、我が家の蔵を大切に思ってくれるのは本当に嬉しいですよね。

勘一は、この蔵に眠るものは自分が死んだ後はもう後生大事にしなくていいとは言っていますが、きっと紺や青たちに次ぐ若い人たちも、意志を継いで大事にしてくれると実感する大掃除になっています。

正月明けをいつからにするかは、古本屋だけの頃は意外とアバウトな感じもあったのですが、カフェの営業を始めてからはきちんとお店に貼り出しています。常連のお客様からいつ営業を始めるのかとお問い合わせが多くなったからですね。

それだけご贔屓にしてもらってありがたいことなんですが、お正月からお年寄りの皆さんが我が家のカフェに集うというのも、どこかちょっと淋しい気もします。

せめてカフェで正月気分を味わってほしいと、お正月だけの特別メニューも出すようにしています。もちろん、お雑煮とかお節料理ですよ。

そして、クリスマスパーティには来なかったのですが、神奈川県の三浦半島にある老人ホームに入ったかずみちゃんが、正月をうちで過ごすと、帰ってきてくれることになりました。

せっかくだから年末から泊まりにくればいいのに、と皆が言ったんですが、年末に行くとやれ大掃除だお節だと働かされるから遠慮するよ、と笑って言っていましたね。


年が明けて、一月一日。

明けましておめでとうございます。

元日の朝です。

毎日朝早く自分たちだけで起き出すかんなちゃん鈴花ちゃんも、この日だけはゆっくり寝ています。

大晦日には除夜の鐘を聞くまで、年が明けるまで起きていると頑張っていましたからね。でも、毎年のように紅白歌合戦をやっている途中で眠ってしまいます。大人たちは、全員年が明けるまで起きていました。朝ご飯はお雑煮とお節料理ですからゆっくりと眠っていられます。

新年最初に我が家でいちばん早起きだった、犬のアキとサチ、そして猫のベンジャミン、ノラ、ポコ、玉三郎の耳をひゅるん、と動かしたのは、こっそりと玄関の鍵を開けて入ってきたかずみちゃんでした。

朝早く向こうを出て、まだ眠っているだろうからと静かに入ってきたのですよね。玄関の鍵は、いつ帰ってきてもいいようにかずみちゃんが使っていたものをそのまま向こうに持っていきましたから。

素早く玄関に走っていって出迎えたアキとサチが尻尾を振って喜んでいます。若い猫の玉三郎とノラも誰が来たかと様子を見に来ましたね。猫だって嬉しいときに尻尾を振る場合もあるんですよ。

「しーっ」

にっこり笑って、かずみちゃんはアキとサチをなで回します。久しぶりに会えてアキとサチも嬉しいのでしょう。身体を揺すってかずみちゃんに甘えて歓迎しています。

「ほら、トイレしておいで」

縁側の戸を開けてアキとサチを庭に出すと、用を足してすぐに戻ってきます。

「静かにしてなさいね」

かずみちゃん、仏間にやってきました。蠟燭《ろうそく》に火を灯《とも》し、お線香を立てて、おりんは鳴らさずにそっと触れてから、手を合わせます。

「明けましておめでとうございます。草平ちゃん、美稲《みね》さん、サッちゃん」

はい、明けましておめでとうかずみちゃん。

「今年もよろしくね。まだもうちょっとこっちにいますから」

まだまだ来なくて大丈夫よ。と言っても、お義父さんお義母《かあ》さんとわたしは違うところにいるみたいですけれど。

「あ！」

声がしました。亜美さんですね。すずみさんも起きてきました。

「かずみさーん！」

「あぁ久しぶりね」

「明けましておめでとうございます」

「今年もよろしくお願いします」

嬉しそうですね。皆が続々と起きてきますよ。花陽に芽莉依ちゃん、それに美登里さんと藤島さんも〈藤島ハウス〉からやってきます。

「美登里ちゃんも、ついに来たんだね」

「はい」

美登里さん、秋に〈藤島ハウス〉に引っ越してきてからは、朝ご飯や晩ご飯をうちで一緒に食べようということになり、それならばと皆と一緒に台所にも入ってくれるようになっています。

「お身体の調子はどうですか？」

藤島さんが訊きます。

「大丈夫だよ。後は悪くなって死ぬだけだからさ。そうそう、入居の際にはお世話になったのに行きっ放しですみませんね」

「とんでもないです」

かずみちゃん、施設に入居するときには藤島さんに保証人になってもらったんですよね。保証人といってもお金の面ではなく、何かあったときの連絡先みたいな感じですけれど。

「あーかずみちゃんだー」

「あけましておめでとう」

かんなちゃんに鈴花ちゃん、研人を起こしに行く前にかずみちゃんを見つけて、大騒ぎです。

「おう、来たか」

勘一がやってきました。いちばん嬉しいのは勘一ですよね。

「どうだい、お客様みたいにやってきて新年の挨拶するってぇのは」

「新鮮でいいね。毎年正月にしか来ないようにするよ。皆が喜んで迎えてくれるし」

「新年早々馬鹿言ってんじゃねぇよ」

でも、毎年のお正月をきちんと迎えられるのが長く続けばいいですよね。勘一もかずみちゃんも、あと何年続くかな、と毎年考える年齢ですからね。

「さ、お雑煮とお節の準備だね。それだけは手伝うよ」

かずみちゃんも台所に行って、亜美さんやすずみさんたちと一緒に朝ご飯の支度をします。

我が家のお雑煮は角餅の醤油仕立てで、鶏肉に小松菜が入ります。とは言え、必ずそれでなくてはならない決まりというわけではなくて、お正月の間に飽きると違うパターンのお雑煮を作ったりもしますし、お汁粉を作ることもありましたね。

そして、お節は確かに美味しいのですが、正月の三が日の三食を続けて食べるとどうしても飽きますよね。

もう大きくなった花陽や研人はいいとしても、かんなちゃん鈴花ちゃんはお節料理の中にまだ食べられないものもあって我慢できないですから、カップラーメンなんかが出ることもあります。お正月のお節料理は普段毎日の食事の支度に大変な女性陣を休ませるためにあるんですが、他に料理をしていたら本末転倒ですからね。でも、ときにはカレーライスなどの手間暇のかからない簡単なものも作っちゃうんですけどね。

今年最初のかんなちゃん鈴花ちゃんによる席決めはどうなるのかと思っていましたが、かずみちゃんがやってきたので、二人の間では飛んでしまったみたいですね。

「どこでもすきなところへすわりましょー」

「かずみちゃんのとなりは鈴花とかんなです」

かずみちゃんを真ん中ぐらいに座らせて、自分たちはその両脇に座って後は好きなようにとのことです。楽でいいですね。

すかさず芽莉依ちゃんが箸置きを置いていきましたが、元日の今日はいつも使っている自分たちの箸ではなく、ちょっとお高いお祝い用の割りばしなのですよ。ですから、本当に適当に皆がそこらに座って落ち着きました。

いただきますをする前に、勘一が神棚に供えていたお神酒《みき》を開けまして、全員分のお猪口《ちよこ》に注いでいきます。もちろんまだお酒を飲んではいけない研人と芽莉依ちゃん、かんなちゃん鈴花ちゃんのお猪口もありますけれど、まぁこちらは香りが付くように垂らす程度で飲ませたりはしませんよ。こういうものは、縁起物ですからね。

皆に回ったところで改めまして「明けましておめでとうございます。本年もよろしくお願いします」です。

「今年も正月からいい天気で何よりだな」

「かずみちゃん向こうでお正月の料理とかあるんじゃないのぉ」

「くりきんとんうまっ！」

「いいお出汁。美味しいわー」

「あ、取り皿足りなかったね。持ってくる」

「レストランでお雑煮とか出るね。あそこは本当に美味しくてね。太っちゃうよ」

「これなぁに？　おさかな？」

「あー、白いご飯欲しいな」

「なますが絶妙に美味しいですね。これ手作りですか？」

「お餅欲しい人は焼きますので言ってくださいねー」

「それはね、タコよ」

「眼の具合はどうなんだよ」

「残念、市販品です」

「冷凍で良ければあるわよ。自分でチンしてね」

「悪くはなるよ。でもまだ昼間は大丈夫だから安心しな」

「おっと、七味を忘れてたな。おい、取ってくれ」

「他に白いご飯欲しいひとー」

「はい、旦那さん七味です。入れ過ぎないようにしてください！」

「おっ、サンキュ」

入れ過ぎるなと言っても、勘一はお雑煮に七味をまるで親の敵《かたき》のように入れますよね。お出汁の微妙な味わいなど知ったこっちゃないとばかりに、汁は真っ赤になるんですよ。作りがいがないったらありませんよね。

「芽莉依ちゃんは、いよいよ試験だね」

かずみちゃんが言いました。皆がわりと触れないようにしている話題なんですが、そこはかずみちゃんですよね。ズバッと言います。

「はい」

「今月がセンター試験かい？」

「そうです。中旬にセンター試験で、二月が本番です」

勘一が咳払《せきばら》いしますね。もう随分と前から、決して風邪など引かせてはならねぇ、と勘一が芽莉依ちゃんのいないところで皆に厳命していましたよ。

「そんなに気を遣ったって余計に駄目なんだよ勘一。ねぇ」

かずみちゃんが笑って、芽莉依ちゃんも頷きます。

「いくら体調に気を遣ったって、風邪引くときゃ調子悪くなるときはあるんだよ。大切なのは、身体の回復力さ」

引退したとはいえ、医者のかずみちゃんの言葉ですよ。

「回復力か」

「そうさ、免疫力ってのもあるけれど、要するに生きる力だよね。そういうものはね、毎日のきちんとした食事、適度な運動、そして何があっても大丈夫と思う心。そういうものを養うことによって生まれるものさ」

言ってることはよくわかりますね。

「この家で暮らしていれば、毎日の食事は大丈夫。芽莉依ちゃんは愛する研人と一緒なんだから何があっても大丈夫と思ってる。まぁ後は適度な運動さ」

芽莉依ちゃん、愛する研人なんて言われてちょっと恥ずかしそうです。

「運動はしてるよな」

「してる」

芽莉依ちゃん、意外とスポーツウーマンですからね。球技は苦手だそうですけど、走ったりするのは結構速いそうですよ。

「うちで暮らして、試験とかを病気でダメだった人間はいないから、大丈夫だよ」

青です。

「実力不足で落ちたのはいるけどね」

花陽です。

「それを言っちゃあおしめぇよ」

研人が言って、皆が笑います。

でもあれは失敗じゃないですよね。あのとき、研人はものすごく努力して先生が驚くほどに実力をつけましたものね。あの努力はこれからの人生で決して無駄にはならないですよ。

「それはそうとさ、勘一。あんたは今年は米寿じゃないのかい」

「なんだよそりゃ。ベーゴマなんか何十年も触ってねぇぞ」

とぼけてますね。

「そんなことよりもな、今月には花陽の成人式よ」

「あ、そうだねぇ」

そうですね。区が行う成人式の通知が花陽にも来ています。

「行くのかい？　成人式には」

「たぶん、行くと思う」

もう二十歳になってお酒も飲める年齢ですよね。本当に月日の経つのは早いものです。あの花陽が、もう大人の仲間入りなんですよ。

「それでさ、かずみちゃん」

紺です。

「じいちゃんはさ、米寿とかそういうの言ってもそんなもん知らねぇで終わるから、花陽の成人のお祝いを〈はる〉さんでやろうと思ってるんだ」

「あら、いいねぇ。そのときについでに勘一も祝ってやろうってことだね。目指せ白寿《はくじゅ》って」

「そうそう」

皆で笑います。還暦だの古希《こき》だの、そういうお祝い事はことごとく無視してきましたからね勘一は。

「でも、芽莉依ちゃんのセンター試験が終わってからね」

そうですね。今年は新年早々にいろんなことが待っていますよ。

元日の朝ご飯を終えると、祐円さんの神社である〈谷日《やにち》神社〉へ初詣に行くのが堀田家の慣習なのです。

その際には全員晴れ着を着るようにしていたのですが、今年はとにかく芽莉依ちゃんに余計なことはさせない、というのがありまして、ごく普通の暖かい格好をして行くことになりました。着物はあれで意外に袖口とかが寒い場合もあるんですよね。ましてや芽莉依ちゃんは着物を着慣れていないので、それで疲れてしまっても困ります。

お正月の晴れ着を楽しみにしていた反面、着付けが面倒くさいのも事実だったので、女性陣は気楽に初詣に行けると皆が喜んでいました。案外、これから毎年そうなっていくかもしれませんね。

いくら小さい神社とは言っても、初詣のお客さんはたくさん来ます。芽莉依ちゃんを人混みの中に連れて行きたくはないのですが、かといって一人だけ留守番も可哀相《かわいそう》ですし、全員が行かないのもそれもまたおかしい話です。

なので、芽莉依ちゃんはマスクもして完全装備です。そして、どうしても足の遅い勘一やかずみちゃん、かんなちゃん鈴花ちゃんたちとは別行動で、研人と花陽の三人での超特急での初詣になりました。運動にちょうどいいと、駆け足で行って拝んで合格祈願しておみくじ引いてまた駆け足で帰ってくる、というものです。なにせ歩いても数分で着いてしまう本当にご近所の神社ですからね。そういうこともできるのです。

初詣が終わり、それぞれにお年始回りです。

紺と亜美さん、研人とかんなちゃんと鈴花ちゃんは亜美さんのご実家である脇坂家に年始に行きました。鈴花ちゃんのおばあちゃんは池沢さんだけで、一緒に初詣も済ませていますから、鈴花ちゃんも一緒に行くんですよ。脇坂さんも鈴花ちゃんのことを同じように孫だと思ってくれていますからね。

勘一と青とすずみさんは古本屋関係の年始で一緒に出かけました。以前は紺が回っていたのですが、今はすずみさんですよね。そういう話はしませんけれども、もしも勘一が帳場に座れなくなってしまったときに、店主として帳場に座るのはすずみさんだと皆が思っています。

そうやって皆がそれぞれに年始回りや挨拶を済ませてしまうと、あとはのんびりとお正月を過ごすだけです。皆でどこかへ出かけるというのもありません。

お昼過ぎ、皆が戻ってきて居間でお茶を飲みながら年賀状などを見ていました。藤島さんも美登里さんも、芽莉依ちゃんもいます。芽莉依ちゃん宛はもちろん、かずみちゃん宛の年賀状も何枚かまだこちらに来ていましたよ。

芽莉依ちゃんのお父さんお母さんである平本さんご夫妻は、娘の芽莉依ちゃんを預かってもらっているのに、新年の挨拶にも行かないというのは義理を欠くと思っていたそうですが、かといって新年早々に行っても、また泊まっていけという話になって迷惑を掛けてしまう。芽莉依ちゃんの試験も近くてバタバタさせたくないので電話での挨拶だけ、となりました。うちは全然構いませんからね。むしろお気を遣わせてしまって申し訳ないですよ。

お父さんお母さんと離れて暮らす芽莉依ちゃんですけど、本当に毎日元気に過ごしています。

高校生ですから、たとえば寮暮らしと思えばたくさんの子供たちも同じような暮らしをしていますからね。特別なことではないです。まぁ、婚約者と同じ家に暮らしているというのは、かなり特別なことかもしれませんが。

「ところでね、勘一」

かずみちゃんが言います。

「おう」

「新年早々なんだけど、古本をたくさん買い取ってほしいって人がいるんだけどね。どうかね」

「お、それはそれは」

おどけて勘一が頭を下げます。

「本当に新年早々、ありがたいお話でございますな。どこのどちらさんで」

「一ノ瀬都《みやこ》さんという方でね。もう私と同じおばあちゃんだよ」

「都さんね」

何でも昨年の十二月に、かずみちゃんの暮らす施設に入居したばかりのおばあちゃんだそうです。

「旦那は亡くなっちまって、その保険金と家を売ったお金でね、自分の老後をそこで過ごそうと入居してきたのさ。私とはたまたま部屋が上下でね。私が上で都さんが下で、都さんが間違って私の部屋に入ってこようとしてさ」

「それで知り合ったのか」

「そうそう。何だか気が合っちゃってね。話しているうちに、都さんもその昔は古本屋をやっていたっていうんだ」

「へぇ」

話を聞いていた紺です。

「じゃあ、同業者だったんだ」

そうなんだよ、と、かずみちゃん続けます。

「もう相当昔にお店は畳んじゃったそうなんだけどね。本だけはけっこう残っていて、それが前の家にまだ置いてあるんだって。もう家は売却先が決まっていて、このままだとゴミになって捨てられてしまうんで、全部持っていってくれないかとね」

なるほど、と勘一頷きます。

「じゃあまぁ、そう高額になりそうな古書はねぇってことだな」

「そうだとは思うけれど、全部状態はいいはずだって」

空き家になった家のそこらに放ってあるのではなく、きちんと保管してあるということですねきっと。

「どこに家があるの」

青です。

「横須賀《よこすか》だって」

横須賀！　と、研人が声を出しました。

「てっきり東京かと思ったら」

「横須賀かよ。いやあっちにだって古本屋はそこそこあるだろうに、なんでまた残しておいたのかね」

「私もそう思ったけどね。ちょっと言葉を濁していたから他にいろいろ事情はあるんだろうけど、ついついっていうのが大きいらしいよ。旦那との思い出もあったりしてね」

「あぁなるほど」

勘一が頷きます。ご主人と古本屋をやっていたのでしょう。

「店が無くなってよ、旦那も死んで思い出として残ったのは、家に残しておいた古本だけってぇことか。それでずっと取っておいたと」

「それとね」

かずみちゃんが、ちょっとにやっと笑いました。

「私が〈東京バンドワゴン〉って名前を出したら驚いていたんだよ。何でもご主人の口からよく名前が出ていたって」

「何でだ？　知り合いか？」

「うちがね、ご主人の憧れのお店だったんだってさ。あれこそ本物の古本屋だってね」

あらまぁ、嬉しいですね。勘一もちょっとだけにやけましたね。

「古本屋に本物も偽もんもねぇけどよ。ってことは亡くなったご主人はうちに来たことあるんだな？」

「そうじゃないかね。詳しくは聞いていないけど、知り合いではないって言ってたよ。それで、残していた本をどうしようかって思っていたらその〈東京バンドワゴン〉に住んでいた私と知り合えてね」

「亡くなったご主人も、うちに本を渡せば草葉の陰で喜んでくれるんじゃないか、となったと」

そういうことだよ、と、かずみちゃん頷きます。

「施設の部屋にはほとんど本を置けないからね。もう全部持って行ってほしいと」

「え、でも、かずみちゃんの部屋けっこう広いよね。壁一杯の本棚でも作ればけっこうな本は残せるんじゃないの？」

一緒に行ったことのある花陽が言いました。あぁ、と、かずみちゃん頷きます。

「違うんだよ。私のところは１ＬＤＫあるけれど、都さんのところは１Ｋなんだよ。ワンルームだね。一部屋に台所がついただけの部屋でね」

いろいろな種類の部屋がありましたものね。

「テレビとベッドがあって箪笥と茶箪笥を置いたらもうそれで一杯のような部屋なんだ。まぁそれでも景色は良いし、どうせ一人なんだから充分なんだけどね」

「本棚を置くっていっても、せいぜいそれこそ机の上に置く小さな本棚ぐらいってことか。だから、大量の本は処分するしかない、と」

「そうだね」

「うちのことも知っててくれたってのは正月早々ありがたい話だな。さっそく引き取りに行こうじゃねぇか。こっちが車で行けばその都さんは、施設から横須賀の家に来てくれるってことか？」

「そういう話をしてきたんだ。私が正月にこっちに帰るからちょうどいいんじゃないかってね。それでさ、明後日、私が向こうに戻るときに、ついでに送ってくれればとても楽なんだけどね。

都さんも一緒に」

ええ？　と勘一が顔を顰めます。

「横須賀で本を積んで、ばあさん二人乗っけて三浦半島の先っちょまで行って帰ってくる、か。けっこうな長旅だなおい。まぁ俺が運転するわけじゃねぇからいいんだけどよ、そもそも我が家にはそんなにでかい車がねぇよ」

そうですね。我が家の車は家の前まで持ってこられる軽バンしかありません。

「そうだよねぇ」

「あー、オレも行ってみたいなーかずみちゃんのところ。きれいな景色なんでしょ？　そっちの方って行ったことないもんな」

研人です。

「かんなもいきたい」

「じゃあ鈴花も」

「お正月だし皆で行く？」

花陽も笑って言います。

「いや待て待て。うちはバンしかねぇんだって。いっそレンタカーでも借りるか？」

ときどき借りてはいますよね。夏に皆で海水浴に行くときなどに。

「じゃあ、僕の車を貸しましょうか。全員は無理ですけど、荷物を積めるピックアップトラックがありますよ。五人乗れて荷台に本だったら相当な数を積めます」

藤島さんです。ピックアップトラックも持っているんですか。一体どれだけの車を藤島さんは持っているんでしょうね。今までに確かポルシェも含めて四台ぐらいの車種を聞いたような気がします。これで五台目ですね。

「それなら、行けるじゃん！」

研人が言って、うん、と、紺が腕を組みます。

「じゃあ藤島さんの車を借りて僕が運転して、かずみちゃん乗っけて、そしてその都さんも乗せるとして、あと二人」

「かずみのお客さんだからな。それにうちを憧れの店だったと言ってくれたんだろう。もちろん俺が行ってご挨拶もしてくるさ。あと一人だ」

勘一が言います。

これは、ジャンケンですね。

結局青と研人がジャンケンして、勝った研人が行くことになりました。都さんにかずみちゃんが電話をして確認すると、本の数はおそらく千冊から二千冊近くはあるというのです。それはもう、確実に男手が必要というか、男ばっかりで行くしかありません。

かずみちゃんが施設に戻るお正月の一月三日。

藤島さんのピックアップトラックを借りて、横須賀から三浦半島を巡るドライブになりました。

とてもいいお天気になって良かったですよ。藤島さんの車の荷台には専用のカバーもついていましたが、雨が降ったら直接本を積むのはちょっと遠慮したかったところですからね。

わたしはどこでも空いていれば座れますからね。もちろん、一緒に行きますよ。

車の運転は紺、助手席には勘一が座り、後ろの座席に研人とかずみちゃんが乗っています。わたしはその真ん中に乗せてもらいました。

きっと研人はわかっていますよね。窓際に寄ってかずみちゃんとの間を空けていますから。

都さんが乗ってくるとわたしははみ出しちゃいますけど、かずみちゃんの施設は一度行ったので、自分だけでひょいと行けますからね。大丈夫です。

「正月にドライブなんて初めてじゃない？」

研人です。たぶん初めてですよ。

「そもそもドライブなんてものをしねぇからな。せいぜいがレンタカー借りて海水浴行ったり温泉行ったりだったな」

「あー、そう。温泉も全然行ってない」

研人です。

「研人は卒業したらいくらでも行けるじゃないか。プロになるんだからね」

かずみちゃんが言うと、頷きました。

「まず日本全国の温泉地巡りツアーやるよ」

「演歌かよ」

「それは皆が連れてけって言うな」

楽しそうですね。

「かずみちゃんのところの施設って相当デカイんでしょ？」

「大きいね。ちょっとした団地だと考えていいよ」

「だったらさ、ライブできるホールなんてないの？」

ライブをかい？　とかずみちゃん少し考えました。

「小さなホールはあるね。演奏会とかやっていたはずだよ」

「じゃあ、そこでオレらのライブやるかな。じいちゃんばあちゃんでもさ、オレらの音楽みたいなの好きな人たくさんいるでしょ」

それはもちろん、いますよね。今の七十代八十代だって、アメリカのポップスやジャズを聴いて育ってきた人はいるんですよ。

「慰問ライブってか」

「慰問なんて大げさなものじゃないけど、そういうのも楽しいじゃん。車買ってさ。三人で旅しながら、ライブハウスじゃないところでも小さなライブやるの」

それも楽しそうですね。

「免許取らなきゃならないな」

紺が言います。

「そう！　卒業したらまず三人で教習所通うって決めてるんだ」

「車も買わなきゃならねぇし、駐車場も確保しなきゃならねぇな」

「そうなんだよねー。その辺も考えないとさ」

あと数ヶ月で社会人になり、プロのミュージシャンとして一本立ちする研人。たくさんの目標があるのはいいことですよ。

横須賀の外れになるんでしょうかね。そう言ってはなんですが、さほど特徴のない普通の住宅街に、その都さんのお宅がありました。既に売却済みで工事が始まる旨の看板も立っていました。しばらく無人だったということで、やはりそんな雰囲気が漂っています。

もう都さんは到着して待っていてくれたらしく、家の前の駐車スペースに車を停めるとすぐに家から出てきてくれました。

「都ちゃん」

「かずみちゃん、ありがとうねわざわざ」

もうちゃんづけで呼び合う仲なんですね。かずみちゃんは気さくで気っ風の良い性格ですけれど、実はこれで結構人見知りというか、気に入らない人はすぐに遠ざける人なんですよ。ですから、よほど馬が合ったんでしょう。そういう人がご近所さんというか、同じ施設になって良かったです。

勘一が車を降りて、挨拶します。

「私のね、兄のような古書店〈東京バンドワゴン〉の主」

「堀田勘一でございます。この度はどうもお声掛けいただきありがとうございます」

「こちらこそ、無理なお願いをしまして。わざわざありがとうございます」

「そしてね、こっちは孫みたいな二人」

二人と呼ばれ、紺と研人も頭を下げます。

「ありがとうございます遠くまで」

「こちらこそ、呼んでいただいてありがとうございます」

じゃ、早速中へ、と家の中に上がります。確かに多少埃《ほこり》っぽい感じはしますけれど、都さんが窓を開けておいてくれたのでしょう。冷たい空気が一度家の中を流れて、すっきりした感じがします。大きな電気ストーブが点いていたので、居間の中は寒くはないでしょうね。

本はきちんと整理されていました。居間の横の座敷の二面の壁は全て本棚になっていまして、そこにずらりと単行本が並んでいます。床に置かれた本も、乱雑にではなくきちんと置かれていました。

「あ、こりゃあいいですな」

本を眺めた勘一の第一声です。

「ほとんどがいい状態ですよ。ここにあるもの全部買い取りということでよろしいんですな？」

勘一が都さんに訊くと、はい、と頷きました。

「もしも、持っていけない程度のものがあれば、それはもう捨てようと思っていましたが」

「いやいや、ざっと見ても捨てるようなものはありゃしませんよ」

まだ全部は見ていませんが、おそらく売り物になる本ばかりですよ。

「これはもう、確認するまでもなく積み込んじゃおうか」

紺が言って、勘一も頷きます。

「そうだな。研人頼むぞ」

「あいよ」

やっぱり男たちだけで来て正解でしたね。ここからは手で運ぶしかないですから。

念のためでしょう。勘一が棚から本を抜きながら、開いて状態を確かめています。本当にこれはきれいな古本ばかりですよ。日焼けも汚れもほとんどないように見えます。何度も見返して、勘一はうんうん、と頷いていました。

不思議なもので、こうやってまとめて本を預かるときには、何冊か確かめるとおおよそ全部が同じぐらいの状態なんですよね。同じ場所で保管しているのであたりまえといえばそうなのかもしれませんが。勘一が確認した何冊かはとても状態のいい古本でしたので、おそらく全部がそうですよ。これはよい買い物ができましたね。

「一度引き取らせてもらってから、値付けをさせてもらって、ちょいとお時間をいただきますが後でお知らせして振り込みという形でよろしいですな？」

「はい、そのように」

都さんも頷きます。

「あれだよ勘一。たぶんだけど、そうそう高額なものにはならないだろう？　私が払えるような金額だったら、直接私が都さんに払っておくよ。その方が手っ取り早いだろう」

「そうさな」

うむ、と勘一頷いて古本を見回します。

「ほとんどが小説で、まぁ正直一冊十円二十円にしかならないものもあるだろうしな。もしもそうなったら連絡するよ」

それでも大丈夫かもしれません。

二

正月の三が日も過ぎて、新年を迎えた世の中は動き出しました。

〈東京バンドワゴン〉も四日から通常営業を始めまして、カフェには新年早々たくさんのお客様が来てくれました。

もうお節やお雑煮に飽きて、どこかのお店で食べたいとやってくる方もいますよね。休むことにも飽きてしまって、どこかでコーヒーでも飲んでくるか、と、なるのです。もちろんそれが我が家の商売にはありがたいのですが。近所に住んで同じ学校に通っていた若者たちが、久しぶりに集まったりするときにカフェに来てくれたりもします。東京から地方に働きに行ったり、大学に行ったりする人もいらっしゃいますからね。再会を喜ぶ賑やかな声が響いたりするのはいいものですよ。

古本屋も、実はお年玉を持った子供たちを目当てに漫画の本をたくさん仕入れた方がいい、とはなるのです。けれども我が家では漫画は一部を除いては扱っていないのですよね。でも、その代わりに若い人たちに人気のライトノベルなど、小説ならばどんなジャンルでも山のようにあります。お年玉を使ってそういうものをたくさん買ってくれるお客さんも、うちにはよく来るのですよ。

そうやってお正月休みは過ぎていき、会社も学校も始まります。それぞれに新年の抱負や目標を掲げて、新しい年をまた過ごしていくのです。

我が家の皆は特に変わらずいつものようにそれぞれの仕事をやっていきますけれど、芽莉依ちゃんのセンター試験がそろそろ本番を迎えます。風邪を引いたりしないように、お節も消化した毎日の食事に気を遣ったり、加湿器はフル稼働させたり、風呂上がりに湯冷めしないように縁側にもオイルヒーターを置いて暖めたり、とにかくもうそれだけのために全員一丸となって日々を過ごしていましたよ。

試験が終わってすぐの日には、ひとまずの芽莉依ちゃんお疲れと本番も頑張れの会、そして花陽の成人祝い、さらに勘一には言いませんが米寿の祝いを〈はる〉さんでやるために貸し切り予約をしました。何せ全員が行きますから、お店が一杯になってしまうのです。もちろん、藤島さんも美登里さんも参加します。

皆でいい日を迎えられるようにしたいものです。


新年一月も十日を過ぎた頃の夕方です。

いつものように古本屋の帳場には勘一が座り、すずみさんがその脇で古本の掃除をしたり、整理をしたりしています。あの都さんから引き取った古本の整理もまだできていないのですよね。何せそれだけではなく、我が家には整理しなければならない古本が山のようにあります。その本は眠らせておくとただの紙ですからね。なるべく早く掃除をし、整理して店頭に出して売り物にしなければなりません。

古本屋もお客様の相手だけしていればいいわけではなく、裏側はなかなか忙しいのですよ。

古本屋のガラス戸が開いて、土鈴がからん、と鳴りました。

あら、可愛らしいお客様ですよ。セーラー服にダッフルコート、紺色の学生鞄を背負った中学生の女の子ですね。今はああやって背負うタイプの学生鞄が多いですよね。

「いらっしゃい」

勘一もその可愛らしさに微笑んで言います。すずみさんもですよ。中学生の女の子、店内を見回してから真っ直ぐに大股で勘一のところへ来ます。

「あの、制服のままで見てもいいですか？」

「ほい、大丈夫ですよ」

「ありがとうございます」

ぺこりとお辞儀をすると、お下げの髪が揺れます。本当に可愛らしい女の子ですね。身長や仕草からしておそらくはまだ一年生でしょう。学校の校則はそれぞれでわかりませんが、学校の制服で来てはいけないという規則は古本屋にはありません。

でも、この襟に三本のえんじ色の線が入ったセーラー服は見たことありませんね。この辺の中学の制服なら大体はわかると思うんですけれど。すずみさんもきっとそう思っていますね。どこの学校かしら？　という表情をしています。

女の子が背中の学生鞄を下ろしました。

「あの、鞄、この辺に置いといていいですか？」

「あ、じゃあ、預かってここに置いておくね。床だと汚れちゃうかもしれないからね」

すずみさんが手を出すと、またお辞儀をします。

「ありがとうございます」

お願いします、と鞄をすずみさんに手渡しました。きちんとした子ですね。研人の中学生のときなんかこんなんじゃあありませんでしたよね。

身軽になった女の子、すぐに入口のところまで歩いて、そこの本棚の現代小説の段の端から本を抜き取って、見ていきます。

「可愛い子ですねー」

すずみさんが小声で言います。

「おう、中学校の頃の花陽みたいだな」

「花陽ちゃんはもっと大人っぽかったですよ」

「そうか？」

そうですね。花陽は元気いっぱいの女の子でしたけれど、わりと小さな頃から大人びた雰囲気のある女の子でしたよね。

「ああいう子が本が好きだっていうのは嬉しいですよね」

「まったくだ」

女の子、次々に一冊ずつ本を抜いて、見ていますね。その様子を勘一もすずみさんもそれとなく、仕事をしながら眺めていました。

わたしはずっと近くで見ていたんですけれど、きっと勘一とすずみさんが気づく前にわたしが気づきましたね。

この子、本の内容を見ていませんね。

一冊取り出して、すぐに裏表紙のところを開いています。見返しのところですか。そこをじっと見て、本を閉じて戻しています。勘一とすずみさんは遠くから見ているのでまだ気づいていませんね。

本を読むにしては意外とすぐに一冊ずつ戻しているので、何を目当てに探しているんだろうと思っているでしょうね。

でも、間違いなくこの女の子は本を選んでいます。何を基準に選んでいるのでしょう。今のところさっぱりわかりません。

「あ」

声が小さく出ました。笑顔になりましたね。これは仁木英之《にきひでゆき》さんの『僕僕先生』ですね。それを大事そうに胸に抱えて、帳場まで急ぎ足で進みます。

「あの、選んだ本はいったんここに置いていていいですか?」

「はい、どうぞどうぞ。お預かりしますよ」

勘一が受け取って、文机の上に置きました。

「ありがとうございます」

お礼を言ってまた小走りでさっきの棚に戻ります。ここですずみさんも気づいたようですね。そっと帳場を下りて、本棚の本の整理をするふりをしながら何気なく棚の間を歩いて、後ろから女の子が本を探す様子を観察しています。

あ、また女の子が何か見つけたみたいですね。一冊の本を抱えて帳場に走り、ぺこりとお辞儀をして、先程の本の上に重ねました。

勘一が微笑みます。

これで二冊目ですね。

すずみさんが引き続き棚の整理をするふりをして、女の子の様子を観察しています。わたしはすぐ近くでじっと見ているのですが、女の子が何を基準にして本を選んでいるのか、まるでわかりません。

かならず見返しを見ているのですが、そこには我が家で貼った〈東京バンドワゴン〉の屋号入りの値札しかありません。

古本にはいろいろ書き込みがあったり、汚れていたり、あるいは他の古本屋の値札が貼られていたりするものがよくあります。

我が家ではそれを一冊一冊丁寧に調べて、消せるものは消し、消せないものは値段を下げ、紙が剝がれてしまったけれど状態の良いものは同じような紙を貼ったりしてできるだけきれいな状態で店頭に並べます。

ですから、見返しの部分に何かの印や書き込みがあるような本は、棚にはないはずなのです。五十円や百円とかでワゴンで売るような状態の悪い本やかなり古い本は別ですけれど。

女の子が続けて三冊目、四冊目を見つけたようです。そこで、奥の壁に掛かっている振子時計を見ました。時間を気にしていたのですね。

「すみません。この四冊を買います」

「ほい、ありがとうございます。ええっと四冊で千六百円になりますよ。お嬢さん可愛いからおまけして千五百円にしておきましょうか」

「あ、ありがとうございます！」

すぐにお辞儀をするのはもうこの子の癖なのでしょうね。鞄を取り、可愛いお財布から二千円を出します。意外とお金が入っているように見えますね。お正月明けですから、お年玉でもたくさん貰いましたかね。

それで古本を、しかも現代小説の単行本をまとめて買うというのも、中々に渋い女の子ですけれど。

「はい、五百円のお釣りね」

「あの、それで」

「ほい」

女の子、ちょっと心配そうに、でもはきはきと言います。

「今日買った本、二冊だけ持って帰って、二冊はここに置いて取っといてもらうことはできますか？　また明日取りに来るんですけれど」

勘一もすずみさんも、ん？　という表情を見せましたが、すぐに頷きます。

「そうだね。お代も貰っているんで、取っておくことはできるよ？」

「あ、じゃあ、この二冊は持って帰るので、こっちの二冊は置いといてください。また明日来ます」

取り置きならお名前と電話番号は聞かなきゃなりません。お代は貰っているなら尚更《なおさら》ですよね。もしも取りに来なかったら困ります。

「えーとね、一応取り置きの場合は、ここにお名前と電話番号書いてもらうんだけど、大丈夫かな？」

すずみさんが取り置き票の紙とボールペンを渡すと、はい、とすぐに頷き、さらさらと文机の上で書きました。文字もきれいですね。中学一年生だと思うのですが、ペン習字でも習っていたような字です。

「書きました」

「はい、ありがとうございます。甲斐《かい》あいりちゃんね。それじゃあ、明日お待ちしていますので」

「ありがとうございました」

ぺこん、としっかりしたお辞儀をして、紙袋に入れた二冊を学生鞄に突っ込んで背負って、あいりちゃんは出て行きました。

「甲斐あいりちゃん、か」

勘一が取り置き票を見て言います。

「この電話番号は、どこの市外局番だ？」

自宅の電話番号でしょうね。中学生なのでスマホは持っていなかったか、あるいはそれは人に教えないように言われているのかもしれません。

すずみさんがスマホをいじります。

「その市外局番は川崎市ですね」

「川崎ぃ？　するってぇとあいりちゃんは今から川崎に帰るのか」

勘一が思わず時計を見上げました。川崎なら電車で三十分とか四十分とかでしたか、一時間は掛かりませんよね。乗り換えとかあったとしても、たぶん晩ご飯の時間前には家に帰れますね。ちょっと安心しましたけど、最初からそれを計算して時計を見ていたのかもしれませんね。

でも、どうして川崎の子がここまで来たんでしょうか。

勘一もすずみさんも首を捻りますね。

「学校から真っ直ぐ来たんだよな？」

「制服でしたもんね。そうですよね」

「まぁ、遠いっちゃあ遠いが、来られない距離でもねぇといやぁそうだがな」

「ですね。わざわざうちを目指して来たんでしょうか」

勘一とすずみさんが顔を見合わせます。

「何でだ？」

「何ででしょう？」

二人で同時に言いました。さっぱりわかりません。

「あの子は古本大好きな子で、近くに用事があって来たんだけどたまたまうちを見つけて入ってみた？　時間を気にしていたから、電車の時間まで少しあるからって感じですか？」

「まぁ、それがいちばん可能性があるか。わざわざ川崎からうちを目指して来る理由はねぇよな？」

「ありませんね。そもそも買った古本だって、どこの古本屋でも買えるものばかりでしたよ」

そうですよね。現代小説が四冊で、多少年代の古いのもありましたが珍しいものではありません。ちょっと古本屋を探せば見つかるものばかりです。だからお値段も安いのですけど。

「あ、たとえば部活で試合が都内であって、その帰りなんてこともありますか？」

「いや部活の道具は何にも持ってなかったぞ」

「何かの文化系の部活とか」

可能性がないわけでもないでしょうけど、どうでしょうね。勘一もううん、と唸りましたけどわかりませんよね。

「変わってるというか、や、何も変わってないとてもいい子だったんですけど」

「そうだよな。礼儀正しい女の子だ。しかも本好きだ」

勘一も言います。

「でも、旦那さんも気づきましたよね」

勘一、頷きます。

「本の選び方だよな」

すずみさんが、うんうんと首を縦に振りました。

「あの子、内容を何も読んでいないんです。端から順番に取り出して、そして見返ししか見ていないと思うんですよ。それで、四冊の本を選んだんです」

「見返しだけかよ」

謎ばかりの女の子ですね。

不思議です。


夜になりました。

今日の晩ご飯は水炊きですね。人数が多い我が家なので、鍋もひとつではなくて三つ並びます。大人たちもどんどん年を取ってあまり食べなくなってきましたから二つでもなんとかなりますけれど、若者も増えていますし、かんなちゃん鈴花ちゃんも自分で鍋から取れるようになりましたからね。ゆっくり食べるためにも三つは必要です。

広い座卓にカセットコンロを三つ並べますが、あまり離すと取りづらいので、座る場所も鍋の場合はわりとごちゃっと固まって座ってしまいます。

野菜や肉を載せた皿も当然三つにわけて、それぞれに入れる人に任せます。大体はお母さん方が補充する役割をしますよね。

取り皿には基本はポン酢ですが、ごまだれやら柚子《ゆず》ポン、いろいろな味のたれがありますので好みに任せます。もちろん、コショウや七味などの薬味もあちこちに置いてあります。

鍋は食事を作る女性陣も楽できて助かりますよね。秋冬の時期には、けっこうな割合で鍋のメニューが晩ご飯に出てきます。先月でしたけど、キムチ鍋がやりたくて、でもかんなちゃん鈴花ちゃんはまだちょっと食べられないので、三つのうちのひとつだけをキムチ鍋にしましたよ。

「それは、けっこう不思議なお客さんだね」

紺です。

今日の夕方に来た中学生の女の子、甲斐あいりちゃんの話を、すずみさんと勘一がしたのです。

「川崎から我が家に本を買いに来る理由かぁ」

青がお肉を口に放り込みながら首を捻ります。

「ぜんっぜん思いつかない。貴重な古書を探しに来たってならわかるけど」

研人です。

「結局、どういう基準で選んだのかわからないの？」

青が訊きます。

「わかんないのよ。本当にまるで見当がつかなかった」

「どんな本だったの？」

亜美さんです。

「皆知りたいだろうと思って、そこに置いてあります」

すずみさんが、古本屋への下り口のところにある二冊の本を指で示しました。いちばん近かった我南人が手を伸ばして取ります。

「えーとぉ、うん、片岡義男《かたおかよしお》さんと、藤沢周平《ふじさわしゅうへい》さんの単行本だねぇ」

言いながら開きます。

「中学生が読むにしては、格好良いけど渋いねぇえ。見返しの部分を見ていたってぇえ？」

「そうなんです。でも、何にもないんですよ」

我南人もどれどれと見ましたね。本を近づけたり遠ざけたり、じっと見ています。我南人も眼鏡こそ掛けていませんけれど、老眼ですからね。

「うん、何にもないねぇえ。うちの値札が貼ってあるだけだぁ」

「どれどれ」

並んで座っていた紺と青が本を取って見ます。

「鍋で汚すなよ。明日取りに来るって言ってたんだからな」

「大丈夫」

二人でじっくり本を眺めていますが、やっぱり何も見つけられないみたいですね。

「まるでわかんないなぁ。この二冊を何の基準で選んだんだろう。単純に読みたかったから？」

それなら、本文を見ますよね。あの子は見返ししか見ていないんですから。

「それがわかったら話題にはしねぇよ。もう一個わかんねぇのは、せっかく買った四冊を、二冊ずつにわけたってこった。どうしてこの二冊を明日取りに来ることにしたのかも、まるでわからねぇ」

確かにそうですね。四冊というのはあまり意味がなくて単純に見つけた冊数なのでしょうけれど。

「ってことはさ、明日も来るってことは、そのあいりちゃん？　うちにはまだ探さなきゃならない本があるってことじゃないの？」

研人が言って勘一も頷きます。

「そういうことになるんだろうなぁ、とは思っていたけどな。それが何なのかもわからねぇ」

「うちに来なきゃならない理由があったんだよね」

そうだろうね、と皆が頷きましたが、もちろんですけど、その理由はわかりませんでした。

「たぶんですけれど」

すずみさんが言います。

「二冊だけ持っていったのは、鞄のスペースに入るのが二冊だけだったんですよ。パンパンだったので」

確かにそうでしたね。

「でも、手に二冊ぐらい持てるし、うちだって手提げ袋ぐらい付けられるじゃん」

研人が言いますが、それも確かにそうです。

「結局わかんないから、明日も来るんだったら訊くしかないんじゃないの？」

花陽が言いますが、勘一はいやいや、と、首を横に振りますね。

「お客様が、ただ本を買っているんだぞ？　よほど不審なことでもない限り、こっちが何かを探るような真似《まね》はできねぇってもんだ。あの子はただ買って、預かっておいてくださいって言ってるだけだからな」

「何にもおかしなことはしてませんからね。取り置きだって、普通にお客様はすることだし」

その通りです。こっちが勝手に邪推しているようなものですから。


翌日です。

夕方になって、またあいりちゃんが来ました。

今日もセーラー服にコート姿で鞄を背負ってますから明らかに学校帰りですね。間違いなく、学校が終わってから来ているんですよね。昨日、すずみさんが記憶していたセーラー服を元にして青がいろいろネットで検索した結果、たぶんここの中学校だろうというのはわかりました。わりと川崎市内の中心部らしきところにある中学校で、駅も近く、小一時間あれば我が家にやってこられることは判明しましたね。

「こんにちは」

「はい、いらっしゃいませ」

勘一とすずみさんは笑顔で迎えます。

「また、鞄を置いといていいですか」

「はい、どうぞどうぞ」

「ありがとうございます」

身軽になって、早速本を選び出します。昨日の途中で終わったところの棚からですね。つまり、棚をひとつひとつ潰していって目的の本を探そうとしているわけでしょう。

今は他のお客様もいるので、すずみさんも勘一もあいりちゃんだけに注目するわけにもいかず、あいりちゃんが選んできた本を受け取って、それを調べるだけにしています。

さっそく一冊見つかったようで、持ってきた本を受け取った勘一があいりちゃんに気づかれないように眺めて、うむ、と唸りましたね。昨日と同じです。見返しの部分には何にも目印はありません。

本も、全部小説ですが、統一性はないですね。作者もジャンルもバラバラです。今日も時間は一時間ぐらいしかありませんでした。でも本は六冊を選びましたね。

「はい、今日は六冊で二千五百円だけど、大丈夫かな？」

「大丈夫です」

鞄を取って財布から三千円を出します。財布の中をちょっと覗いちゃいましたけど、一万円札も見えました。いくら今どきの中学生とはいえ、普段の財布の中に一万円札が普通に入っているとは思えませんから、やっぱりお年玉なんでしょうね。

「ほい、お釣りは五百円と。ありがとうございます」

勘一はたぶんちょっとだけ訊いてみようと思っていましたね。でも、あいりちゃん時計を気にして急いでいる感じでした。

「あの、すみません。この本今日は全部置いといてもらえますか。明後日土曜日に取りに来ます」

「土曜日に？」

「学校休みなので。あ、すみませんちょっと急ぐので、いいですか？」

「いいですよ。お預かりしておきます」

「よろしくお願いします！」

ぺこん、とお辞儀をして鞄を背負って、慌てて走って出て行きました。その素早いこと素早いこと。花陽や研人もそうでしたけど、あの年頃の子供たちって本当に足に羽が生えているようですよね。

「きっと電車かバスか、その辺の時間があったんでしょうね」

「だろうな」

ふむ、と勘一、本を眺めます。

「ちょいとあの子に訊いてみようと思っちまったんだがよ、すずみちゃん」

「はい」

「買った本をな、家に持って帰れねぇってのはどういう状況だと思うよ」

「そうですよね。昨日は単純に鞄に入らなくて今日も来るから置いてったのかな、って思いましたけど」

今日も置いていきましたよね。

「重いと言えば重いですけど、中学生なんだから持って帰れないものでもないし」

「だよなぁ」

ううむ、と、勘一腕を組んで考え込みます。

「虐待、とかではねぇか」

「うーん」

すずみさんも考え込みますが、思いつかないようですね。

「ご両親に本を買っちゃダメって言われてる？　いやそれは変ですよね。買っちゃダメなら図書館で借りて読めばいいですよね」

「だな。そもそも本を買っちゃいけねぇってのがどうしてなのかまるっきりわからねぇ」

「眼の病気とか。でもそんな感じでもなかったですよね。眼鏡も掛けていなかったし」

わたしもずっと考えていますが、よくわかりません。

「まぁいいか。ひょっとしたらなんかの理由で土曜に全部持って帰ろうって思ってるのかもしれねぇしな」

「そうですね。どうしても気になったら、土曜に訊いてみるって手もありますし」

お金も払ってもらっていますし、それほど高額でもないですから犯罪絡みも考え難いですよね。

＊

「すみません。本を取りに来ました」

土曜日のお昼前です。勘一もすずみさんも朝からずっと待っていたんですよね。

約束通り、あいりちゃんがやってきました。今日はあたりまえですけど、私服ですね。チェックのスカートが可愛らしいです。そして、大きな布製のトートバッグを持ってきています。

「いらっしゃい。お待ちしておりやした」

勘一が取っておいた八冊の本を文机の上に置きました。

「こいつで間違いないね？」

あいりちゃん、しっかり本を見つめて、はい、と頷きました。

「そのバッグの中に入れて持ってくのかい？」

「そうです」

「よし、じゃあ入れてあげようか」

「ありがとうございます」

勘一が、あいりちゃんが取り置きしていた八冊の本を一冊ずつ紙袋に入れて、そしてトートバッグの中でぶつからないようにきちんと入れます。トートバッグの中には持って帰った二冊も入っていました。

つまり、合計十冊の本です。勘一もたぶん気づきましたね。わざわざ持って帰った二冊を持ってきたということは、この本を持って自宅へ帰るのではなく、どこかへ持って行くのだな、と。

それも不思議な話です。どこへ持って行くのでしょう。

「今日は？　これからどっかへこの本を持ってお出かけかい？　それとも家へ帰るのかな？」

優しい声で勘一が訊きます。あいりちゃん、にっこり笑います。

「これから、おばあちゃんちへ行きます」

「おばあちゃんちか」

はい、と、大きく頷きます。

「ありがとうございました。また来週に買いに来ます」

ぺこん、とお辞儀をしてあいりちゃんが店を出て行きます。来週も来ると言いましたね。つまり、まだ買いたい本がうちにあるということでしょうか。

「よし」

大きく頷き、勘一が立ち上がりました。

「おい、誰かいねぇか」

「なに？」

紺と研人が居間から出てきましたね。話は全部聞いていましたから、きっと様子を窺っていたんですよ。

「どっちでもいいや。聞いてたよな？」

「聞いてた」

「どうにもこうにも気になるからよ。そのおばあちゃんちまで後を尾《つ》けるから、どっちか一緒に来てくれや」

「旦那さん！　それなら私が一緒に行きます。男だけで尾けたら不審者扱いで捕まりますよ！」

すずみさんが慌てて言いました。その通りですね。もちろん勘一は常識も良識も分別もある老人ですが、見た目は間違いなく強面です。羽織袴《はおりはかま》でも着た日には、どちらの極道の親分さんかとも思ってしまうほどですからね。

「お義兄さん、お店お願いしますね！」

すずみさんがすぐにコートを引っかけて、帳場を下ります。

「わかった。気をつけて」

「ついでにオレも行く！」

研人が革のブルゾンを手にして飛び出してきましたね。

「中学生だろ？　年が近い高校生がいた方がいいじゃん。何かで走り出したら二人とも追いつけないよ？」

なるほど、と勘一頷きます。

「確かにそうだ。それに子供がいれば親子連れに見えるな。行くぜ」

確かに、中学生に駆け足で行かれたら、勘一はもちろんすずみさんもきつくなるかもしれません。勘一、すずみさん、研人が並んで歩けば、勘一はまだまだ七十代にも見えますから祖父に娘に孫が散歩してるとも見えるでしょう。

本当は曾祖父に義理の孫に曾孫ですけれどね。

店を出て急いで駅に向かって歩いて、すぐにあいりちゃんの背中が見えました。トートバッグが重そうですね。

「大じいちゃんとすずみちゃんは少し離れてなよ。あの子に面が割れてるんだからさ。オレの後を尾けといで。オレを見失ったらすぐにすずみちゃんＬＩＮＥして」

「おう、そうだな」

最近はあまりやっていませんでしたが、小さい頃からこんなことをよく研人はしていましたよね。慣れたものです。

＊

「おいおい、本当かよ」

どうやら神奈川県の三浦半島へ向かっているらしいと気づいた途中からまさかまさかと言っていたんですが、駅からの施設専用の送迎バスに乗り込むあいりちゃんに、思わず勘一も声が出ましたね。すずみさんも眼を丸くしています。

あの送迎バスは、かずみちゃんの老人ホームへ行くバスです。

「ひょっとして、あいりちゃんのおばあちゃんって！」

すずみさんが言って、勘一も頷きました。

「もしそうなら、あいりちゃんがうちを知っていてわざわざ来たのも頷けるってことだな。おい、かずみに電話してくれよ。都さんのお孫さんに、あいりちゃんって子がいないかってよ」

「今してる」

研人です。素早いですね。

「もしもしかずみちゃん？　そう研人。あのさ、こないだの都さんところ行ってさ。お孫さんに甲斐あいりちゃんっていますかって訊いてくれない？　そう、急ぎ。そう、いろいろあった。よろしく」

その間にすずみさんがタクシーをつかまえて、三人で乗り込みます。タクシーならあの送迎バスより早く着きますよ。

「すぐに折り返し電話くれるって」

「たぶん、間違いねぇだろう」

勘一が言います。折り返しの電話を待っていると、すぐに研人の iPhone に電話が入りました。

「もしもし、うん、いるんだね？　これから来るって？　わかった。オレも大じいちゃんも今から行くからさ。そう、もうこっちの駅に着いてタクシー乗った。そうなんだよ来てるんだよ。すずみちゃんも一緒。詳しいことはそっちで話すからさ」

研人が電話を切って勘一とすずみさんに向かって親指を立てました。

「やっぱりか」

「ビンゴ。甲斐あいりちゃんって孫だってさ。今日これから遊びに来るんだって言ってるって」

まさしく、ビンゴでしたね。

「じゃあ、あれ？　あいりちゃんが選んで買った本って、こないだ都さんとこから運んだ本？」

研人が訊くと、勘一もすずみさんも首を横に振りました。

「いや、ありゃあまだ整理の途中だ」

「一冊も店に出していませんよね」

「えー、じゃあ、あいりちゃんが都さんの孫なのは確定として、あいりちゃんが買っていった本って何なんだ」

「わかんねぇよ。これから行って訊きゃあいいだけの話だ」

「そもそもどうして都さんのところにあの本を持って行くのか、ですよね」

たぶん、会って話を聞けば全部わかるのでしょう。大丈夫だと思いますけど失礼のないようにしてくださいね。

後を尾けたことはちゃんと謝ってくださいよ。


やっぱりタクシーの方が早く着きました。研人が電話をしていたので、かずみちゃんもそれから都さんも入口で待っていてくれましたよ。

勘一が、いや先日はどうもどうも、と都さんと挨拶しているうちに、バスも着きました。降りてきたあいりちゃん。さっき別れたばかりの古本屋のおじいちゃんとお姉さんが、自分のおばあちゃんと一緒にいたので、眼を白黒させてましたよ。

それ以上に、跳び上がらんばかりに驚いたのは研人がそこにいたからですよ。

「研人！　え？　どうして？」

知っていたんですね。あいりちゃんも研人の音楽を聴いてくれていたんですね。そして〈東京バンドワゴン〉と研人のバンド〈TOKYO BANDWAGON〉が結びついていなかったんですね。

都さんの部屋はやはり狭いので、かずみちゃんの部屋に来てもらいました。こちらならこの人数が入っても、まだ大丈夫でしたからね。

「お騒がせしちまってすみませんね」

勘一が、まずはお孫さんのあいりちゃんを追いかけてきたことを都さんに謝ります。そして何故追いかけてきたかという説明をすると、なるほど、と納得していました。

「それは、確かに気になってしょうがないですよね。私も、全然わかりませんよ。そもそも、どうしてあいりが〈東京バンドワゴン〉さんに行って本を買ったのか」

あいりちゃんを見ます。あいりちゃん、ちょっと困ったように小首を傾げました。

「じゃあ、まず確認なんですがね。あいりちゃんは、どうしてうちに本を買いに来たんだい？おばあちゃんに聞いたからかい？」

「ううん、あ、うん、はい」

どっちでしょうか。あいりちゃんが少し慌てました。

「おばあちゃんが、〈東京バンドワゴン〉に本を売ったのは聞きました。でも、その前に、おじいちゃんから聞いていました。〈東京バンドワゴン〉はスゴイって」

そうでしたか。

「おじいちゃん、古本屋をやっていたんだよな。おばあちゃんと」

勘一がまず訊くと、あいりちゃん頷きます。

「おじいちゃん、夏に本を売ってすぐ、一ヶ月で死んじゃったんです」

「えっ」

すずみさんも勘一も研人も驚きます。

「本を売ってすぐ？」

都さん、こくりと頷きます。

「末期のガンでしたから覚悟はしていたのですが、本当に本を売りに出てすぐのことでした」

「売った本ってのは？　あの家に残していた本とはまた別の本ってことですかい」

「そうです」

都さん、こくりと頷きます。

「これだけは手放したくないなと、常々言っていた本なんですよ。それを突然、私にも言わずに持っていって、〈東京バンドワゴン〉さんに」

それだけ大切にしていた本を急に売ったというのは、自分の中で何か予感があったのでしょうかね。

「それじゃあ、おじいちゃんが本を売ったから、あいりちゃんはうちに来たんだ」

勘一が訊くと、あいりちゃん頷きます。

「そうです。東京の〈東京バンドワゴン〉。昔、おじいちゃんの憧れの古本屋さんだったって」

都さんもそう言っていましたよね。確かに古本屋業界では我が家は名物の店ではありますが、そんなふうに思っていてくださったのは本当に嬉しいです。

「そうかい。すずみちゃんわかるか？」

「今、思い出しました。一ノ瀬さんですよね？　ご主人の名字も」

「そうです。一ノ瀬誠一《せいいち》といいます」

一ノ瀬誠一さん。すずみさんがすぐに頷きました。

「いらっしゃいました！　車で本を持ってこられて、後から振り込みをした方です」

「あの人か！」

勘一も思い出しましたね。大きく頷きました。確かに、いらっしゃいましたね。覚えてますよ。

「じゃあ、あの後本当にすぐに亡くなられて」

そうなんです、と、都さんも悲しげに頷きます。

「そっか、じゃあ今回あいりちゃんが買っていたのは、そのおじいちゃんが売った本だったんだ」

研人です。あいりちゃんが頷きます。

「大事なものを売っちゃって、一気に弱ってしまって死んじゃったんだってお母さんたちが話してるのを聞いて」

淋しそうに言います。

「そしておばあちゃんもおじいちゃんの残した本を大事に取っておいたのに、ここに来るのに、ここの部屋にたくさんの本は置けないからやっぱり売っちゃって。おばあちゃんもおじいちゃんみたいに急に弱っちゃって死んじゃったら本当にイヤだなって」

あいりちゃん。おじいちゃんおばあちゃんのことが大好きなんですね。

「だから、おじいちゃんの売った大事な本を少しずつでも買って集めて、そして十冊ぐらいならおばあちゃんの部屋にも置けるから、それを置いて、私の部屋にも少しずつ置いて、何回も通って取り換えていこうかなって。それを楽しみにしたらおばあちゃんも長生きできるんじゃないかなって」

都さんが、涙を流しています。

「まさか、そんなことを。あいりちゃん」

都さんは何にも知らなかったんですよね。今日、古本を持ってきたあいりちゃんに本当に驚いていましたから。

「ありがとうね。ありがとうね。おばあちゃん、死んだりしないから。あいりちゃんがね、お嫁さんに行くまで絶対に死なないから」

ぼろぼろと涙は流れます。あいりちゃんの身体を抱きしめます。

勘一も思わず目頭を押さえましたね。孫がおじいちゃんおばあちゃんを思う気持ちです。思いやる心ですよね。あいりちゃん、本当にいい子ですね。

「よくわかったよ」

どうもおかしいなんて思ってごめんなさいですよね。

「お金は、大丈夫だったのかい?」

勘一が訊きました。

「お年玉をずっと貯めていて、五万円ぐらいあります」

「五万!」

研人がびっくりですね。研人はお年玉は一気に全部なくなってましたよね。確かにあいりちゃんの財布にはけっこう入っていましたから。それはかなりの古本を買えますね。

「どうしてもわかんねぇことがまだあるんだけどな、あいりちゃん」

「はい」

「どうして本を家に持って帰らなかったんだ？　わざわざうちに置いといて取りに来たってのは」

　都さんが、涙をハンカチで拭きながら、あぁ、といった感じで勘一を見ました。

「それは、たぶん、親への気遣いですね」

「親御さんへの？」

「私はあいりの母方の祖母なんですが、母親、つまり私の娘は、離婚したんですよ。今、あいりはお父さんと新しいお母さんと暮らしているんです」

　離婚ですか。そうでしたか。

「そして、まぁお恥ずかしい話ですけれど、私の娘も今は別の人と暮らしているので」

　あいりちゃんがちょっとだけ困った顔をしました。すると、一冊や二冊ならともかく、何冊もの古本を買って帰ると、お父さんや今のお母さんにあまりよく思われないとか、あるいは遠慮したのかもしれません。

　なるほどそういうことだったか、と、勘一も頷きます。

「まぁわかった。あとな、あいりちゃん」

「はい」

「いろんなことを訊いちまってすまねぇけどな。どうしてもわかんなかったのは、どうやって、おじいちゃんが売った本を見分けていたんだ？　見返しを見ていたようだけど、そこには何にもなかったぜ」

「あ、それは」

あいりちゃんと都さんが顔を見合わせて、ちょっと笑い合いました。

「わからなかったと思いますよ。それはですね堀田さん。主人がお店をやっていた頃に、全ての古本に付けていたうちの店の印です」

「印？」

都さんが、あいりちゃんが持ってきた本を一冊取り、その見返しを開きます。

「ここですね。見返しののどのところ、よっく見てください。見返しの紙の色とまったく同じですけれど、一本の線が入っていますよね」

「線？」

「線？」

「え？」

勘一もすずみさんも研人も、それぞれ本を手に取って見つめます。

「あぁ！」

研人が先に気づきました。わたしも、そう言われたらわかりましたよ。確かに。のどのところに縦に一本、紙色とほとんど同じ色の線があります。

「うっすらと色が違うのには気づいていましたけれど、てっきりこれは焼けなんだと思っていました」

すずみさんです。紙が古くなると糊《のり》がついた部分だけ、陽に焼けたように色が変わりますからね。わたしもこれはそういったものだと思っていました。

「俺もそうだよ。いやこりゃ驚いた。これは、絵の具ですかい？」

「ポスターカラーですね。主人は若い頃絵も描いていて、絵の具を合わせて見返しの紙色とまったく同じ色を作って、ここに定規と筆で、すっと線を引っ張ったんです。一、のつもりです」

「一。そうか、一ノ瀬、の一ですかい。屋号ってことですな。ひょっとして〈古本　一ノ瀬〉というような店名だったと」

「そうです。その通りです」

「いや、まいった。わかんねぇはずだ」

それで、あいりちゃんは見返しを見たらすぐにおじいちゃんの本だとわかったわけですか。

勘一が、納得して大きく頷きます。

「よっくわかったぜあいりちゃん。こりゃあこのじいさんが騒がせて本当に悪かった。変なふうに勘ぐっちまって本当にごめんな」

「全然、大丈夫です」

あいりちゃん、にこっと笑って言ってくれました。

「お詫《わ》びにな、そうだな。もうこのじいさんの店で、〈東京バンドワゴン〉でおじいちゃんが売った本を買い戻さなくていいぜ」

「え、どうしてですか。買いに行きます。行きたいです」

勘一が笑います。

「大丈夫だ。ここにいるかずみばあさんとな、この勘一じいさんでな。あいりちゃんの大好きな都おばあちゃんのために、おじいちゃんが売った本は全部プレゼントする。このおばあちゃんの家にな」

この家にですか。

どうやってでしょうかね。

＊

紺が来ましたね。話ができるでしょうか。

「ばあちゃん」

「はい、お疲れ様でした」

「かずみちゃんのところに一緒に行ってたんだよね？」

「もちろん、行きましたよ。あいりちゃんのおじいちゃんの本を、全部あの施設に置いてもらうんだね？」

「そう。さっきかずみちゃんから電話があったよ。ちゃんと確約が取れたって。あそこのフリースペースがあって、そこに〈一ノ瀬文庫〉って本棚を置いてもらえることになった」

「それはいいね」

「たださすがに、都さんが売ってくれた本も含めると全部はちょっと無理だから、施設の人が喜んで読んでくれるような小説をこっちで見繕って持って行くことにしようと思う」

「それがいいね。取り換えたりもするんだろう？」

「そうだね。一年に一回とか、半年に一回とか。その辺はかずみちゃんが利用状況を調べてから教えてくれるって」

「あいりちゃんも都さんも喜んでくれてるだろうけど、かずみちゃんも嬉しいかもね」

「そう言ってた。古本屋の仕事ができて良かったたって。ただ、問題はさ」

「何かあったのかい？」

「一ノ瀬さんの本をうちから見つけ出すのが結構難しいんだ」

「あぁ、なるほどね」

「家族総動員で探さなきゃならない。あれ、終わりかな？」

紺が苦笑しながら、手を合わせておりんを鳴らしました。

はい、おやすみなさい。

かんなちゃん鈴花ちゃんの様子を見てからゆっくり眠ってくださいね。


人が人を思いやる心というのは、いろいろあると思います。

好きとか嫌いとかいう男女の云々とは似ているようでも、違いますよね。思いやる心、思いやる気持ちは、もっと広かったり、大きかったり、深かったりするような気がします。

そしてその気持ちは必ず伝わりますよね。

孫が自分を思いやってくれる気持ちが伝われば冗談抜きで寿命だって延びそうです。

我南人がいつも言うLOVEというのが、ひょっとしたら思いやる心というものに近いのかもしれませんね。

春 イエロー・サブマリン

一

春は新しいものが始まる季節です。

冬の間じっとその身に蓄えていたものを芽吹かせ、一斉に緑が萌《も》え始める季節ですよね。植物だけではなく、虫や魚や動物たちもたくさん動き始める季節。生命力に満ちあふれたこの地球上で最も賑やかな季節が春なのかもしれません。

我が家の庭にも、春の到来を告げてくれる白梅と桜の木があります。白梅の下には沈丁花、桜の木の下には雪柳と、いつも順番に咲いていって、眼も心も楽しませてくれるのです。

特に桜の木は、我が家がここに建つ前からあったという古木です。その桜の風情に惚れ込んで勘一の祖父である堀田達吉がここの土地を手に入れ家を建てたと伝わっています。

ですからこの桜は芽吹いてから既に百三十年以上は経っていると思うのですが、今年もどうやらきれいな桜色の花を咲かせてくれそうです。

きれいな枝ぶりでご近所にもその桜の花弁を届けていて、まさしく桜色の絨毯になっていきます。その昔は我が家で過ごした人たちで、木の下に敷物を敷いて酒を飲みつまみを食べて、花見に興じたことも数多くありました。

でも実は近頃の我が家で花見はあまりしないんですよ。といいますのも、縁側から庭を見れば常に桜は見えていますので、桜の季節はほぼ毎日の食事が花見みたいなものになってしまうんです。

そして女性が多いので、三月三日の雛祭《ひなまつ》りをいつも盛大にやりますよね。そのせいもあって、毎年きれいに花を咲かせる桜の下での花見は静かにのんびりと毎日の暮らしで行っています。

その雛祭り。

狭い家なのに五つも雛人形のセットがあります。

もう骨董品《こっとうひん》扱いのわたしのもの、すずみさんがお嫁に来たときに持ってきたもの、そうしてかんなちゃんと鈴花ちゃんそれぞれに用意したもの、そして今は我が家で暮らしている芽莉依ちゃんの自宅にあったもの。亜美さんのものは小夜ちゃんに譲りましたけど、それでも本当に多いですよね。

でも、一年に一回しか出される機会のない雛人形たちを出してあげないのは不憫《ふびん》だということで、毎年全部の雛人形を出して飾ってお祝いをします。どこの部屋に置くのかは毎年まるで会議のように皆で額を突き合わせ話し合って決めていますよ。

今年も骨董品のわたしのものをカフェに、すずみさんのものは古本屋に。かんなちゃんと鈴花ちゃんのものは、二人の部屋に。そして芽莉依ちゃんのは、花陽と二人で過ごす部屋に置くのには狭いこともあって、美登里さんの部屋に置くことになりました。

というのも美登里さん。ご自宅に雛人形があったことは一度もなくて、飾ったこともなかったとか。実は家族の縁が薄く、ご両親もお母様は小さい頃に亡くし、お父様も今はほとんど没交渉になっています。ご実家ももうないのですよね。我が家の話はすずみさんから聞いていたこともあって、ずっと羨ましく思っていたそうです。なので、今年はどん、と、自分の部屋に飾ってもらいました。

カフェに置いたわたしの雛人形はかれこれ八十年以上も前のものですが、何もかもきちんと揃っています。これだけ古いものは滅多に見られないと、お客さんで写真をたくさん撮っていく方も多いですよ。メニューも、雛祭りのときだけの特別メニューで甘酒やひなあられも出します。

四季が豊かな日本。その四季折々にたくさんの昔ながらの行事があります。それぞれに豊かな実りを祈ったり子供の健やかな成長を祈ったりするものですけれど、古くさいなどと言わずに、残していけるものはきちんと残していきたいものですよね。


家族が多い我が家は、毎年の春に子供たちが何らかの新しい節目を迎えていたのですが、今年はまた格別に大きな節目が訪れます。

研人と芽莉依ちゃんの高校卒業。

そして、芽莉依ちゃんの大学の合格発表です。

まさしく、桜咲くか、なのです。

研人も芽莉依ちゃんも卒業式は三月九日なのですが、北海道の札幌に赴任中の芽莉依ちゃんのお父さんとお母さん、平本さんご夫妻が来られる予定になっています。

芽莉依ちゃんのお母さんの汀子《ていこ》さんはともかくも、ご主人の紳一《しんいち》さんは、さすがに娘の卒業式のために仕事を休んで東京に行くのはどうかと少し躊躇《ちゅうちょ》したそうですが、何せ東大の合格発表が、卒業式の翌日なんです。ダブルであるのですよね。

高校の成績でも模試の判定でも合格間違いなしと言われ、実際の試験では本人も手応えがあったそうで、ほぼ合格は大丈夫だとは思うのですが、それでも父親としてはとても仕事なんか手に付きませんよね。

ちょっとだけ複雑なのですが、一度は離婚してまた再婚した平本さんご夫妻です。ご主人の北海道赴任は再婚後半年も経たずに決まったので、離婚していた時期に芽莉依ちゃんとお母さんと亡くなられたおばあちゃんがずっと暮らしていた借家も引き払ってしまい、こちらにご自宅はもうありません。二人でホテルに泊まると言っていたんですが、そんなことさせられませんよね。仏間ですみませんが、空いているのでどうぞ我が家に泊まってくださいとお誘いしてあります。そのまま皆で卒業祝いと合格祝いをしましょうと。

おまけに、いえ、おまけと言ってはなんですよね。

研人と芽莉依ちゃんは、既に将来を誓い合っている仲です。

高校を卒業したら結婚することを決めて、既にご両親にも伝えて了解を得ています。結婚式などをするのは、芽莉依ちゃんが大学を卒業してから、とは何となく二人で決めているようですけれど、高校卒業後に二人が暮らすところをどうするのかなどはちゃんとまだ決めていないようです。

ご両親がやってきて、東大合格を確認してからですけれど、その辺りのこともきちんとしなければなりませんよね。

何はともあれ、まずは合格発表を待っています。


そんな三月の頭の堀田家。

季節には関係なく、いつも朝から賑やかに始まります。

この春から小学校の二年生になるかんなちゃんと鈴花ちゃん。今朝も誰にも起こされないで二人で起き出して、階段を駆け下りて縁側を走り〈藤島ハウス〉で寝ている研人を起こしに向かいます。

毎日一緒にいますからあまり感じませんけれど、かんなちゃん鈴花ちゃんは背が伸びてきましたよね。学校では二人とも身長が高い方になるそうです。それもいちばん後ろですね。二人の父母である紺に亜美さん、そして青にすずみさん、全員身長が低い方ではなくむしろ高い方ですから、背がぐんぐん伸びていっても不思議じゃありませんね。

研人が眠るベッドにダイブするのもひとりひとり順番にするようになった、と、研人が言っていましたよね。自分たちの身体が大きくなったのをちゃんとわかっているんでしょうから、もうちょっとしたらこの起こし方も変わってくるかもしれません。

研人が起こされている頃、亜美さんとすずみさんも起き出します。〈藤島ハウス〉でも花陽と芽莉依ちゃん、そして美登里さんも眼を覚まし我が家にやってきます。

秋に引っ越してきた美登里さん、我が家で朝ご飯を食べるようになり、ついでにと我が家の台所にも入ってくれるようになりました。今までまともに朝ご飯を作る習慣もなかったので、ちょうどいい料理修業になると話しています。

お仕事のＮＰＯの方はなかなかに忙しく、さすがに晩ご飯を一緒に食べられるのは週に一回か二回ぐらいです。仕事の関係で土日が休みということもなく、藤島さんと休みが合うというのもほとんどないそうですよ。まぁでも我が家で一緒に朝ご飯は食べられますからね。

女性陣が揃って朝ご飯の支度をしていると、勘一が起きてきて上座に座ります。この頃またかんなちゃんと鈴花ちゃんが外に出たついでに新聞を取ってきてくれるのですよね。我南人はいつも iPad を持って現れます。

研人が起きてきて紺と青も現れ、そうして藤島さんも昨夜は自分の部屋に泊まったようで、普段着のままでやってきました。

毎日行われていた、かんなちゃんと鈴花ちゃんによる席決めですが、ついに終わりを告げたようです。

最近はたまに思い出したように二人で席決めをするのですが、大体のところは芽莉依ちゃんが勝手に箸を置いていいとなっているんですよ。それはかんなちゃん鈴花ちゃんの指示なのですが、何故芽莉依ちゃんが決めるのかは誰にもわかりません。

その芽莉依ちゃん、毎朝皆が立って待っているのは大変なのでと、素直に家族でまとめるようにしています。

上座に勘一、その向かい側に我南人。あとは紺と亜美さんとかんなちゃん、青とすずみさんと鈴花ちゃん、そして芽莉依ちゃんと研人と花陽と美登里さんです。藤島さんが来ていれば当然美登里さんと並びますよ。

白いご飯におみおつけ。具はネギに油揚げとシンプルですね。だし巻き卵には大根おろしが添えられて、菜の花の辛子和えに、豚肉と春キャベツの炒め物。あとは胡麻豆腐と焼海苔と梅干しです。

皆揃ったところで「いただきます」です。

「まぁ今日は本当に春らしいいい陽気だな」

「ベンジャミンがね、おはなが出てたんださっき。だいじょうぶかな」

「研人くん、卒業式でライブですって?」

「ポコもね、おはな出てた。かぜひいたかも」

「あ、辛子和え辛かったかも!」

「後で見ておくね。大丈夫よ」

「芽莉依ちゃんの方は、特に準備はないんだよね? 卒業式の」

「そうなんだよー。やっちまうんだ」

「え、そんなに辛かった?」

「藤島さん、今日の引っ越しでいいんですよね?」

「ないですよ。大丈夫です」

「いよいよ卒業だもんなぁ」

「僕はぁ明日はスーツ着ないからねぇぇ」

「お父さんお母さん、今日のお昼過ぎだよね。うちに着くの」

「いいですよ。僕の荷物は着替えぐらいしかないので美登里の部屋に移します」

「おい、ソース取ってくれソース」

「大きいものは全部売るんだって？」

「ねぇ今ふと思ったんだけどね。私、研人のライブって観たことないかも」

「はい旦那さんソースです」

「そう言ってました。すみませんけどよろしくお願いします」

「マジか！」

「そうだってさ。さすがに茶簞笥とかそういうものは藤島さんの部屋に入らない」

「旦那さん！　大根おろしにソースって！」

「だし巻き卵にソースは別におかしかねぇだろう」

充分おかしいですよ。百歩譲っておかしくないとしても、何も大根おろしにソースをかけることはないと思うんです。

よく勘一の口調を真似して、ほとんど江戸っ子のような口調で話すこともあるかんなちゃんが、この味覚の真似もしないでほしいと思っているんですが、今のところはごく普通ですよね。

でも、勘一の口調もかんなちゃんは真似しない方がいいと思うんですよ。かんなちゃん、普通に話していても「おう！　そうか！」なんて言っていますからね。学校ではどんなふうに話しているのか、とても気になります。小学校に出かけて確認したいところですけど、何せかんなちゃんはわたしの姿が常に見えますからね。覗きには行けないんですよ。

「もちろん家で練習してる姿とか、テレビとか、カフェでのライブとか、そういうのは観たことあるけど、ちゃんとしたライブって行ったこと一度もないかも」

「そういえばそうか」

花陽と研人ですね。確かに、花陽が研人のライブを観に行ったという記憶はありませんね。

「このまま一生ライブは観なくてもいいかな」

「いや観ようよ一回ぐらい。カワイイいとこのカッコいいとこ」

「それで？　結局研人は卒業式でライブをやるんだな？」

勘一が訊きました。

「そうなんだよ大じいちゃん。おかしいよね？　何で自分の卒業式なのにオレがライブやって汗をかかなきゃならないのかって」

「まぁ、在校生へのはなむけってことでいいじゃないか」

青も笑いながら言います。

先生方から頼まれてしまったんですよね。卒業式のときに、研人たちのバンド〈TOKYO BANDWAGON〉でシークレットライブをやってくれないかと。

「シークレットも何も、オレと甘ちゃんとナベが卒業生の列に並んでいなかったらあいつら演《や》るなってバレバレだよね」

確かにそうですね。

「じゃあ、在校生も卒業生も何も知らないのか？」

「一応はね。先生方が皆知ってるからどこまでシークレットになっているか疑問だけどさ。だからさ、もう直前までオレらは普通に皆と並んでいることにしたから。時間になったら列からダーッて走ってステージに飛び乗る。母さん皆にＬＩＮＥしないでよ」

「しないわよ。極力」

亜美さんが笑います。お母さん方とのＬＩＮＥのグループがありますからね。

「機材の搬入とかセッティングはどうするんだ？」

紺が訊きます。

「じいちゃんに頼んだ」

「親父に？」

「そうだよぉお。僕とジローと鳥でやっておくよぉお」

「最強の組み合わせですね」

藤島さんが嬉しそうですね。

「どうせぇ、研人の卒業式には出席しようと思っていたからねぇえ」

それはそうですね。研人の卒業式には、父母である紺と亜美さん、祖父である我南人が出ます。

他にもおじいちゃんおばあちゃんが一緒に行く人たちがいるでしょうからね。

勘一も行きたがりますけれど、あまり大勢で行くのも迷惑です。大じいちゃんは孫や曾孫の小学校中学校の行事にはたくさん出ているので、高校は遠慮してもらいましょう。

「まぁ体育館で音響なんか期待できないからさ。セッティングも本当に必要最小限で。練習と同じぐらいの感じ？」

「そうだねぇえ。まぁ楽な感じだねぇ」

「え、じゃあお義父さんも歌うんですか？」

亜美さんです。

「歌うよぉ。せっかくの卒業だからねぇえ」

それは本当の意味でのはなむけになりますね。

「増谷家の引っ越しは、大丈夫なんだろうな？　俺らは何にもしねぇで」

勘一が亜美さんに訊きました。

「大丈夫ですよ。藤島さんの部屋はいつも玲井奈ちゃんが掃除しているし。大きなものはほぼ全部売っちゃうそうですから」

裏の田町さんの家を借りて住んでいた増谷裕太さんと真央さん、そしてお母さんの三保子《みほこ》さん。今日からは家の取り壊しが始まるので、新しい家ができあがるまでは藤島さんの部屋で過ごすのですよね。

昨年まで同じ家に住んでいた増谷家と会沢家が図らずも今度はしばらく〈藤島ハウス〉の上下で過ごすことになりました。

「大きい家具を売っちまうのは淋しいな」

「まぁ置いておくところもないしね。さすがに茶箪笥とか冷蔵庫を藤島さんの部屋には運び込めないし」

そうですよね。

「家電もかなり古いものばっかりだったから、ちょうどいいってさ」

「まぁ一から家を建てるんだからな。箪笥とか邪魔になる場合もあるからな」

本棚や箪笥は作り付けにすることができますからね。家電にしても今は安くても性能が良いものはたくさんありますから。女房と畳は新しい方がいい、なんて本当に失礼極まりない言葉がありますけれど、せっかくの新しい家です。中身も全部新しい方がいいでしょう。

「かんなちゃん鈴花」

すずみさんが二人に言います。

「なに？」

「なに？」

「今日はね、芽莉依ちゃんのお父さんお母さんが来るからそこの襖は閉めておくからね。お布団も置いておくし、急に開けたりしちゃダメよ。お泊まりになるんだからね」

「がってんだ！」

「はーい」

がってんだ、なんて勘一でさえもう使いませんよね。一体どこで覚えるのですかかんなちゃんは。


朝ご飯が終われば、いつものようにそれぞれの支度です。

カフェは青とすずみさん、そして登校前にかんなちゃんと鈴花ちゃんがお店の雨戸を開けて、いつもの常連の皆さんに挨拶です。

「おはようございまーす」

「おはようございまーす」

平日なのでアルバイトの和ちゃんもいません。我南人と青がカウンターの中に入って、すずみさんがホールにいますね。我南人は若い頃は喫茶店などの水商売のアルバイトの経験が豊富ですから、喫茶店の仕事はほとんど一通りはできるのですよ。若い時の苦労は買ってでもせよと言いますが、苦労はしなくてもいいでしょうけど、何事も経験しておくと後々役立つことも多いと思います。

家事を亜美さんと紺が二人で分担してこなしていき、花陽も芽莉依ちゃんも研人も、学校へ出かけていきます。

古本屋は勘一で充分に間に合います。

あぁ、祐円さんが入ってきましたね。今日は白いポロシャツに白い春物のカーディガン、スラックスは黒と、白黒で来ましたね。

「ほい、おはようさん」

「おう、おはよう。パンダみてぇな格好だなおい」

「パンダかよ。俺はパトカーみたいだって思ったけどな」

確かにパトカーの配色ですね。祐円さんの毎日着る服は息子である康円さんの奥さんが選んでいるそうなんですよ。

「祐円さんおはようございます」

「おう、亜美ちゃん。いつまで経ってもきれいだねぇ」

「年取ったってことですよね。何にします？」

「コーヒーでお願いします」

祐円さんが肩を竦めます。

「何年経っても亜美ちゃんは怖いねぇ」

「怒らすなよ馬鹿野郎。亜美ちゃんが怒ると俺だって怖いんだからな」

このところ亜美さんにはマレフィセントというあだ名も付きましたからね。

マレフィセントというのはディズニー映画の邪悪な妖精なのですが、アンジェリーナ・ジョリーさんが演じたそれが亜美さんが怒ったときにそっくりだったんですよね。ということは亜美さんはあのアンジェリーナ・ジョリーさんにそっくりということで、その美しさの質が普通の人とはまるで違うことがよくわかりますよね。

「いよいよ明日卒業式かよ」

「おう」

「あの研人がなぁ。高校卒業して夫になるってなぁ」

勘一が笑います。

「夫ってか」

「夫だろうよ。結婚すんだからよ」

コーヒーを持ってきた亜美さんも苦笑いします。

「亜美ちゃんも実感湧かないだろ。息子が夫だなんて」

「そうですねー。でも、戦国時代ならもう合戦に出てざんざか斬り合ってる年齢だろうから」

「戦国かよ」

それはまぁ確かにそうでしょうけどね。

「それに、あの子はもう一丁前のミュージシャンですから」

亜美さんが、少し淋しげに微笑みました。

「親の手なんかとっくに離れて一人で飛んでいけますからね」

そう言って亜美さんが家事をこなしに戻っていきます。

「確かにそうか。親父よりも稼いでるもんな。で？　どうすんだあの二人。どっかに部屋借りるのか？」

「いや、たぶんまだいるんじゃねぇかな」

決まっていないんですよね。

「芽莉依ちゃんは大学に入ってよ、当然学費もかかるしよ」

「お、そうだったな」

「うちにいた方が食費はかからねぇし、何だったらもうそれこそ夫になる研人が払う勢いだからよ」

「だったらこのままの方が楽だな確かに」

その辺りは、今日いらっしゃる芽莉依ちゃんのご両親ともちゃんと話し合う予定ですよね。

モーニングの時間が終わると、カフェはのんびりできます。亜美さんが家事を終えたのですずみさんが古本屋に戻ってきて、カフェは青と亜美さんだけで回せます。我南人はどこへ行きましたかね。今日の自分の仕事は終わったと、いつものようにふらりとどこかへ行ってしまいましたか。

「あら、茅野さん。いらっしゃい」

カフェで亜美さんの声が響きました。茅野さんが来られたんでしょうか。足音が聞こえてきて茅野さんの姿が見えました。

「どうも、ご主人。ご無沙汰してました。祐円さんも」

「おう、茅野さん」

我が家の常連の一人、警察を定年退職して悠々自適の生活を送る茅野さんですね。元は優秀な刑事さんだったんですよ。若い頃から古本が大好きで、現役の頃も仕事中でも古本屋を見つけるとつい入ってしまって怒られていたと言いますね。

そして茅野さん、とてもお洒落なのですよね。先輩に言われて身だしなみを自分の武器にしたと以前に聞いています。女性への聞き込みのときなど、お洒落でいた方が反応も良かったとか。

今日も春物のベージュのステンカラーコートはとても柔らかそうな生地で、春風にそよそよとなびきそうです。

「しばらく姿を見せなかったけど、元気かい。身体の調子は」

「いや、私より年上の勘一さんが元気なのに、私があちこち痛い悪い言ってられないですね。でもですねぇ」

「どうしたよ」

「女房が、どうもね」

あら、あの社交ダンスも好きだったという奥様ですか。どうかされましたか。

「転んで腰を打ってしまってから、どうにも足腰がしゃんとしなくなりましてね。ヘルニアなんですが」

「そいつはいけねぇな」

「大丈夫なんですか？」

すずみさんも心配顔ですね。

「今、息子たちに助けてもらって、家をあちこち改装中なんですよ。車椅子になっても動けるようにと」

そうか、と勘一気の毒そうに顔を顰めます。何せ周りは年寄りばかりになってきますから、どうしてもそういう話になっちゃいますよ。

「それで私もね。ついつい外出も控えるようになってしまって」

「しょうがないよな。奥さんが大事だ」

「いやそれでもね、ヘルパーさんとかね、デイサービスとかね。大分楽になったんですよ」

「そうかい。それで久しぶりに古本の匂いを嗅ぎに来たかい」

「その通りで。けれどですね、ご主人」

茅野さんの顔が曇りましたね。真剣な顔つきになりました。こういうときの茅野さんは、何かを見つけたときですよね。

「どしたい。何かあったか？」

茅野さんが声を潜めたので、勘一も小声で言います。

「どうにも嫌な気色《けしき》の男がね、隣の〈藤島ハウス〉を見ていたんですよ」

「〈藤島ハウス〉を？」

またですか。

「前もそんなことがありましたよね」

すずみさんも顔を顰めました。

「ただ見ていただけなら私も何とも思いませんけどね。あの家はおもしろいデザインですからね」

「そうだな。元刑事の勘ってものか」

「ですね」

茅野さん、頷きます。

「あの男、何かやらかしている男ですね。もっとも前科者だからと言って悪さをするとは限らないんですが」

「そいつが、カフェにいるのか。それでカフェから来たのかい」

勘一がそっとカフェの方を見ながら言うと、茅野さん頷きます。

「そういうことです。もちろんただコーヒーを飲みに来ただけかもしれませんけどね。紺色のジャケットを着た見た目はちょいとした色男です」

どら、ちょいと待ってくれと勘一立ち上がってまずは居間に上がりました。台所を通ってそちらからカフェのカウンターの奥へ回ります。わたしは直接カフェに行きました。

茅野さんの言った男性はどうやらカウンターにあるスツールに座った人ですね。

カウンターのスツールは四つしかなくて、しかもカウンターではいろいろ作業もしますので家族や本当の常連しか座らないのですよね。

それなのに、その方はカウンターを選びましたか。他にもホールのテーブルはたくさん空いているのに。

勘一がちょいちょい、とカウンターにいる青を手で呼びます。青が台所に来ました。

「なに？　じいちゃん」

「カウンターのスツールに座ってる男よ。ちょいと気をつけといてくれよ」

勘一が小声でそう言うと、青も小さく頷きました。

「わかってる。あの手の男は多いから」

色男が全部悪いわけではありません、青だって色男ですからね。ただ、気色の悪い人というのは客商売をやっているとけっこうわかってくるものです。

あの方は、確かに一見少しハンサムな男性ですが、どこか崩れた雰囲気を持っている人です。ああいう方はたとえばですけれど、酒癖が悪くて酒場で飲み過ぎで暴れたりするのですよね。

そういう気色の悪さを持っています。勘一が古本屋に戻りました。

「確かに気色悪いな」

茅野さんと頷きあいます。

「あの手の奴は、必ず何かするんですよ。何もしなくても誰かに眼を付けるとかね。獲物を探すんですよ」

「獲物ね」

「出ていったら、ちょいと後を尾けましょうか。何者かだけでもわかれば」

「いや、茅野さん。奥さん放っておいて」

「今日はデイサービスに行ってるんです。夕方まで戻りませんので大丈夫ですよ」

暇なんで任せてくださいと。茅野さん、警官を引退してもう何年にもなりますけど、根っから刑事なんですよね。

結局、あの男の人はただコーヒーを飲んで、誰にも声を掛けずにごちそうさまとにっこり笑って帰っていきました。見栄えは確かにいいんです。

茅野さんが、さっそく後を尾けていきましたけど、大丈夫ですよね。

お昼過ぎになって、芽莉依ちゃんのお父さんお母さん、平本紳一さんと汀子さんが我が家に到着しました。

「おじいちゃん。平本さんお着きです」

亜美さんが出迎えて、勘一に言います。

「おっ、いらしたか」

古本屋から居間に上がります。平本さんご夫妻がちょうど縁側から居間に入るところでした。

「いや、どうも長旅お疲れ様でございました」

「とんでもない。こちらこそお言葉に甘えてしまって」

三人で膝を突きます。

「ささ、どうぞどうぞ。荷物はそこの仏間に。二人ならちょうどいい広さなんで」

「あぁ、本当にありがとうございます。お世話かけます」

もうお布団も全部運び込んでありますからね。のんびりと休んで旅の疲れを癒すこともできます。

汀子さん、気を遣うことはないのに、北海道のお土産をたくさん持ってきてくれました。重いのにすみません本当に。

「いかがですかな、向こうの生活は」

「いや、冬の雪の多さだけがちょっと大変ですけど、それ以外は最高ですね。夏は涼しいし、本当に暮らしやすいところですよ」

紳一さんが言います。北海道は食べ物が何でも美味しいんですよね。

「寒さはね、全然平気なんです。外は寒くても家の中が暖房で暑いぐらいになるので」

「そう聞きますね。冬でも半袖でアイスを食べているとか」

「それ、本当にできます」

汀子さんが笑って言いました。やってみたんですね。楽しそうですよね。

「明後日の合格祝いはね、もうここでやるって決めてますからな」

いや本当に何から何まで、と紳一さん恐縮します。

「しかし、受からなかったら」

「それはねぇですよ」

勘一が自信たっぷりに言いましたね。

「俺が保証してもあれですしご存じでしょうけどね、今までの成績なんか考えると間違いありゃせんよ。一発合格です」

「だといいんですけど」

「決まりですよ。それで、その祝いの席でこの後、うちの研人とですな、芽莉依ちゃんが今後をどうやっていくのかを、二人の計画をきちんと聞いて、まぁ親もそれぞれで話しあっておきましょうや」

「そうですね。そうさせていただきます」

うちとしては、このまま芽莉依ちゃんがうちから大学に通ってもらっても全然構わないですからね。東大だってそう遠くはありませんから。

何でしたら、お店でアルバイトをしてもらえると助かりますよね。

＊

夕方前に我南人が帰ってきました。どこへ行ってたのかは知りませんが、戻ってきてすぐに古本屋に向かいます。

「親父ぃ」

勘一を呼びますね。

「おう、なんだ」

我南人が帳場に入ってきて、勘一の横に座ります。

「さっきさぁ、茅野さんから連絡が入ったんだよねぇ。僕の方にぃい」

「茅野さんから？」

「この写真が送られてきたんだけどぉ、誰これ？」

我南人が自分の iPhone を出して、写真を見せました。これは、さっきの気色の悪い男性ですね。

「お、こいつは」

「えーとね、とりあえず水商売みたいですね、ってぇ。また後ほどゆっくり調べますってぇ書いてあるねぇ」

水商売の方だったんですね。後ろに見えているのはバーか何かでしょうか。看板がちらりと見えます。

「見た通り、こんな感じで何となく気色悪かったんでな。カフェで何やら値踏みするような目つきでコーヒー飲んでいたんで、茅野さんが尾行してくれたんだよ」

「あぁそういうことぉお」

うむ、と、写真を眺めて勘一頷きます。

「とりあえずその写真は消さないで取っとけよ。また茅野さんから連絡来るだろうからよ」

「了解ぃ」

これに関しては何も連絡が来ないで、そして何事もないのがいちばんいいんですけれどね。

「あ、おめぇは勝手に動くなよ。まだ何にも起こってねぇんだからな」

「大丈夫だよぉ僕だってそんなに暇じゃないからねぇえ」

暇そうに見えるんですが、何がそんなに忙しいというのでしょうか。

からん、と、古本屋のガラス戸が開き、裕太さんと真央さんが入ってきました。

「こんにちは」

「おう、終わったかい」

はい、と、二人で頷きます。今日は朝から藤島さんの部屋への引っ越しをしていたんですよね。

「使う荷物は全部運び込みましたし、向こうの家のいらない家財道具も全部運び出しました。とりあえず、今日からはもう〈藤島ハウス〉で生活できます」

「そっか。お疲れさん。家具とか全部捨てちまったのか？」

「いえ、リサイクルで売りに出しました。ほんのちょっとでも足しになればいいので」

それがいいですね。どんなに古い家具でも案外買い手がついたりするものですから。

「まぁちょいとゆっくりしろよ。明日からも仕事だろう？」

「はい。ご挨拶だけですみませんけれど」

「なんだよ。うちに挨拶は必要ねぇよ。藤島によっく言っときな。向こうの部屋のことは玲井奈ちゃんが詳しいんだから大丈夫だろ？」

大丈夫です、と裕太さん真央さん頷きます。

「何だったら今夜はうちで一緒に晩飯にするか？　まだ何食べるかは聞いてねぇけど」

「いや、そんな。大丈夫です。玲井奈たちと一緒に食べますので」

そうですよね。家族揃って食べる方がいいです。

でも、これでようやく新しい家造りを始められますね。楽しみですよ。

二

研人と芽莉依ちゃんの卒業式の日です。

入学式ももちろんいろいろと感慨深いものがありますが、卒業式はまたひとしおですよね。よくぞここまで育ってくれたという思いと、これから新しい人生が始まるんだぞという思い。

高校卒業は、また一段とその思いが強くなりますよね。社会人として歩み出す子もいれば、大学生となる子もいる。どちらももう社会の一員としての生活を始める、その始まりが高校の卒業です。

研人も、本当にすくすくと育ってくれましたよね。勘一に似たのか多少喧嘩っ早いところもありますが、優しく心の強い男の子になりました。そして我南人譲りの才能を発揮して、早くも一人前のアーティストとして世に出ています。

紺と亜美さんと一緒に式に出て見ていたのですが、シークレットライブは全然シークレットではなく、もうバレバレでしたね。静かに式は進んでいたものの、生徒の皆さんも保護者の方も、先生たちまでもが早く研人たちの、そして我南人たちの演奏を聴きたくてうずうずしていたような気もします。

卒業証書の授与は終わり、式次第も滞りなく全部済んで、さぁ、とたぶん皆さんが思ったときに、ギャーン！　というエレキギターの大きな音が突然響きました。

その瞬間に、ステージの後ろに吊られていた幕が一気に引かれて、そこに我南人と鳥さんとジローさんがいます。

拍手と歓声が巻き起こる中、会場から研人と渡辺くん、甘利くんが飛ぶように走ってステージに跳び上がり、すかさずドラムスのところに座った甘利くんのバスドラの激しい音が響き出しました。手拍子を促す一定のリズムに、会場中の人たちが手拍子を始めます。

ギターとベースを抱えた研人や渡辺くん、我南人にジローさんに鳥さんが目配せして、笑顔で、体育館から溢れ出すほどの音が響き出します。

我南人たちの歌ですね。

また一段と大きく歓声と拍手が沸き起こります。

「卒業だぁー！」

ステージの真ん中のマイクで、研人が手を振り上げて、笑顔で叫びました。

〈LOVE TIMER〉と〈TOKYO BANDWAGON〉の見事なセッションが始まりました。いいですね。本当に、皆の笑顔が輝いています。

どっちかというと厳かというよりは、賑やかに爽やかにそして華やかに、研人の卒業式は終わりました。

わたしは芽莉依ちゃんの方もちらりと見てきたのですが、こちらは本当に厳かにそして静かに執り行われたお式だったようです。平本さんご夫妻は、芽莉依ちゃんの最後の制服姿を眼に焼き付けるように見ていました。少し泣いていましたね。芽莉依ちゃんはというと、終始ニコニコしていました。

卒業式の夜にもお祝いの席を設けるものですけれど、芽莉依ちゃんの合格祝いと一緒にやりますからね。今日の晩ご飯は普段通りにカレーライスとサラダでしたよ。でも、かえって良かったですよね。皆でのんびりといつも通りの雰囲気で、研人や芽莉依ちゃんの卒業を祝い、二人の昔話なんかに花を咲かせました。研人と芽莉依ちゃんは、本当にいろんなことがありましたからね。

そして今日は、芽莉依ちゃんの東大の合格発表です。

研人と芽莉依ちゃんがたくさんの人が行き交うキャンパスを歩いていきます。芽莉依ちゃんは四月からこのキャンパスを毎日のように歩くのでしょうか。ひょっとしたら向こうのキャンパスでしょうかね。

焦げ茶と言いますか黄土色と言いますか、校舎の建物の前に鉄パイプが組まれてそこに板が取り付けられ、合格者の番号が貼り出されています。

本当に心臓がどきどき、いえどきどきする心臓はないんですけれど、そんな気がします。

でも、芽莉依ちゃんは普段通りですよね。何だか楽しそうにニコニコしながら研人と歩いています。むしろ研人の方が緊張しているかもしれません。

「あの辺だ」

芽莉依ちゃんが指差します。芽莉依ちゃんが受験した科類の合格者の発表のところですね。

芽莉依ちゃんが立ち止まり、自分の受験番号を確認します。研人も一緒になってそれを見て、そして掲示板を見つめます。

ありましたか？

「あった」

小さな声で芽莉依ちゃんが言います。

ありましたか！

「よっし！」

研人もそれに続きました。番号を見つけましたね。跳び上がって喜んでもいいのに、二人は顔を見合わせて手を握ってぴょん、と小さく跳ねるだけです。

「おめでとう」

「ありがとう！」

二人がにっこりと笑いあって、そしてちょっと周りの眼を気にして足早に立ち去ろうとします。一応、研人はもう有名人の一人ですよね。帽子と薄い色の入ったサングラスで研人だとはわからなくなっていますけど、若い人がたくさん周りにいますから、見つかって騒がれない方がいいでしょう。

「早く連絡しなきゃ」

研人が言います。

「うん」

掲示板の周りの人だかりからようやく離れて、落ち着いて歩けるところまで来てから、芽莉依ちゃんが自分のスマホを取り出しました。

あら、わたしはすぐ戻らないと、皆のやきもきして待っている顔と喜ぶ顔を見逃してしまいます。

はい、戻ってきました。

その昔は黒電話を前にして皆でそれを見つめて待っていたものですが、今は一人に一台の携帯電話ですからね。

居間で勘一、我南人、紺、平本さんご夫妻が座卓を囲んで待っています。何やら話をしていますが、気もそぞろですよね。もちろんカフェにいる亜美さんに青、そして帳場に座っているすずみさんも、連絡が来るのを今か今かと待っています。

さて、芽莉依ちゃんは誰に電話をしてくるのでしょう。普通ならご両親のどちらかにですけれどね。

電話が鳴りました。

誰の電話が鳴ったかと思いましたけど、なんと、家の電話です。

皆が一斉に、うん？　という顔をしましたよね。こんなときに誰からだ、なんて表情です。コードレスホンの子機にいちばん近いところにいたのが我南人なので、子機を取りました。

「はい、堀田ですぅう。あれ？　芽莉依ちゃんぅ？」

なんと、意表を突いて家の電話にかけてきたのですか芽莉依ちゃん。全員が慌てて腰を浮かせました。

「ちょっと待っててよぉお、やっぱり最初に聞かせないとねぇえ」

我南人が微笑みながら、芽莉依ちゃんのお母さん、汀子さんに子機を渡しました。

「もしもし、芽莉依？」

緊張した面持ちですね。

「うん！　そう！　おめでとう！」

家のあちこちで歓声が上がりました。

勘一も紺も我南人も、そしてお父さんの紳一さんも笑顔で拍手です。あぁ、汀子さんが涙ぐんでいますね。良かったですよ。汀子さん、自分たちの離婚やら再婚のせいで、芽莉依ちゃんにも随分辛い思いをさせたんじゃないか、芽莉依ちゃんの勉強や将来の邪魔をしてしまったんじゃないかと、ずっと心配していましたからね。

　本当に、良かったです。おめでとう、芽莉依ちゃん。


　その日の夜。

　我が家では少し早めに店を閉めて、二人の卒業祝いと、芽莉依ちゃんの合格祝いをしました。

お料理は〈はる〉さんのコウさんが、腕によりをかけて作ってくれたお重とお寿司が届けられました。もちろん、お支払いはしていますけど、お重の方はコウさんと真奈美さんからのお祝いだということでした。

　藤島さんと美登里さん、それに池沢さんも来てくれました。皆で乾杯して、おめでとうです。

　研人が、それでさ、と切り出して正座をしましたね。隣に座っていた芽莉依ちゃんも、同じように正座をします。

「芽莉依と、結婚します。明日にでもすぐに婚姻届を出す」

　研人がきっぱりと言います。皆が、うん、と頷きます。もうずっと前からそう決めていましたからね。

「それで、これからのことなんだけど、前にも話したけどオレはもうプロのミュージシャンとしてあちこち飛び回るつもり。海外ツアーだってしたいと思ってる。あ、その前に免許取りに通うけど。芽莉依も、将来は国際的な仕事をしたいって言ってる。だから、二人の家を決めるのは大学を卒業してからにした方がいいんだ。なので」

　研人が背筋を伸ばしました。

「芽莉依が大学を卒業するまで、この家にいさせてもらいます。そして明日から堀田芽莉依なので、今後芽莉依の〈藤島ハウス〉の家賃はオレが払います。もちろん、オレの家賃も自分で。あ、食費も」

うむ、と、勘一頷きましたね。今までも研人はちゃんと自分の稼ぎを家に入れていました。正確には自分の口座に入ったお金を、母親である亜美さんがちょこちょこ管理していたんですけれど、それを全部自分できちんとするということでしょう。

「大学の学費は？」

紺です。

「堀田芽莉依になるんだったら、お前が出すのも筋ってことにはなるんだけれど」

「それは」

芽莉依ちゃんです。

「うちの親に出してもらいます。堀田芽莉依になりますけど、学生のうちは平本芽莉依でもあるからと」

平本さんご夫妻が頷きます。

「でも芽莉依の生活費は全部オレが。二人でやってくから。そして、結婚式だけど、それは芽莉依が大学を卒業してから、ちゃんと皆さんをお招きしてやります」

そういうふうにするのですね。

「あ、部屋はね、花陽ちゃんも今まで通りでいいって言うんでそのままで。たぶん花陽ちゃんが学生のうちは芽莉依も学生だから」

花陽が頷きます。そうですね。花陽は医大で六年間ですから、順調にいけばちょうど卒業が芽莉依ちゃんと一緒ってことになるんじゃないでしょうか。

「まぁこのままってこったな。明日から芽莉依ちゃんが紺と亜美ちゃんの義理の娘になるってだけで」

紺が微笑みます。

「お義父さんって呼ばれるのかな」

「そうします」

何だか照れてますね。でも今までも研人のお父さん、って意味合いで会話の中ではお父さん、って言っていましたからね。呼びかけるときには紺さん、って言ってましたけれど。

「かんなのめりいおねえちゃん」

かんなちゃんが嬉しそうに言って、芽莉依ちゃんが微笑みます。

「そうだよ。鈴花ちゃんもそうだからね。でも、今まで通り芽莉依ちゃんって呼んで」

「めりいおばさん」

「それは、もうちょっと待って」

皆で笑いました。


卒業式から合格発表、そして卒業祝いと合格祝いをいっぺんにと、本当に忙しい数日が過ぎました。

研人と芽莉依ちゃんはすぐに区役所に婚姻届を出しに行きました。本当に、夫婦になってしまったんですよ。何だか信じられません。夫婦になったのに生活はまるで変わらないので尚更ですね。

芽莉依ちゃんのお父さんお母さんは、無事北海道へ帰っていきました。これで堀田家と平本家は親戚になりましたよね。今後とも末長くよろしくお願いしますと、改めて両家揃って挨拶をしました。まぁ堅苦しいことは、また四年後の結婚式のときにしますからね。

＊

合格発表から四日経った日の朝です。

池沢さんが古本屋に入ってきました。

池沢さんは読書家ですので、我が家でもよく本を買ってくれます。買わなくてもそのまま持ってって読んでいいとは言ってるのですが、きちんと代金をお支払いくださるのですよね。ですから来られることはまったく珍しいことではないのですが、朝一番のこの時間に来られるのは珍しいですね。初めてではないでしょうか。

「おはようございます」

「あぁおはようございます」

祐円さんも喜んでいますね。

「この時間に来られるのは珍しいですな」

「えぇ」

池沢さん、少し顔を曇らせましたね。

「実はですね、ちょっとお話があったんですが。美登里さんのことなんですけど」

「美登里ちゃんがどうかしましたか」

「この二日ほど、どうも元気がないんです。何かを思い詰めているような様子がとても気になるんです」

思い詰めている、ですか。

「こちらの晩ご飯にも顔を出していないんじゃないですか？」

勘一が考えます。確かにそうでした。

「そうですな。いや、今朝の朝ご飯にも来ないで出勤したらしくてね。仕事が忙しいんだろうと思っていたんですが」

今までもそうでしたからね。

「それが、晩ご飯の時間に部屋にいるのに、食べに行ってないんですよ」

「そうなんですかい？」

池沢さん、たまたまその時間に〈藤島ハウス〉にいて、美登里さんが部屋にいるのに気づいたそうです。

「気になって、どうしたのと声を掛けたんですが、部屋で仕事をしているんだとしか。でも、どうにも様子がおかしいんです。藤島さん何か言ってませんか」

「あいつは二日ほど前から海外出張でね。確か今日には帰ってくるはずですが、何にも言ってませんでしたな」

どうしたのでしょうね。

池沢さんのことですから、何でもないことでこんなふうには言ってこないでしょう。本当に美登里さん、具合が悪いのでしょうか。

夜、美登里さんは晩ご飯の時間にはまだ部屋に帰ってきていませんでした。気になった勘一が、後で花陽に確認してもらうと、帰っては来ていましたね。仕事で遅くなったと言っていました。

「でも、確かに何か元気なかった。元気っていうか生気がないっていうか」

花陽は医学生です。本人も普段から家族の様子には気を配っています。学校でそう習っているそうですよ。普段から一緒にいる家族の様子を眼で見て、いつもと違う言動や顔色など、そういうところに気づくことから医療が始まるんだと。かずみちゃんもそうでしたよね。かんなちゃんに目やにが出ているとか、本当にちょっとしたところに気づいてよく言っていました。

勘一はすずみさんに一応言っておきましたよ。

池沢さんがそう言っていたと。すずみさんも今のところ全然心当たりはないそうなので、また明日にでも様子を見てみると言っていました。

皆が寝静まっているとき。

わたしが何をしているかというと、自分でもよくわかっていません。ただ、誰かが起きてきたり、犬や猫たちが動いたりするとすぐにわかります。起きるのでしょうかね。ですから、わたしもひょっとしたら眠っているのかもしれません。

ふいに、誰かが起きたのがわかりました。

時計を見ると、まだ陽も昇っていない朝の四時半です。こんな時間に誰かがトイレにでも起きたのかとも思ったのですが。

かんなちゃんです。

どうしたんでしょう。一人で起きてきました。

「大ばあちゃん」

「かんなちゃん。目が覚めちゃったの？」

かんなちゃんは、いつでもわたしが見えますし、お話もできます。

「みどりちゃんがね、どこかへいっちゃうからとめなきゃ」

「え？」

美登里さんが？

「いこう。いかなきゃ」

そのまま玄関へ向かいます。どこかへ行っちゃうとは何でしょうか。かんなちゃんが靴を履いて裏の玄関の鍵を開けて走っていきます。

驚きました。

〈藤島ハウス〉の玄関先に、今まさに出てきたところの美登里さんがいるのです。大きなボストンバッグが足元に置いてあります。

「かんなちゃん！」

突然現れたかんなちゃんを見て、びっくりしています。美登里さんがしゃがみこんでかんなちゃんを見ます。

「どうしたの？　パジャマのままだよ！」

「みどりちゃん、どこいくの？」

「え？」

「だめだよ。だれにもいわないでどっかいっちゃ」

美登里さん本当に驚いた顔をしています。でも、かんなちゃんの勘の鋭さはもう美登里さんも知っています。それこそ藤島さんが来るときには玄関の十メートル手前からでもわかっています。気づかれたのか、と思ったのでしょう。

「かんなちゃん」

「だめだよ」

かんなちゃんがさっと動いて玄関先の呼び鈴を押しました。しかも、全室です。管理人室も裕太さんたちのところも池沢さんのところも、美登里さんのところも、研人の部屋も、花陽と芽莉依ちゃんの部屋も。

「あ」

こんな朝早く呼び鈴が鳴って、驚かないはずがありません。すぐに皆が出てきます。かんなちゃんは、逃げ出さないようにしようと思ったのか、美登里さんの足にしがみついています。

「だめだよ。かってにどっかへいっちゃ」

美登里さん、溜息をつきました。そして、玄関が開いて、いちばん先に研人が姿を見せました。

「かんな！　美登里さん。どうしたの？」

美登里さんの部屋に置き手紙があったのを、池沢さんが見つけました。それで、美登里さんが黙ってどこかへ消えようとしていることがわかったのです。手紙は、堀田家宛と藤島さん宛です。

藤島さんは本来の自分の家であるマンションにいたので、すぐに研人がＬＩＮＥをして呼び出しました。

朝早くでしたし寝ぼけ眼《まなこ》の人も多くいます。とにかく話をしよう。でも全員が起きてもしょうがないので、勘一と我南人と紺と青、すずみさんが美登里さんを連れてカフェに集まりました。研人も眠れないからとやってきました。

紺が皆の分のコーヒーを落としています。良い香りがカフェに漂ってきました。朝一番のコーヒーの匂いというのはどうしてこんなにも美味しそうな良い香りなんでしょうね。

かんなちゃんはもう亜美さんに連れられて自分の部屋でこてん、と眠っています。置き手紙を読んだ紺が、感心したように首を横に振ります。

「本当に凄いな。我が娘ながらかんなの勘は」

美登里さん、神妙な面持ちで座っていますけど、小さく頷きます。

「びっくりしたんですけど、かんなちゃんの姿が見えたときに、あ、やっぱりバレた、って思っちゃいました」

すずみさんも頷きます。

「でもね、美登里。かんなちゃんの勘は、大好きな親しい人にしか働かないんだよ。かんなちゃん、美登里のことをもう親戚とか家族と同じって思ってるから、こんなふうにバレたんだよ」

優しく言うと、勘一も頷きます。

「その通りだぜ、美登里ちゃん。かんなちゃんだけじゃねぇ。皆がそう思ってるんだからな」

「はい」

青がコーヒーをカップに注いで、皆に配ります。そこに、走る足音が聞こえてきて、藤島さんがカフェの扉を開けて入ってきました。少し息を切らしています。きっと大通りでタクシーを降りて走ってきたんでしょう。

「おはようございます」

「おはよう」

　勘一も、皆もそう言って頷きます。

「まだ何にも事情は聞いちゃいねぇ。まぁ座れ。ちょうどコーヒーが入ったぜ」

「はい。ありがとうございます」

藤島さん、座る美登里さんの肩に手を掛け、じっと見て、それからすぐ隣に腰掛けました。

「びっくりしたよ」

「ごめんなさい」

置き手紙には、理由は何も書いていませんでした。

「何があったの？」

藤島さんが訊きます。美登里さん、唇を噛《か》みしめます。それから、息を吐きました。

「金崎《かなさき》という男がいます」

金崎さんですか？

「金崎健治《けんじ》といいます」

「それは、ひょっとして」

紺です。美登里さんが顔を上げて、紺を見ました。

「そうです。あのとき、私が風俗で働いて借金を返していたとき、その借金を作ったのが、金崎健治です。私が、以前に付き合った人です」

むぅ、と勘一も頷きました。

「そいつが、来たの？　美登里の前に現れたの？」

すずみさんが訊くと、頷きました。

「私を、偶然街で見かけて、後を尾けたみたいです。それで、ここに住んでるのもわかって、それだけじゃなくて」

顔が歪みます。すずみさんが横に座って、美登里さんを抱きしめます。

「藤島さんとのことも、堀田さんのことも、全部調べたみたいです。『お前の周りには随分金持ちばかりいるな』と」

「脅されたのかい」

勘一です。

「美登里ちゃんが昔風俗にいたことをバラされたくなかったら金でも持ってこいってか」

「いや、もちろん僕は全部知ってます」

藤島さんが言います。その通りです。おかしな話ではありますが、美登里さんの境遇はわたしたち家族が全員知ってます。藤島さんもそうです。美登里さんから何もかも聞いています。

「だからです。全部知ってても、世間はどう思うかって。あの有名な藤島社長の内縁の妻は元ソープ嬢で自分の家に囲っているとか、その愛人は我南人の家に入り浸っているとか、〈TOKYO BANDWAGON〉の研人と一緒に過ごしているとか、そういうことを全部ネットに流したらどうなるかって。それに」

一度、言葉を切りました。

「写真もあると。ソープ嬢時代の、お店に貼ってあったものが。それも一緒にネットに流せると」

研人が、拳を握りました。

「ひでぇ」

本当に、ひどい話です。

「金さえ持ってくれれば、何にもしない、と。藤島さんでも誰でもいいから貰ってこいと。そうすりゃもうつきまとわないと。でも、そんなのは」

「信用できるはずないねぇ」

我南人が強い調子で言いました。

それで、ですか。

悩んだ末に、自分が消えるしかないと考えたのですね。

「私さえいなくなれば、堀田さんや直也さんとの関係を絶てば、あいつも何もできなくなります」

「言ってくれればぶん殴ったのに！」

研人が言います。

「ダメよ。研人くん。あいつを殴ったって、余計にあいつに脅迫のネタを与えるだけなの。私がいる限り、誰も何にもできないの。警察に言ったって、あいつが脅迫をしているという証拠は何もないの。私が聞いているだけ」

藤島さんは唇を歪めました。

「確かにそうだな」

勘一です。

「研人の言う通りだ。そういう奴はな、ぶん殴らねぇとわからねぇんだが、確かに俺がぶん殴っても投げ飛ばしても、何の解決にもならねぇ」

「藤島さん、弁護士いっぱいいるんでしょ？」

研人が言いますが、藤島さんは顔を顰めます。

「悔しいが現段階では何もできない。警察もね」

「ネットのことなら藤島さんじゃん」

「仮に、その金崎という奴にどんなものでも好きにネットに流せ、全部僕が止める、と言ったところで正直全部は無理だ。限界がある。何よりも」

「責任ってもんがあらぁな。藤島には」

勘一が、腕組みをしながら言います。

「仮に、だ。我南人や研人にどんな噂が流されたって、家族が全員わかっていりゃあどうってことはねぇさ。音楽の売り上げが落ちたって死ぬわけじゃねぇし人の噂も七十五日だ。だが、藤島の場合は、社長さんだ。何千人という社員家族の生活全てがかかっているんだ。わかるよな研人。だから、美登里ちゃんは自分が消えるしかないって結論を出したんだ」

悔しいですが、事実ですね。

「そいつが今どこにいるか、知ってるのぉ？」

我南人です。

美登里さんは首を横に振りました。

「全然わかりません。電話番号だけは、教えられました。金の用意ができたら知らせろ、と」

「うん？」

勘一が、何かを思いつきましたね。

「ちょいと待てよ。その金崎って野郎は、おい、我南人。iPhone出せ。この間茅野さんが後を尾けた男がいたろう」

「あぁ！」

いましたね。我南人がiPhoneの写真を出します。

「この男ぉ？　金崎健治ってぇ」

美登里さんに見せると、驚いていました。

「そうです！　金崎です。え、どうして？」

「ここに来たんだよ、そうかよ、気色悪い野郎だけど、何にもしなかったなと思っていたんだが、うちを調べていたのか」

そういうことだったのですね。

茅野さんに連絡を取ると、すぐに来てくれました。まだ朝も早かったのですが、茅野さんも起きていたので何の問題もなかったみたいです。奥さんも、昨日からデイサービスセンターの方で泊まりをしていたとか。今日の午後に戻ってくるそうです。

「ぼったくりバーですか」

そうなんですよ、と、茅野さんメモを見ながら言います。

「ちょうどなんですけどね、今日にもご主人に連絡をしようと思っていたんですが、その金崎ってのがやってるのがこの写真の後ろに写っていたバーですよ。どうも内偵をしていたみたいでね。だから、心配いりませんよ。神奈川《かながわ》覚えているでしょ？　私の後輩の」

「あぁ、神奈川さんな」

勘一も紺も青も頷きました。もう何年前でしたかね。ちょっとした騒動があって我が家に警察官の方がたくさん来られて、それで妊娠中だった亜美さんとすずみさんが産気づいてしまい、パトカーで病院まで運んでくれたのが神奈川さんです。

思えばそのときに生まれたかんなちゃん鈴花ちゃんが、もう小学生ですからね。

「あいつは今は警部補ですよ。話せばきっと調べを進めて逮捕してくれます」

なるほど、と皆が頷きました。

紺が首を傾げましたね。

「それだけじゃ、駄目かな」

「駄目とは？」

「どうせ、何年かで出てこられるようなチンケなことしかやっていないんでしょう。だとしたら、それこそ、二度とこんな真似できないようなダメージを与えておかないと」

「ダメージ？」

紺が、にこりと微笑みます。何を考えているのでしょうか。

「もうひとつ。奴に脅迫されたって、根も葉もない噂や写真をネットに流されたって、それをある程度回避できるいい方法がひとつあるよ」

「なんだよそりゃ」

紺が藤島さんを見ます。

「藤島さんが、サインひとつでできる方法」

「僕が？」

藤島さんがですか。

＊

紺の計画に、茅野さんも賛成して乗ってくれました。

金崎さんに、美登里さんから電話をして、お金は用意したから、夜遅くに〈東京バンドワゴン〉のカフェに来てくれと言うのです。お店は閉まっているけれども、電気は点けて鍵も開けておくからと。

「怪しまれないか？」

「来るよ。こういう奴は。自分が絶対的優位に立っていると思っている奴はね」

紺が自信たっぷりに言いました。

夜です。

ちゃんとカフェの電気は点けて、鍵も開けておきました。美登里さんが一人店で待っているところに、扉が開きました。

来ましたね。

金崎さんです。

「よっ」

そう言いながら店に入ってきます。

「どうせ他にいるんだろう。我南人さんとか藤島さんとかさ。わかってるし襲ったりしないから出てきなよ」

金崎さんはそう言います。それに応えるように、カウンターの後ろで待機していた、我南人に研人、藤島さん。そして古本屋から勘一と紺が出てきます。

もちろん、何かあっても困りますから、子供たちや女性陣は〈藤島ハウス〉の方に行ってもらっています。青だけは、居間で様子を窺っています。

「はいはい、我南人さんに研人くんね。ミュージシャングループだ。あんたは藤島さん。そっちは古本屋のグループね。まぁそんなことだろうと思ったけどさ」

金崎さんが笑いながら皆を眺め回しました。

「全員揃って脅せば、俺があきらめるとでも思ったかい？　とんだバカだね。あんた、我南人さん、俺を殺せるか？　俺を殺せば確かに終わるけどさ。っていうか殺すしか方法はねぇよ？　でもあんたみたいなミュージシャンが俺を殺してみろ。それで、人生は終わりだ。二度と音楽はやれないよ？　それは研人くんも同じだ。そうだろ？」

研人が睨《にら》みつけます。拳を握っています。

「藤島さんもそうだ。わかってるだろ？　金を払うしかないんだよ。スキャンダルは企業の命を奪うんだよ。このスマホの中にはな、美登里がソープにいた頃の写真があるよ。それを、俺はワンクリックでばらまけるんだよ。あのＩＴ大企業の社長さんの内縁の妻は元ソープ嬢！　正式な妻なら美談になるかもしれないけど内縁！　信用はがた落ちだ。そうだろ？」

皆が、黙っています。

「金崎さん」

紺です。

「我南人の息子で、研人の父の堀田紺です。調べました？」

金崎さん、にやりと笑いました。

「作家先生。最近調子良いもんね」

「どうも。知っててくれて良かった。金崎さん」

「何ですか作家先生」

「あなたは今、父や息子や藤島さんに俺を殺したら人生終わりだと言いましたが、人を殺しても堂々と商売ができて、しかも儲かるっていう職業は何かわかりますか？」

人を殺しても堂々と商売ですか。

金崎さん、本気でわからないという顔をしましたね。

「え、何だよそりゃ、殺し屋って話かい？」

「それ以外にもうひとつあるんですよ」

「もうひとつ？　わかんねぇよ」

紺が、ゆらりと前に一歩出ました。

「小説家ですよ。この僕です」

「な」

「あなたが言ったように、あなたの脅迫を終わらせるには、殺すしかないみたいですね。でも、ミュージシャンが人を殺しちゃうと、音楽活動はもう無理だ。IT企業の社長も、終わりです。その通りですよ。だから、僕の父も息子も藤島さんも、あなたを殺せない。でもね」

紺が、金崎さんにその顔を近づけます。

「小説家はね、人を殺したって、それをネタに小説を書けるんですよ。しかもそれが凄いものであれば、獄中からでも本を出せるんです。知りませんか？　そしてね、売れるんですよ」

紺が、にやりと笑いました。

「単に恨みで殺すよりも残虐な方法で楽しんで殺せば、その手記だけでもその本は売れる。見たことありませんか？　犯罪者が書いた手記が何十万部と売れているのを。人を殺して儲けることができる職業はね、殺し屋と小説家なんですよ。そしてね、何よりもね、ミュージシャンは人を殺した罪悪感から曲は書けないでしょうけど、小説家は、罪悪感からだろうと何だろうと、どこからでも物語は書けるんですよ」

金崎さんの眼が丸くなりました。

「しかも無期懲役にでもなれば執筆の時間は山ほど取れる。静かな環境でね。他に何もしなくていい、まさに至れり尽くせりの場所で小説を書けるんだ。仮にパソコンが使えなくたって鉛筆と紙だけあれば書ける」

わかりますか？　と、紺がまた前に出ました。

そして、手に持っていた万年筆を、ぐい、と前に出します。

「あなたがどこにいても、僕はこの万年筆一本であなたを殺せる。これをあなたの眼に深く突き刺せば、それであなたは死ぬ。万一生き残っても、廃人だ」

紺が、万年筆のキャップをゆっくりと外し、金崎さんに向けました。金崎さん、顔を歪ませながら、一歩下がりました。

「ま、そんなところですかね」

古本屋から、声がしてきました。

「本当に殺しちゃいけませんよ紺くん」

足音がして、茅野さんが出てきました。

その後ろには、茅野さんの後輩で、刑事の、いえ今は警部補さんでしたか。神奈川さんですね。先程来てもらって、かんなちゃん鈴花ちゃんにも会いましたよ。あのときのお子さんですか！って喜んでもらいました。

金崎さん、誰だこいつらは、という表情で見ています。

神奈川さんが、警察手帳を金崎さんに示します。

「しっかりと聞かせてもらったよ。脅迫していることをね。あなたね、金崎さんね。経営しているぼったくりバーのことも含めてね、ゆっくり署で話を聞かせてもらうから来てくれるかな」

「俺は何もしていない！」

「まだね。脅迫だけだよね。でも脅迫だけでも充分逮捕できるから。それとぼったくりバーの方はもう逮捕状も取ってるから。逃げても無駄だよ。ちゃんとパトカーが待機しているからね」

「あぁ、それと」

手錠を掛けられる金崎さんに、藤島さんが言います。

「あなた、意外と善人だ。ちゃんと脅迫を回避する方法を教えてくれましたよね？　正式な妻ならば美談だって」

はい、ちゃんと言いましたね。

「僕は先程、美登里と婚姻届を出してきました。そこにいるのは正式な妻の藤島美登里です。もしも刑務所から出てきたのなら今後ともよろしく」

よろしくしたりはしたくないですよね。改心したのなら別ですけど。

＊

何だか久しぶりに家の中で騒がしいことをやってしまいましたね。お久しぶりの神奈川さんも、今度はコーヒーを飲みに来ますと言ってくれました。思えば出産のときも助けてくれたんですからね。ぜひ遊びに来てほしいものです。

かんなちゃん鈴花ちゃん、何があったのかは把握していないでしょうけど、何かとんでもないことが起きてそれが無事終わったのを感じていましたよね。よかったよかったと美登里さんに言っていて、なんだか美登里さん泣き笑いしていましたよ。

勘一がコップを持って仏間にやってきました。お酒でも持ってきたのかと思えば、これは紅茶ですね。藤島さんが海外出張、ロンドンだったそうですけどそこで買ってきてくれたものでしょう。マードックさんと藍子ともお茶を飲んできたって言ってました。

仏壇にお線香を立てて、蠟燭にも火を灯します。おりんを鳴らして、手を合わせてくれます。

「サチよ」

はい、お疲れ様でした。

「何だかよぉ、随分と久しぶりに荒っぽいのをやっちまったぜ。まぁ昔ほどは全然荒っぽくねぇし、俺も働いてないけどよ」

そうですね。昔はわたしたちのところに銃弾が飛び交ったりもしましたよね。それに比べたら今夜は全然平和でしたよ。でも、あなたはもう荒っぽいことはできませんよ。できるかもしれませんが、やめてくださいね。

「研人が高校卒業してよ、芽莉依ちゃんと結婚して、この堀田家でまだ生きていくってな。それを聞いたときにさ、俺がここにいるぞと思ってやってきたことは、間違っていなかったんじゃねぇかなって少し思っちまったぜ」

もちろんですよ。あなたが人生を懸けて守っているこの家は、間違いなく皆が帰ってきたいと思っているところですよ。

「藤島もよ、その荒っぽいことの顚末でよ、美登里ちゃんと結婚して夫婦になっちまった。きっとあの二人はよ、そんな夫婦なんて形を望んでなかったんだぜ？　でも、そうすることで、自分たちや周りにいる連中の居場所を守ることができるってことをよ、わかったんだな。ちょっと嬉しそうだったぜ」

そうですね。本当に図らずも、だったと思いますけれど、良かったとわたしも思います。

「まぁあれだサチ。ここんところどうにも湿っぽい話が続いちまって、俺もお前んところへ行くのが近くなってきたかなぁ、なんてちょっとだけ思っちまったけどな。なかなかどうしてまだおもしれぇことが続くぜ。裕太たちの家だって、できあがるのは来年だからな」

そうですね。わたしも新しい家が見られるのが楽しみです。

「まだよ、もっとおもしれぇ土産話を仕入れられそうだからよ。もうちょっとそっちで待っててくれや。何せ研人は結婚したけど、花陽がまだ先だからな。頼むぜ」

そうですね。でも、ひょっとしたらこのままいくと、研人と芽莉依ちゃん、花陽と麟太郎さんの結婚式が同じ時期になるかもしれませんよ。

そうなると、どんなに嬉しいでしょうね。

どうぞ、それを楽しみに生きていてください。わたしはあなたの近くで、こうしてまだずっと見つめていますから。

家は、暮らすところです。

この世に生を受けた人ならば誰もが生活の場として家があります。

わたしはまだ十代の頃に自分がそれまで育った家を失ってしまい、この堀田家に嫁いできてこの家を自分の家として生きてきました。それは、単純に雨露をしのぐというだけのところではないですよね。

きっと、心の拠《よ》り所《どころ》なのですね。支えとなるもの。

たとえどんなことが起ころうとも、そこに帰りさえすれば、もう一度立ち直り歩きはじめることができる場所。

それが家なんだと思います。

かつて住んでいた家は思い出の中にしかなくなり、自分が今暮らしているところが、自分の心の拠り所となっていく。だから人は、より良いところ、より自分の求めるものを探したりします。それは、建物という意味だけではなく、人でもあるのかもしれません。この人さえいてくれれば、この人さえ生きていてくれたら、自分はどこへでも行ける。どこまでも歩いていける。あるいは、この人のいるところに帰れれば、どんなに傷ついてもまた傷を癒して飛び立っていける。

そういう、場所。

幸せを求めるというのは、そういう場所を求めることなのかもしれません。今はまだ見つからなくても、そして消えてしまっているとしても、それを求めるからこそ、人は強く生きていけるのかもしれませんね。

あの頃、たくさんの涙と笑いをお茶の間に届けてくれたテレビドラマへ。

小路幸也 しょうじ・ゆきや

北海道生まれ。広告制作会社退社後、執筆活動へ。『空を見上げる古い歌を口ずさむ』で第二九回メフィスト賞を受賞して作家デビュー。代表作「東京バンドワゴン」シリーズをはじめ、「旅者の歌」「札幌アンダーソング」シリーズ、『三兄弟の僕らは』など著書多数。

＊本書は書き下ろし文芸作品です。

イエロー・サブマリン 東京《とうきょう》バンドワゴン

二〇二〇年四月三〇日 第一刷発行

著者 小路《しょうじ》幸也《ゆきや》

発行者 徳永真

発行所 株式会社 集英社
〒一〇一―八〇五〇 東京都千代田区一ツ橋二―五―一〇
電話 〇三―三二三〇―六一〇〇（編集部）
〇三―三二三〇―六〇八〇（読者係）
〇三―三二三〇―六三九三（販売部）書店専用

印刷所 凸版印刷株式会社

製本所 株式会社ブックアート

定価はカバーに表示してあります。

ISBN978-4-08-775453-7 C0093